中国现代
长篇小说
典藏丛书

李劼人
　　——
　　　著

死水微澜

人民文学出版社

图书在版编目(CIP)数据

死水微澜/李劼人著.—北京：人民文学出版社,2022
(中国现代长篇小说典藏丛书)
ISBN 978-7-02-017021-0

Ⅰ.①死… Ⅱ.①李… Ⅲ.①长篇小说—中国—现代 Ⅳ.①I246.5

中国版本图书馆 CIP 数据核字(2021)第 039467 号

责任编辑　陈　悦
装帧设计　李思安
责任印制　任　祎

出版发行　人民文学出版社
社　　址　北京市朝内大街 166 号
邮政编码　100705

印　　刷　三河市中晟雅豪印务有限公司
经　　销　全国新华书店等

字　　数　164 千字
开　　本　880 毫米×1230 毫米　1/32
印　　张　7.875　插页 3
印　　数　1—5000
版　　次　1955 年 10 月北京第 1 版
印　　次　2022 年 1 月第 1 次印刷

书　　号　978-7-02-017021-0
定　　价　32.00 元

如有印装质量问题,请与本社图书销售中心调换。电话:010-65233595

目 录

第一部分　序幕 ………………………………………… *1*
第二部分　在天回镇 …………………………………… *17*
第三部分　交流 ………………………………………… *57*
第四部分　兴顺号的故事 ……………………………… *103*
第五部分　死水微澜 …………………………………… *129*
第六部分　余波 ………………………………………… *227*

前　　记

　　《死水微澜》写成于一九三五年七月。从今天算上去，已二十年了。

　　我出生于一八九一年。当一九一一年，我尚是一个旧制中学未毕业的学生时，曾参加过四川保路同志会运动；一九一五年八月到一九一九年七月，又曾在成都当过报馆主笔和编辑；与社会接触面较宽，对于当前社会生活以及它的激动和变革，不免有些研究、观察，甚至预测它未来的动向。虽然后来转业教书、办工厂，但对社会的认识，多少有了一点基础，尽管这基础还很薄弱。

　　因此，从一九二五年起，一面教书，一面仍旧写一些短篇小说时，便起了一个念头，打算把几十年来所生活过，所切感过，所体验过，在我看来意义非常重大，当得起历史转捩点的这一段社会现象，用几部有联续性的长篇小说，一段落一段落地把它反映出来。

　　直到一九三五年，决意离开重庆一家私营修船厂，回住成都之前，把这计划写信告知当时在上海中华书局编译所负责任的舒新城先生，问他能不能接收出版给稿费。他回信说，可以。我才专力从事于写作。

　　我那时的计划，是以一九一一年即辛亥年的革命为中点，此之前分为三小段,此之后也分为三小段。预先布局出的,是此前的三小段,同时把名字也拟定了,即《死水微澜》、《暴风雨前》、《大波》。

《死水微澜》的时代为一八九四年到一九〇一年,即甲午年中国和日本第一次战争以后,到辛丑条约订定时的这一段时间。内容以成都城外一个小乡镇为主要背景,具体写出那时内地社会上两种恶势力(教民与袍哥)的相激相荡。这两种恶势力的消长,又系于国际形势的变化,而帝国主义侵略的手段是那样厉害。

《暴风雨前》的时代为一九〇一年到一九〇九年,即辛丑条约订定,民智渐开,改良主义的维新运动已在内地勃兴,到己酉年,一部分知识分子不再容忍腐败官僚压制的这一段时间。背景是成都。主要内容是写一个半官半绅家庭和几个当时所谓志士的形成和变化。(其中,一九〇七年,即丁未年,成都逮捕革命党人,是真事。虽然有案可据,但也加了工,艺术化了的。)

《大波》是专写一九一一年,即辛亥年,四川争路事件。这是晚近中国历史上一个规模相当大的民众运动,因它而引起了武昌起义,各省独立,结束了清朝二百六十七年(一六四四年顺治元年甲申至一九一一年宣统三年辛亥)专制统治。但这运动的构成,是非常复杂的,就是当时参加这运动的人,也往往蔽于它那光怪陆离的外貌,而不容易说明它的本质。我有意要把这一个运动分析综合,形象化地具体写出。但在三部小说中,偏以《大波》写得顶糟。预定分四册写完,恰第四册才开始,而一九三七年七月七日对日抗战的大事发生,第四册便中断了。从此,在思想上也背上了一个包袱,十几年来,随时在想,如何能有一个机会将《大波》重新写过,以赎前愆。

一九五四年五月,作家出版社给了我这个机会,叫我把《大波》大大修改一下重印。我考虑之后,仍然主张《大波》必须重写,而且要另起炉灶地重写。又考虑到这三部小说是有联续性的,重写《大波》,还应该把前两部中的典型人物统一下来,贯串下来,表现方面就更宽一些,也更具体些。才又建议作家出版社,还是先从《死水微澜》《暴风雨前》依次重印的好。及得允诺,从一九五四年十一月起,才着手修改。

《死水微澜》修改得少一些;《暴风雨前》更动较大,抽去几章,补写几章,另外修改的也有四分之一;《大波》哩,或者今年八月以后可以开笔。

至于一九一一年以后,更有意义的几个段落,当然也想写出。但现在说来似乎早了点,且等《大波》写完后再作计划好了。

李劼人
一九五五年六月十二日于成都菱窠

第一部分

序　幕

一

　　至今四十多年①了,这幅画景,犹然清清楚楚的摆在脑际:
天色甫明,隔墙灵官庙刚打了晓钟,这不是正好早眠的时节?偏偏非赶快起来不可,不然的话,一家人便要向你做戏了;等不及洗脸,又非开着小跑赶到学堂——当年叫作学堂,现在叫作私塾——去抢头学不可,不然的话,心里不舒服,也得不到老师的夸奖。睡眠如此不够的一个小学生,既噪山雀儿般放开喉咙喊了一早晨生书,还包得定在十早晨中,必有八早晨,为了生书上得太多,背不得,脑壳上挨几界方,眼皮遭纠得生疼;到放早学回家,吃了早饭再上学时,胃上已待休息,更被春天的暖气一烘,对着迭了尺把厚的熟书,安得不眉沉眼重,万分支持不住,硬想伏在书案上,睡一个饱?可是那顶讨厌,顶讨厌,专门打人的老师,他却一点不感疲倦,撑起一副极难看的黄铜边近视眼镜,半蹲半坐在一张绝大、绝笨重的旧书案前,拿着一条尺把长的木界方,不住地在案头上敲,敲出一片比野猫叫还骇人的响声,骇

---
① 此书写于一九三五年七月,故云"四十多年"。

得你硬不敢睡。

还每天如此,这时必有一般载油、载米、载猪到杀房去的二把手独轮小车,——我们至今称之为叽咕车,但一般都写作鸡公车,不免太歪曲了,——从四乡推进城来,沉重的车轮碾在红砂石板上,车的轴承被压得放出一派很和谐很悦耳的"咿咿呀呀!咿呀!咿呀!"

咿呀!只管鸣声单调,但在这时候简直变成了催眠曲!老师的可憎面孔,似乎离开了眼睛,渐远渐远,远到仿佛黄昏时候的人影;界尺声也似乎离开了耳朵,渐细渐细,细到仿佛初夏的蚊子叫,还一直要推演到看不见听不见的境界。假使不是被同桌坐的年纪较大的同学悄悄推醒,那必得要等老师御驾亲征,拿界方来敲醒。

虽只是一顷时的打盹,毕竟算过了瘾。夫然后眼睛才能大大睁开,喊熟书的声音才能又高又快,虽是口里高喊着"天地元黄","粗陈四字",说老实话,眼里所看的,并不是《千字文》、《龙文鞭影》,而清清楚楚地是一片黄金色的油菜花,碧油油的麦苗,以及一湾流水,环绕着乔木森森,院墙内,有好些瓦屋的坟园。

至今还难以解释,那片距城约摸二十来里的坟园,对于我这个生长都市的小孩子,何以会有那么大的诱惑!回忆当年,真个无时无刻不在想它,好像恋人似的相思,尤其当春天来时。

在私塾读书,照规矩,从清早一直到打二更,是不许休息的,除了早午两餐,不得不放两次学,以及没法禁止的大小便外。一年到头,也无所谓假期,除了端阳、中秋,各放学三天,过年放半个月,家里有什么婚丧祝寿大事,不得不耽搁相当时日。倘要休息,只好害病。害病岂非苦事?不,至少在书不溜熟而非背通本不可之时。但是病也不容易,你只管祷告它来惠顾你,而它却不见得肯来。这只好装病了,装头痛,装肚子痛,暂时诚可以免读书之苦,不过却要装着苦相,躺在床上,有时还须吃点不好吃的苦水,还是不好!算来,惟有清明节最好了,每年此际,不但有三天不读书,而且还要跑到乡下坟园去过两夜。这日子真好!真比过年过节,光是穿新衣裳,吃好东西,放泼地顽,放泼地闹,还快活!快活到何种程度,可是说不出。

只记得同妈妈坐在一乘二人抬的,专为下乡,从轿铺里雇来的鸭篷轿里,刚走出那一道又厚又高的城门洞,虽然还要走几条和城里差不多同样的街,才能逐渐看见两畔的铺店越来越低、越小、越陋,也才能看见铺店渐稀,露出一块一块的田土,露出尘埃甚厚的大路,露出田野中间一丛丛农庄上的林木,然而鼻端接触到那种迥然不同的气息,已令我这个一年只有几度出城,而又富有乡野趣味的孩子,恍惚起来。

啊!天那么大!地那么宽平!油菜花那么黄香!小麦那么青!清彻见底的沟水,那么流!流得涓涓的响,并且那么多的竹树!辽远的天边,横抹着一片山影,真有趣!

二

这一年,坟园里发见了奇事。

自从记得清楚那年起,每同爹爹、妈妈、大姐、二姐到坟园来时,在门口迎接我们的,老是住在旁边院子里的一对老夫妇。看起来,他两人似乎比外公外婆还老些,却是很和蔼,对人总是笑嘻嘻地一点不讨厌,并且不像别的乡下人脏。老头子顶爱抱着我去看牛、看羊,一路逗着我顽,教我认树木,认野花的名字,我觉得他除了叶子烟的臭气外,并没有不干净的地方。老太婆也干净利落,凡她拿来的东西,大姐从没有嫌厌过,还肯到她院子里去坐谈,比起对待大舅母还好些。

这一年偏怪!我们的轿子到大门口时,迎着我们走到门口来的,不是往年的那对老人,而是一个野娃娃——当时,凡不是常同着我们一块顽耍的孩子,照例给他个特殊名称:野娃娃,——同着一个高高的、瘦瘦的、打扮得整整齐齐的年轻女人。那女人,两颊上的脂粉搽得很浓,笑眯了眼睛,露出一口细白牙齿,高朗地笑道:"太太少爷先到了!我老远就看清楚了是你们。妈还说不是哩!"

妈妈好像乍来时还不甚认得她,到此,才大声说道:"啊呀,才是你啦,邓幺姐!我争点儿认不得你了。"

妈妈一下轿子,也像回外婆家一样,顾不得打发轿夫,顾不得轿里东西,回身就向那女人走去。她原本跟着轿子走进了院坝,脚小,抢不赢轿夫。

妈妈拉袖子在胸前拂着回了她的安道:"听说你更好喽,邓幺姐!……果然变了样儿,比以前越好了!……"

"太太,不要挖苦我了,好啥子,只是家务事忙些,难逢难遇才回娘家来住几天。太太倒是更发福了。少爷长高了这一头。还认得我不?"

我倒仿佛看见过她,记不起了,我也不必去追忆。此刻使我顶感趣味的,就是那个野娃娃。

这是一个比我似乎还大一点的男孩子。眼眶子很小,上下眼皮又像浮肿,又像肥胖。眼珠哩,只看得见一点儿,又不像别些孩子们的眼珠。别些人的都很活动,就不说话,也常常在转。大家常说钱家表姐生成一对岩眼睛,其实这野娃娃的眼睛才真岩哩!他每看一件什么东西,老是死呆呆的,半天半天,不见他眼珠转一转。他的眉毛也很粗。脸上是黄焦焦的,乍看去好像没有洗干净的样儿。一张大嘴,倒挂起两片嘴角,随时都像在哭。

那天,有点太阳影子,晒得热烘烘的。我在轿子里,连一顶青缎潮金边的瓜皮小帽,尚且戴不住,而那个野娃娃却戴了顶青料子做的和尚帽,脑后拖一根又短又翘的发辫,有大指粗细。身上没有我穿得整齐,是一件黄绿色的洋缎棉袄,倒长不短地齐到膝头,露出半截青料子夹裤。再下面,光脚穿了双钢青布朝元鞋。

三

两个房间都打开了,仍是那样地干净。这点,我就不大明白,何以关锁着的房间,我们每年来时,一打开,里面总是干干净净地,四壁角落里没一点儿灰尘蛛网,地板也和家里的一样,洗得黄澄澄的,可以坐,可以打滚,卍字格窗子用白纸糊得光光生生。桌、椅、架子床都抹得发光。我们带来的东西,只须放好,铺好,就各适其宜了。不过每年来时,爹爹妈妈一进房门,总要向那跟脚走进的老头子笑道:"难为你了,邓大爷!又把你们累了几天了!"

堂屋不大,除了供祖先的神龛外,只摆得下两张大方桌。我们每年在此地祭祖供饭,以及自己一家人一日两餐,从来都只一桌。大姐说,有一年,大舅、大舅母、二舅、三姨妈、幺姨妈、钱表姐、罗表哥,还有几个什么人,一同来这里过清明,曾经摆过三桌,很热闹。她常同妈妈谈起,二姐还记得一些,我一点都记不得了。

堂屋背后,是倒坐厅。对着是一道厚土墙。靠墙一个又宽又高的花台,栽有一些花草。花台两畔,两株紫荆,很大;还有一株木瓜,他们又唤之为铁脚海棠,唤之为杜鹃。墙外便是坟墓,是我们全家的坟墓。有一座是石条砌的边缘,垒的土极为高大,说是我们的老坟,有二百多年了。其余八座,小些,但坟前全有石碑石拜台。角落边还有一座顶小的,没有碑,也没有拜台,说是老王二爷的坟。老王二爷就是王安的祖父,是我们曾祖父手下一名得力的老家人,曾经跟着我们曾祖父打过蓝大顺、李短褡褡,所以死后得葬在我们的坟园里。

坟园很大,有二三亩地。中间全是大柏树,顶大的比文庙,比武侯祠里的柏树还大。合抱大楠树也有二十几株。浓荫四合,你在下面立着,好像立在一个碧绿大幄当中。爹爹常说,这些大树,听说在我们买为坟地之前,就很大了。此外便是祖父手植的银杏与梅花,都大了。沿着活水沟的那畔,全是桤木同楝树,枝叶扶疏,极其好看。沟这畔,是一条又密又厚又绿的铁蒺藜生垣。据说这比什么墙栅还结实,不但贼爬不进来,连狗也钻不进来。

狗,邓大爷家倒养有两只又瘦又老的黑狗。但是它们都很害怕人,我们一来,都躲了;等到吃饭时,才夹着尾巴溜到桌子底下来守骨头。王安一看见,总是拿窗棍子打出去。

坟园就是我们的福地,在学堂读书时,顶令人想念的就是这地方。二姐大我三岁,一到,总是我们两个把脸一洗了,便奔到园里来。在那又青又嫩的草地上,跳跃,跑,打滚。二姐爱说草是清香的,"你不信,你趴下去闻!"不错,果真是清香的。跳累了,就仰睡在草地上,从苍翠的枝叶隙中,去看那彩云映满的天,觉得四周的空旷感,好像从肌肤中直透入脏腑,由不得你不要快活,由不得你不想打滚。衣裳滚皱了,发辫滚毛了,通不管。素来把我们管得比妈妈还严的大姐,走来给我们整理衣裳发辫时,也不像在家里那样气狠狠的,只是说:"太烦了!"有时,她也在草地上坐下子,她不敢跳,不敢跑,她是小脚,并且是穿的高底鞋。

这一年到来,与往年有点不同,因为平空添了一个邓幺姐,同一个野娃娃——她的儿子。

四

野娃娃被我看得不好意思,一根指头塞在嘴里,转到他妈的背后,挽着她的围裙。我偏要去看他,他偏把一张脸死死埋在他妈的围裙上。他妈只顾同我们的妈妈说话,一面向堂屋里走,他也紧紧跟着。

爹爹的轿子到了,大姐二姐一同坐着的轿子也到了,王安押着挑子也到了。人是那么多,又在搬东西,又在开发轿夫、挑夫,安顿轿子。邓大爷、邓大娘同他们的媳妇邓大嫂又赶着在问好,帮忙拿东西,挂蚊帐,理床铺。王安顶忙了,房间里一趟,灶房里一趟。一个零工长年也喊了来,帮着打洗脸水,扫地。邓幺姐只赶着大家说话。大姐也和妈妈一样,一下轿就同她十分亲热起来。

野娃娃一眨眼就不见了。

我告诉二姐:"今天这儿有个野娃娃,邓幺姐的儿子,土头土脑的多有趣。"

二姐把眼睛几眨道:"邓幺姐的儿子?我像记得。……在哪里?我们找他耍去。"

我们到处找。找到灶房,邓大嫂已坐在灶门前烧火,把一些为城里人所难得看见的大柴,连枝带叶地只管往灶肚里塞。问我们来做什么。我们回说找邓幺姐的儿子。

她说:"怕在沟边上罢?那娃儿光爱跑那些地方的。"

沟边也没有。邓大爷在那里杀鸡,零工长年在刮洗我们带来的腊肉。

我们一直找到邓大爷住的那偏院,他正憨痴痴地站在厢房檐下一架黄澄澄的风簸机的旁边。

我们跳到他身边。二姐笑嘻嘻地说道:"我都不大认得你了。你叫啥名字呢?"

没有回答。

"你也不大认得我了吗?"

没有回答。

"你几岁?"

还是没有回答。并且把头越朝下埋,埋到只看得见一片狭窄的额头,和一片圆的而当中有个小孔的青料子和尚帽的帽顶。

我说:"该不是哑巴啦?管他的,拖他出去!"

我们一边一个,捉住他的手腕,使劲拖。他气力偏大,往里挣着,我们硬拖他不动。

邓大娘不知为找什么东西,走进来碰见了。我们告诉她:邓幺姐的儿子不肯同我们一块去耍。她遂向他吆喝道:"死不开眼的强① 东西!这样没出息!还不走吗?……看我打你几耳光!"

二姐拦住她道:"不要打他,邓大娘!他叫啥名字呀?"

"叫金娃子。……大概跟少爷一样大罢?……还在念书哩!你们考他一下,看他认得几个字。……"

到第二天,金娃子才同我们耍熟了。虽然有点傻,却不像昨天那样又怯又呆的了。

我们带来了几匣淡香斋的点心。爹爹过了鸦片烟瘾后,总要吃点甜东西的。每次要给我们一些,我们每次也要分一些给金娃子,他与我们就更熟了。

就是第二天的下午罢,他领我们到沟里去捉小螃蟹。他说,沟里很多,一伸手就捉得到的。我不敢下水,他却毫不在意地把朝元鞋一脱,就走了下去。沟边的水还不深,仅打齐他的膝盖。他一手挽着棉袄,一手去水里掏摸,并不如其所言:一伸手就捉得到。他又朝前移两步,还是没有。他说,沟的那畔石缝里多。便直向那畔踩去,刚到沟心,水已把他的夹裤脚打湿了。二姐很耽心,叫他转来。他一声不响,仍旧朝前走去,才几步,一个前扑,几乎整个跌到水里,棉袄已着打湿不少。二姐叫唤起来,他回头说道:"绞干就是啦!"接着走上沟来,把棉袄夹裤通脱了,里面只穿了一件又小又短的布汗衣,下面是光屁股。

---

① 强字,在四川人的语言中念成"将官""将校"的将字音,意思是小孩不听大人教训,性子倔强。有的便写成"犟"字。

二姐道:"你不冷吗?"

"怕啥子!"

"招了凉,要害病,要吃药的。"

"怕啥子!"

二姐终究耽心,飞跑去找他的妈。他妈走来,另自拿了件衣裳,一条布裤,也不说什么,只骂了几句:"挨刀的! 短命的! 就是你顾家老子把你惯坏了!"照屁股就是一顿巴掌。我帮着二姐把他的妈拉开。他穿衣裳时,眼泪还挂在脸上,已向着我们笑了,真憨得有趣。

五

两天半里头,邓幺姐很少做什么事。只有第二天,我们在坟跟前磕头礼拜时,她来帮着烧了几叠钱纸;预备供饭时,她帮着妈妈在灶房里做了两样菜。——我们家的老规矩:平常吃饭的菜,是伙房老杨做;爹爹要格外吃点好的,或是有客来,该大姐去帮做;但凡祭祖宗的供饭,便该妈妈带着大姐做,大半是大姐动刀,妈妈下锅。——妈妈本不肯的,她说:"太太,我还不是喜欢吃好东西的一个人?你们尝尝我的手艺看,若还要得,以后得便到两路口来,我们也好当东呀!"

大姐已洗了手,也怂恿妈妈道:"不要等爹爹晓得就得了。让邓幺姐把鱼和蹄筋做出来试试。我们也好换换口味,你也免得油烟把袖子熏得怪难闻的。"

妈妈还在犹豫道:"供祖宗的事情呀!……"

她已把锅铲抢了过去,笑道:"太太也太认真了,我身上是干净的,我们顾家敬祖宗的菜,还不是我做?"

除此两件事外,她老是陪着妈妈、大姐在说话。也亏她的话多,说这样,说那样,一天到晚,只听见她们的声气。

她是小脚,比妈妈、大姐的脚虽略大点,可是很瘦很尖,走起路来很有劲。妈妈曾经夸奖过她的脚实在缠得好,再不像一般乡下女人的黄瓜脚。邓大娘接口述说,她小时就爱好,在七岁上给她缠脚,从没有淘过大神;又会做针线,现在她脚上的花鞋,就是她自己做的。

她不但脚好,头也好,漆黑的头发,又丰富,又是油光水滑的。梳了个分分头,脑后挽了个圆纂,不戴丝线网子,没一根乱发纷披;纂心扎的是粉红洋头绳,别了根碧玉簪子。别一些乡下女人都喜欢包一条白布头布,一则遮尘土,二则保护太阳经,乡下女人顶害怕的是太阳经痛。而她却只用一块印花布手巾顶在头上,一条带子从额际勒到纂后,再一根大银针将手巾后幅斜别在纂上;如此一来,既可以遮尘土,而又出众的俏丽。大姐问她,这样打扮是从哪里学来的。她摇着头笑道:"大小姐,告诉了你,你要笑的。……是上前年冬月,同金娃子的这个顾家爹爹,到教堂里做外国冬至节时,看见一个洋婆子是这样打扮的。……你说还好看吗?"

她的衣裳,也有风致。藕荷色的大脚裤子,滚了一道青洋缎宽边,又镶了道淡青博古辫子。夹袄是什么料子,什么颜色,不知道,因为上面罩了件干净的葱白洋布衫,袖口驼肩都是青色宽边,又系了一条宝蓝布围裙。里外衣裳的领口上,都时兴地有道浅领,露出长长一段项脖,虽然不很白,看起来却是很柔滑,很细腻。

13

她似乎顶喜欢笑,从头一面和妈妈说话时,她是那么地笑,一直到最后,没有看见她不是一开口便笑。大概她那令人一见就会兴起"这女人还有趣"的一种念头的原因,定然是除了有力的小脚,长挑的身材,俏丽的打扮,以及一对弯豆角眼睛外,这笑必也是要素之一。她自己不能说是毫不感觉她有这长处,我们安能不相信她之随时笑,随地笑,不是她有意施展她的长处?

　　她的脸蛋子本来就瘦,瘦到两个颧骨突出来。可是笑的时候,那搽有脂粉的脸颊上,仍有两个浅浅的酒涡儿。顶奇怪的就是她那金娃子的一双死鱼眼睛,半天半天才能转一转,偏她笑起时的弯豆角眼眶中,却安了两枚又清亮、又呼灵的眼珠。儿子不像妈,一定像老子了。当时令我不解的,听说这儿子有两个老子。一个亲生老子,一个后老子,亲生老子还在。他姓蔡,他的老子姓顾。真怪!

　　她的眉毛不好,短短的,虽然扯得细,却不弯。鼻梁倒是轮轮的,鼻翅也不大。嘴不算好,口略大,上唇有点翘,就不笑时,也看得见她那白而发亮的齿尖,并且两边嘴角都有点挂。金娃子的嘴,活像她。不过他妈的嘴,算能尽其说话之能事,他的哩,恐怕用来吃东西的时候居多了。

　　她的额脑窄窄的,下颏又尖,再加上两个高颧骨,就成了两头略尖中间较大的一个脸蛋子。后来听妈妈她们说来,这叫做青果脸蛋,是比较受看的一种脸型。

　　她不但模样不讨厌,人又活动,性情也好。说起话来,那声音又清亮又秀气,尤其在笑的时节,响得真好听。妈妈喜欢她,大姐喜欢她,就连王安——顶古怪的东西,连狗都合不来的,对于我们,更常是一副老气横秋地讨人厌的样子——也和她好。我亲眼看见在第二天的早饭后,她从沟边洗了什么东西回来,走到竹林边时,王安忽从竹林中跑出,凑着她耳朵,不知说些什么,她笑了起来,呸了一口,要走;王安涎着脸,伸手抓住她的膀膊,她便站住了,只是看着王安笑,我故意从灶房里跑出去找金娃子,王安才红着脸丢开手走了,她哩,只是笑。

只有爹爹一个人,似乎不大高兴她。她在跟前时,虽也拿眼睛在看她,很和蔼地招呼她,却不大同她说话。那天供了饭,我们吃酒之际,爹爹吃了两箸鱼,连连称赞鱼做得好,又嫩又有味。他举着酒杯道:"到底乡下的活水鱼不同些,单是味道,就鲜多了!"妈妈不做声,大姐只瞅着妈妈笑,二姐口快,先着我就喊道:"爹爹,这鱼是邓幺姐做的。"

爹爹张着大眼把妈妈看着,妈妈微微笑道:"是她做的。我要赶着出来穿褂子磕头,才叫她代一手。我看她很干净。"

爹爹放下酒杯,顿了顿,也笑道:"看不出,这女人公然有这样好本事。……凡百都好。……只可惜品行太差!"

爹爹所说的"品行太差",在当时,我自然不明白指的什么而言。也不好问。妈妈、大姐自然知道,却不肯说。直到回家,还是朦朦胧胧地仅晓得是一句不大好的批评。一直到后来若干年,集合各方传闻,才恍然爹爹批评的那句话,乃是有这么一段平庸而极普遍的故事。

故事虽然明白,而金娃子业已飞黄腾达,并且与我们有姻娅之谊,当日喊的邓幺姐,这时要尊称之为姻伯母了。爹爹见着她时,也备极恭敬,并且很周旋她。"品行太差"一句话,他老人家大约久已忘怀了。

第二部分

在 天 回 镇

一

　　由四川省省会成都,出北门到成都府属的新都县①,一般人都说有四十里,其实只有三十多里。路是弯弯曲曲画在极平坦的田畴当中,这是一条不到五尺宽的泥路,仅在路的右方铺了两行石板;大雨之后,泥泞有几寸深,不在草鞋后跟拴上铁脚马几乎半步难行,晴明几日,泥泞又会变为一层浮动的尘土,人一走过,很少有不随着鞋的后跟而扬起几尺的;然而到底算是川北大道。它一直向北伸去,直达四川边县广元,再过去是陕西省的宁羌州、汉中府,以前走北京首都的驿道,就是这条路线。并且由广元分道向西,是川、甘大镇碧口,再过去是甘肃省的阶州、文县,凡西北各省进出货物,这条路是必由之道。

　　路是如此平坦,但不知从什么时代起,用四匹马拉的高车,竟在四川全境绝了迹,到现在只遗留下一种二把手从后面推着

---

①　清朝时候,地方行政层次极多,一省当中分几道;一道之下管几个府,几个直隶厅和直隶州;府之下又管几个厅、州、县(为府所管辖的厅、州,等于县,谓之单厅、单州)。直隶厅和州也要管辖几个县。当时四川省成都府管辖十六个州县。

走的独轮小车；运货只有骡马与挑担，运人只有八人抬的、四人抬的、三人抬的、二人抬的各式各样轿子。

以前官员士子来往北京与四川的，多半走这条路。尤其是主考、学政、总督们上任下任。沿路州县官吏除供张之外，还须修治道路。以此，大川北路不但与川东路一样，按站都有很宽绰、很大样的官寓，并且常被农人侵蚀为田的道路：毕竟不似其他大路，名义是官道，却只能剩一块二尺来宽的石板给人轿、驼马行走，而这路，还居然保持到五尺来宽的路面。

路是如此重要，所以每日每刻，无论晴雨，你都可以看见有成群的驼畜，载着各种货物，掺杂在四人官轿、三人丁拐轿、二人对班轿以及载运行李的杠担挑子之间，一连串来，一连串去。在这人流当中，间或一匹瘦马，在项下摇着一串很响的铃铛，载着一个背包袱、挎雨伞的急装少年，飞驰而过，你就知道这是驿站上送文书的人。不过近年因为有了电报，文书马已逐渐逐渐的少了。

就在成都与新都之间，刚好二十里处，在锦田绣错的旷野中，位置了一个不算大也不算小的镇市。你从大路的尘幕中，远远便可望见在一些黑魆魆的大树荫下，像岩石一样，伏着一堆灰黑色的瓦屋；从头一家起，直到末一家止，全是紧紧接着，没些儿空隙。在灰黑瓦屋丛中，也像大海里涛峰似的，高高突出几处雄壮的建筑物，虽然只看得见一些黄琉璃碧琉璃的瓦面，可是你一定猜得准这必是关帝庙、火神庙，或是什么宫、什么观的大殿与戏台了。

镇上的街面，自然是石板铺的，自然是遭叽咕车的独轮碾出了很多的深槽，以显示交通频繁的成绩，更无论乎驼畜的粪，与行人所丢的甘蔗渣子。镇的两头，不能例外地没有极脏极陋的穷人草房,没有将土地与石板盖满的秽草猪粪,狗矢人便。而臭气必然扑鼻,而褴褛的孩子们必然在这里嬉戏,而穷人妇女必然设出一些摊子,售卖水果与便宜的糕饼,自家便安坐在摊后,共邻居们谈天,做活。

不过镇街上也有一些较为可观的铺子,与镇外情形全然不同了。即如火神庙侧那云集栈,虽非官寓,而气派竟不亚于官寓。门口是一片连五开间的饭铺,进去是一片空坝,全铺的大石板,两边是很大的马房。再进去,一片广大的轿厅,可以架上十几乘大轿。穿过轿厅,东厢六大间客房,西厢六大间客房,上面是五开间的上官房。上官房后面,一个小院坝,一道短墙与更后面的别院隔断;而短墙的白石灰面上,是彩画的福禄寿三星图,虽然与全部房舍同样地陈旧暗淡,表白出它的年事已高,幸而青春余痕,尚未泯灭干净。

这镇市是成都北门外有名的天回镇。志书上,说它得名的由来远在盛唐。因为唐玄宗李隆基避安禄山之乱,由长安来南京,——成都在唐时号称南京,以其在长安之南的原故,——刚到这里,便"天旋地转回龙驭"了。皇帝在昔自以为是天之子,天子由此回銮,所以得了这个带点封建臭味的名字。

二

镇街上还有一家比较可观的铺子,在火神庙之南,也是一个双开间铺面。新建时是黑漆漆过的,还一定漆得很好;至今被风日剥蚀,黑漆只剩了点痕迹,但门枋、门槛、铺板,连里面一条长柜台,还是好好的并未朽坏。招牌是三个大字:兴顺号。新的时候,那贴了金的字,一定很辉煌;如今招牌的字虽不辉煌,但它的声名,知道的却多。

兴顺号是镇上数一数二,有好几十年历史的一家杂货铺。货色自然不能与城内一般大杂货店相比,但在乡间,总算齐备。尤其是卖的各种白酒,比镇上任何一家酒店、任何一家杂货铺所卖的都好。其实酒都是贩来的,都是各地烧房里烤的,而兴顺号的酒之所以被人称扬者,只在掺的水没有别家那么多。

兴顺号还有被人称扬之处,在前是由于掌柜——在别处称老板,成都城内以及近乡都称掌柜——蔡兴顺之老实。蔡兴顺小名叫狗儿,曾经读过两年私塾,杂字书满认得过,写得起。所以当他父亲在时,就在自家铺子里管理帐目,并从父亲学了一手算盘。二十岁上,曾到新都县城里一家商店当过几年伙计。一点恶嗜好没有,人又极其胆小可靠,只是喜欢喝一杯,不过也有酒德,微醺时只是眯着眼睛笑;及了量,便酣然一觉,连炸雷都打不醒。老板与同事们都喜欢他,也因为他太老实一点,对于别人的玩弄,除了受之勿违外,实在不晓得天地间还有报复的一回事。于是,大家给他上了一个徽号,叫傻子。

他父亲要死时,他居然积存了十二两银子回来。他父亲虽是病得发昏,也知道这儿子是个克绍箕裘的佳儿,不由不放心大胆,一言不发,含笑而逝。老蔡兴顺既死,狗儿便承继了这个生理,并承继了兴顺名号。做起生意,比他父亲还老实,这自然受人称扬;但不像他父亲通达人情,不管你是至亲好友,要想向他赊欠一点东西,那却是从来没有的事。可是也有例外,这例外只限于他一个表哥歪嘴罗五爷。

兴顺号在近年来被人称扬的,更是由于他的老婆。

方蔡傻子三年孝满,生意鼎盛之际,他新都县城的一个旧同事,因为一件什么事,路过天回镇,来看他。不知他因了什么缘由,忽然留这旧同事吃了杯大曲酒,一个盐蛋,两块豆腐干。这位被优礼的客人,大概为答报他的盛情起见,便给他做起媒来。说他有个远房亲戚,姓邓的,是个务农人家,有个姑娘,已二十岁了,有人材,有脚爪,说来配他,恰是再好没有了。

蔡傻子虽然根本未想到娶妻这件事,也不明白娶妻的好处,但既经人当面提说,也不免红起脸来。自己没有主意,特意将罗歪嘴找来商量。

罗歪嘴道:"你是有身家的生意人,不比我这个跑滩匠,你应该讨个老婆,把姑夫的香烟承继起来。我早就给你留心了的,既有人做媒,那便好了;你只管答应下,我一切帮忙。"

务农人家的女儿配一个小镇市上杂货铺的掌柜,谁不说是门户相当,天作之合?何况蔡掌柜又无父母、伯叔、兄弟、姊妹,人又本分,这婚姻又安得不一说便成,一成便就呢?

但是谁也料不到猪能产象。务农人家的姑娘,竟不像一个村姑,而像一个城里人。首先把全镇轰动的,就是陪奁丰富,有半堂红漆木器;其次是新娘子有一双伶俐小脚;再次是新娘子人材出众。

新婚之后,新娘子只要一到柜台边,镇上的一般少年必一拥而来,纷纷喊着蔡大嫂,要同她攀谈。她虽是怯生,却居然能够对答几句,或应酬一杯便茶,一筒水烟;与一般乡下新娘子,只要见了生人,便死死把头埋着,一万个不开口的,比并起来,自然她就苏气① 多了。

镇上男子们不见得都是圣人之徒。可惜邓家幺姑嫁给蔡傻子,背地议论为"一朵鲜花插在牛屎上"的,何尝没有人?羡慕蔡傻子,羡慕到眼红,不惜犯法背理,要想把乾坤扭转来的,又何尝没有人?蔡傻子之所以能够毫无所损的安然过将下去者,正亏他的表哥罗歪嘴的护法力量。

三

罗歪嘴——其实他的嘴并不歪,因为他每每与女人调情时,不免要把嘴歪几歪,于是便博得了这个绰号——名字叫罗德生,也是本地人。据说,他父亲本是个小粮户,他也曾读过书,因为性情不近,读到十五岁,还未把"四书"读完;一旦不爱读了,便溜出去,打流跑滩②。从此就加入哥老会,十几年只回来过几次。

他父母死了,一个姐姐嫁在老棉州,小小家当,早就弄光。到他回来之时,总是住在他姑夫老蔡兴顺的铺子内。老蔡兴顺念着内亲情谊,待他很好。他对姑夫,也极其恳挚,常向他说:"你老人家待我太厚道,我若有出头日子,总不会忘记你老人家的。"

---

① 四川人习用语言中,凡是称道一个人的态度大方,打扮漂亮,都叫作苏气。苏是苏州,气是气象。与此相反的叫作土气,苕气,或土头土脑。
② 本是四川哥老会的术语,后来竟普遍化了。打流,是流荡的意思;跑滩,是漂流各处的意思。以跑滩为职业的,叫作跑滩匠。

老蔡兴顺回答的是:"我们都是至亲,不要说这些生分话。只是你表弟狗儿太老实,你随时照顾他一下就好了。"

蔡傻子承继之后,也居然能体贴父志,与他常通有无,差不多竟像是亲兄弟一样。

最近三四年,他当了本码头舵把子朱大爷的大管事。以他的经历,以他的本领,朱大爷声光越大,他的地位也越高。纵横八九十里,只要以罗五爷一张名片,尽可吃通①;至于本码头的天回镇,更不消说了。

罗歪嘴更令一般人佩服的,就是至今还是一个光杆。年纪已是三十五岁,在手上经过的银钱,总以千数,而到现在,除了放三分大利的几百两银子外,随身只有红漆皮衣箱一口,被盖卷一个,以及少许必用的东西。

他的钱哪里去了?这是报得出支销来的:弟兄伙的通挪不说了,其次是吃了,再次是嫖了。

嫖,在袍哥界中,以前规矩严时,本是不许的,但到后来,也就没有人訾议。何况罗歪嘴嫖得很有分寸,不是卖货,他绝不下手。他常说:"老子们出钱买淫,天公地道。"又常自负:婊子、娈子②、小旦,嫖过不少,好看的,娇媚的,到手总有几十,但耍过就是,顶多三几个月,一脚踢开。说不要,就不要,自己从未沉迷

---

① 四川哥老会堂口极多,堂口所在,通称为码头,并非通商大埠那种码头。舵把子即某一堂口总揽大权的头子,一般称为大爷。管事的权也大,排列第五,故称五爷。吃通,原是赌场上术语,意思为把各方都赢了,及至普通化了,便转为到处都行得通,与吃得开同一意义。
② 娈,音姬,字书收有此字,解云:将男作女。别处也叫作兔子,或名兔崽。亦即文言之娈童。在清朝统治时期,四川各地此风甚盛,即在辛亥革命以后,此风犹未泯灭。在成都,娈子一称相公,专门干此业的,称为"吃相公饭的",省言之,为"吃相饭的"。有人穿凿一点,写作"象姑",并不妥当。

过,也从未与人争过风,吃过醋。

有人劝他不如正正经经讨房老婆,比起嫖来,既省钱,又方便。再则,三十五岁的人,也应该有个家才对呀。他的回答,则是:"家有啥子味道?家就是枷!枷一套上颈项,你就休想摆脱。女人本等就是拿来耍的,只要新鲜风趣,出了钱也值得。老是守着一个老婆,已经寡味了,况且讨老婆,总是讨的好人家女儿,无非是作古正经死板板的人,那有什么意思?"

他的见解如此,而与蔡兴顺的交谊又如彼。所以当蔡大嫂新嫁过来,许多人正要发狂之际,罗歪嘴便挺身而出,先向自己手下三个调皮的弟兄张占魁、田长子、杜老四,郑重吩咐道:"蔡傻子,哪个人不晓得是老子的表弟?他的老婆,自是老子的表弟妇。虽是长得伸抖① 一点,也是各人的福气。……其实,不算什么,为啥子大家就眼红起来?……你们去向大家招呼一声罢!"

罗歪嘴发了话,蔡傻子夫妇才算得了清静,一直到两年半之后,金娃子已一岁零四个月,才发生了一件新的事故。

四

蔡大嫂是邓大娘前夫的女儿。她的亲生父亲,是在一个大户人家当小管事的。她出世半岁,就丧了父亲,一岁半时,就随

---

① 伸抖,丰姿出众的意思,有时叫作伸展。是四川尤其川西一带的习用语。

母来到邓家。母亲自然是爱的,后父也爱如己出,大家都喊她做幺女,幺姑;虽然在她三岁上,她母亲还给她生了一个妹妹,直到四岁才害天花死了。

邓幺姑既为父母所钟爱,自然,凡乡下姑娘所应该做的事:捞柴草,喂猪,纺棉纱,织布,她就有时要做,她母亲也会说:"幺姑丢下好了,去做你的细活路!"她的确如她母亲所言,自幼爱好,粗活路不做,细活路却很行。因此,在十二岁上,她已缠了一双好小脚。她母亲常于她洗脚之后,听见她在半夜里痛得不能睡,抱着一双脚,哧哧的呻吟着哭,心里不忍得很,叫她把裹脚布松一松,"幺姑,我们乡下人的脚,又不比城里太太小姐们的,要缠那么小做啥子?"

她总是一个字的回答:"不!"劝很了,她会生气说:"妈也是呀!你管得我的!为啥子乡下人的脚,就不该缠小?我偏要缠,偏要缠,偏要缠!痛死了是我嘛!"

她又会做针线,这是在她十五岁上,跟邻近韩家院子里二奶奶学的。韩二奶奶是成都省里一个大户人家的姑娘,嫁到韩家不过四年,已经生了一儿一女,但一直过不惯乡下生活,终日都是愁眉苦眼地在想念成都。虽有妯娌姊妹,总不甚说得来,有时一说到成都,还要被她们带笑讥讽说:"成都有啥子好?连乡坝里一根草,都是值钱的!烧柴哩,好像烧檀香!我们也走过一些公馆,看得见簸箕大个天,没要把人闷死!成都人啥子都不会,只会做假!"于是,例证就来了。二奶奶一张口如何辩得赢多少口,只好不辩。一直在邓幺姑跟前,二奶奶才算舒了气。

邓幺姑顶喜欢听二奶奶讲成都。讲成都的街,讲成都的房屋,讲成都的庙宇花园,讲成都的零碎吃食,讲成都一年四季都有新鲜出奇的小菜:"这也怪了!我是顶喜欢吃新鲜小菜的,当初听说嫁到乡坝里来,我多高兴,以为一年到头,都有好小菜吃了。哪晓得乡坝里才是个鬼地方!小菜倒有,吃萝卜就尽吃萝卜,吃白菜就尽吃白菜!总之:一样菜出来,就吃个死!并且菜都出得迟,打个比方,像这一晌,在成都已吃新鲜茄子了,你看,这里的茄子才在开花!……"

尤其令邓幺姑神往的,就是讲到成都一般大户人家的生活,以及妇女们争奇斗艳的打扮。二奶奶每每讲到动情处,不由把眼睛揉着道:"我这一辈子是算了的,在乡坝里拖死完事!再想过从前日子,只好望来生去了!幺姑,你有这样一个好胎子,又精灵,说不定将来嫁给城里人家,你才晓得在成都过日子的味道!"

并且逢年过节,又有逢年过节的成都。二奶奶因为思乡病的原因,愈把成都美化起来。于是,两年之间,成都的幻影,在邓幺姑的脑中,竟与她所学的针线功夫一样,一天一天的进步,一天一天的扩大,一天一天的真确。从二奶奶口中,零零碎碎将整个成都接受过来,虽未见过成都一面,但一说起来,似乎比常去成都的大哥哥还熟悉些。她知道成都有东南西北四道城门,城墙有好高,有好厚;城门洞中间,来往的人如何拥挤。她知道由北门至南门有九里三分长;西门这面别有一个满城,里面住的全是满吧儿,与我们汉人很不对。她知道北门方面有个很大的庙宇,叫文殊院,吃饭的和尚日常是三四百人,煮饭的锅,大得可以煮一只牛,锅巴有两个铜制钱厚。她知道有很多的大会馆,每个会馆里,单是戏台,就有三四处,都是金碧辉煌的;江南馆顶阔绰了,一年要唱五六百台整本大戏,一天总是两三个戏台在唱。她知道许多热闹大街的名字:东大街、总府街、湖广馆;湖广馆是顶好买小菜买鸡鸭鱼虾的地方,凡是新出的菜蔬野味,这里全有;

并且有一个卓家大酱园,是做过宰相的卓秉恬家开的,红糟豆腐乳要算第一,酱园门前还竖立着双斗旗杆。她知道点心做得顶好的是淡香斋,桃圆粉、香肥皂做得顶好的是桂林轩,卖肉包子的是都益处,过了中午就买不着了,卖水饺子的是亢饺子,此外还有便宜坊,三钱银子可以配一个消夜攒盒,一两二钱银子可以吃一只烧填鸭,就中顶著名的,是青石板的温鸭子。她知道制台、将军、藩台、臬台,出来时多大威风,全街没一点人声,只要听见导锣一响,铺子里铺子外,凡坐着的人,都该站起来,头上包有白帕子,戴有草帽子的,都该立刻揭下;成都、华阳称为两首县,出来就不同了,拱竿四轿拱得有房檐高,八九个轿夫抬起飞跑,有句俗话说:"要吃饭,抬两县,要睡觉,抬司道。"她知道大户人家是多么讲究,房子是如何地高大,家具是如何地齐整,差不多家家都有一个花园。她更知道当太太的、奶奶的、少奶奶的、小姐的、姑娘的、姨太太的,是多么舒服安逸,日常睡得晏晏地起来,梳头打扮,空闲哩,做做针线,打打牌,到各会馆女看台去看看戏,吃得好,穿得好,又有老妈子、丫头等服侍;灶房里有伙房,有厨子,打扫、跑街的有跟班,有打杂,自己从没有动手做过饭,扫过地;一句话说完,大户人家,不但太太小姐们不做这些粗事,就是上等丫头,又何尝摸过锅铲,提过扫把?哪个的手,不是又白又嫩,长长的指甲,不是凤仙花染红的?

邓幺姑之认识成都,以及成都妇女的生活,是这样的,固无怪其对于成都,简直认为是她将来最好归宿的地方。

有时,因为阴雨或是什么事,不能到韩家大院去,便在堂屋织布机旁边,或在灶房烧火板凳上,同她母亲讲成都。她母亲虽是生在成都,嫁在成都,但她所讲的,几乎与韩二奶奶所讲的是两样。成都并不像天堂似的好,也不像万花筒那样五色缤纷,没钱人家苦得比在乡坝里还厉害："乡坝里说苦,并不算得。只要你勤快,到处都可找得着吃,找得着烧。任凭你穿得再褴褛,再坏,到人家家里,总不会受人家的嘴脸。还有哩,乡坝里的人,也不像成都那样动辄笑人,鄙薄人,一句话说得不好,人家就看不起你。我是在成都过伤了心的。记得你前头爹爹,以前还不是做小生意的,我还不是当过掌柜娘来?强强勉勉过了一年多不操心的日子,生你头半年,你前头爹爹运气不好,一场大病,把啥子本钱都害光了。想那时,我怀身大肚地走不动,你前头爹爹扶着病,一步一拖去找亲戚,找朋友,想借几个钱来吃饭医病。你看,这就是成都人的好处,哪个理睬他?后来,连啥子都当尽卖光,只光光地剩一张床。你前头爹爹好容易找到赵公馆去当个小管事,一个月有八钱银子,那时已生了你了。……"

五

旧时创痕,最好是不要去剥它,要是剥着,依然会流血的。所以邓大娘谈到旧时,虽然事隔十余年,犹然记得很清楚:是如何生下幺姑之时,连什么都没有吃的,得亏隔壁张姆姆盛了一大碗新鲜饭来,才把腔子填了填;是如何丈夫旧病复发死了,给赵老爷、赵太太磕了多少头,告了多少哀,才得棺殓安埋;是如何告贷无门,处处受别人的嘴脸,房主催着搬家,连磕头都不答应,弄到在人贩子处找雇主,都说带着一个小娃娃不方便,有劝她把娃娃卖了的,有劝她丢了的,她舍不得,后来,实在没法,才听凭张姆姆说媒,改嫁给邓家。算来,从改嫁以后,才未焦心穿吃了。

邓大娘每每长篇大论总要讲到两眼红红,不住地擤鼻涕。有时还要等到邓大爷劝得不耐烦,生了气,两口子吵一架,才完事。

但是邓幺姑总疑心她母亲说的话,不见得比韩二奶奶说的更为可信。间或问到韩二奶奶:"成都省的穷人,怕也很苦的罢?"而回答的却是:"连讨口子都是快活的!你想,七个钱两个锅块,一个钱一大片卤牛肉,一天哪里讨不上二十个钱,那就可以吃荤了!四城门卖的十二象①,五个钱吃两大碗,乡坝里能够吗?"

少年人大抵都相信好的,而不相信不好的,所以邓幺姑对于成都的想象,始终被韩二奶奶的乡思支配着。总想将来得到成都去住,并在大户人家去住,尝尝韩二奶奶所描画的滋味,也算不枉生一世。

要不是韩二奶奶在邓幺姑的十七岁上死了,她或许有到成都去住的机会。因为韩二奶奶有一次请她做一只挑花裹肚,说是送给她娘家三兄弟的。据她说来,她三兄弟已下过场,虽没有考上秀才,但是书却读通了。人也文秀雅致,模样比她自己长得好,十指纤纤,比女子的手还嫩。今年二十一岁,大家正在给他说亲哩。不知韩二奶奶是否有意,说到她三兄弟的婚事时,忽拿眼睛上上下下把邓幺姑仔细审视了一番。她也莫名其妙,忽觉心头微微有点跳,脸上便发起烧来。

---

① 在清朝年间,甚至在辛亥革命后若干年,成都四城门外,有这样一种小饭铺,把瘟猪、死猪的脏腑,死猫肉,死狗肉,甚至活鲜鲜的老鼠肉,总之,凡是动物的肉,煮一大锅,专门卖给一般穷人乞丐,平日难得吃油荤的人,叫作十二象。意思说,从鼠到猪十二肖象的生物全有。

隔了两个月,韩二奶奶已经病倒了,不过还撑得起来,只是咳。邓幺姑去看她时,她一把抓住幺姑的手,低低说道:"幺姑,我们再不能同堆做活路,……摆龙门阵了!……我本想把你说给我三兄弟的,……他们已看过你的活路,……就只嫌门户不对。……听说陆亲翁要讨一个姨娘,……他虽是五十几岁的人,……两个儿子都捐了官,……家务却好,……又是分开在住。……我已带口信去了,……但我恐怕等不到回信,……幺姑,你自家的事,……你自家拿主意罢!……"

她很着急,很想问个明白,但是房里那么多人,怎好出口?打算下一次再来问,老无机会,也老不好意思,而韩二奶奶也不待说清楚就奄然而逝。于是,一块沉重的石头便搁在邓幺姑的心上。

韩二奶奶之死,本是太寻常一件事,不过邓幺姑却甚为伤心,逢七必去哭一次,足足哭了七次。大家只晓得韩二奶奶平日待邓幺姑好,必是她感激情深;又谁晓得邓幺姑之哭,乃大半是自哭身世。因她深知,假使她能平步登天一下置身到成都的大户人家,这必须借重韩二奶奶的大力,如今哩,万事全空了!

其实,她应该怨恨韩二奶奶才对。如其不遇见韩二奶奶,她心上何至于有成都这个幻影,又何至于知道成都大户人家的妇女生活之可欣羡,又何至于使她有生活的比较,更何至于使她渐渐看不起当前的处境,而心心念念想跳到较好的环境中去,既无机会实现,而又不甘恬淡,便渐渐生出了种种不安来?

自从韩二奶奶死后,她的确变了一个样子。平常做惯的事,忽然不喜欢做了。半个月才洗一回脚,丈许长的裹脚布丢了一地,能够两三天地让它塞在那里,也不去洗;一件汗衣,有本事半个月不换。并且懒得不得开交,几乎连针掉在地上,也不想去拾起来。早晨可以睡到太阳晒着屁股还不想起床,起来了,也是大半天地不梳头,不洗脸;夜里又不肯早点睡,不是在月光地上,就是守着瓦灯盏,呆呆地不知想些什么。脾气也变得很坏,比如你看见她端着一碗干饭,吃得哽哽咽咽,你劝她泡点米汤,她有本事立刻把碗重重地向桌上一搁,转身就走,或是鼓着眼说道:"你管我的!"平日对大哥哥很好,给大哥哥做袜子补袜底,不等妈妈开口;如今大哥哥的袜子破到底子不能洗了,还照旧地扔在竹篮里。并且对大哥哥说话,也总是秋风黑脸的,两个月内,只有一次,她大哥哥从成都给她买了一条印花洋葛巾来,她算喜欢了两顿饭工夫。

她这种变态,引起第一个不安的,是邓大爷。有一天,她不在跟前,他遂一面卷叶子烟,一面向邓大娘说道:"妈妈,你可觉得幺姑近来很有点不对劲不?……我看这女娃子怕是有了心了?"

邓大娘好像吃了惊似的,瞪着他道:"你说她懂了人事,在闹嫁吗?"

"怕不是吗?……算来再隔三个月就满十八岁了。……不是已成了人吗?"

"未必罢?我们十七八岁时,还什么都不懂哩。……说老实话,我二十一岁嫁给你前头那个的时候,一直上了床,还是浑的,不懂得。"

"那咋能比呢;光绪年间生的人!……"

两个人彼此瞪着,然后把他们女儿近月来的行动,细细一谈论,越觉得女儿确是有了心。邓大娘首先就伤心起来,抹着眼泪道:"我真没有想到,幺姑一转眼就是别人家的人了,这十几年的苦心,我真枉费了!看来,女儿到底不及男娃子。你看,老大只管是你前头那个生的,到底能够送我们的终,到底是我的儿子!……"

六

邓幺姑的亲事既被父母留心之后,来做媒的自然不少。庄稼人户以及一般小粮户,能为邓大爷欣喜的,又未必是邓大娘合意的;邓大娘看得上的,邓大爷又不以为然。

邓大爷自以为是一家之主,嫁女大事,他认为不对的,便不可商量。邓大娘则以为女儿是我的,你虽是后老子,顶多只能让你作半个主,要把女儿嫁给什么人,其权到底在我的手上。两口子为女儿的事,吵过多少回,然而所争执的,无非是你作主我作主的问题,至于所说的人家,是不是女儿喜欢的,所配的人须不须女儿看一看,问问她中不中意?照规矩,这只有在嫁娶二婚嫂时,才可以这样办,黄花闺女,自古以来便只有静听父母作主的了。设如你就干犯世俗约章,亲自去问女儿:某家某人你要见不见一面?还合不合意?你打不打算嫁给他?或者是某家怎样?某人怎样?那我可以告诉你,你就问到舌焦唇烂,未必能得到肯定的答复。或者竟给你一哭了事,弄得你简直摸不着火门。

乡间诚然不比城市拘泥,务农人家诚然不比仕宦人家讲礼,但是在说亲之际,要姑娘本身出来有所主张,这似乎也是开天辟地以来所没有的。所以,邓幺姑听见父母在给她代打主意,自己只管暗暗着急,要晓得所待嫁与的,到底是什么人;然而也只好暗暗着急,爹爹妈妈不来向自己说,自己也不好去明白地问。只是风闻得媒人所提说的,大抵都在乡间,而并非成都,这是令她既着急而又丧气的事。

直到她十八岁的春天,韩二奶奶的坟上已长满了青草。一晚,快要黄昏了,一阵阵老鸹乱叫着直向许多丛树间飞去,田里的青蛙到处在喧闹,田间已不见一个人,她正站在拢门口,看邻近一般小孩子牵着水牛去沟里困水之际,忽见走向韩家大院的小路上,走来两个女人;一个是老实而寡言的韩大奶奶,一个却认不得,穿得还整齐干净。两个人笔端走来,韩大奶奶把自己指了指,悄悄在那女人耳边,喊喳了几句,那女人便毫不拘执,来到跟前,淡淡打了个招呼,从头至脚,下死眼把自家看一遍;又把一双手要去,握在掌里,捏了又看,看了又摸,并且牵着她走了两步,这才同她说了几句话,问了她年龄,又问她平日做些什么。态度口吻,很是亲切。韩大奶奶只静静地站在旁边。

末后,那女人才向韩大奶奶说道:"在我看,倒是没有谈驳;想来我们老太爷也一定喜欢。我们就进去同她爹妈讲罢,早点了,早点好!今天这几十里的路程,真把我赶够了!"

从这女人的言谈装束,以及那满不在乎的态度上看来,不必等她自表,已知她是从成都来的。从成都赶来的一个女人,把自己如此地看,如此地问,再加以说出那一番话,即令邓幺姑不是精灵人,也未尝猜想不到是为的什么事。因此当那女人与韩大奶奶进去之后,她便觉得心跳得很,身上也微微有点打抖。女人本就有喜欢探求秘密的天性,何况更是本身的事情?于是她就赶快从祠堂大院这畔绕过去,绕到灶房,已经听见堂屋里说话的声音。

是邓大爷有点生气的声音:"高大娘,承你的情来说这番话!

不过,我们虽是耕田作地的庄稼汉,却也是清白人家,也还有碗饭吃,还弄不到把女儿卖给人家当小老婆哩!……"

跟着是邓大娘的声音:"岁数差得也太远啦!莫说做小老婆,卖断根,连父母都见不着面;就是明媒正娶,要讨我们幺姑去做后太太,我也嫌他老了。不说别的,单叫他同我们幺姑站在一块,就够难看了!"

那女人像又劝了几句,听不很清楚,只急得她绞着一双手,心想:"该可答应了罢!"

然而事实相反,妈妈更大声的喊了起来:"好道!两个儿子都做了官,老姨太太还有啥势力?只管说有钱,家当却在少爷、少娘手上,老头子在哩,自然穿得好,吃得好,呼奴使婢,老头子死了呢?……"

爹爹又接过嘴去:"妈妈,同她说这些做啥?我们不是卖女儿的人!我们也不希罕别人家做官发财,这是各人的命!我们女儿也配搭不上,我们也不敢高攀!我们乡下人的姑娘,还是对给乡下人的好,只要不饿死!"

又是妈妈的声音:"这话倒对!城里人家讨小的事,我也看得多,有几个是有好下场的?倒不如乡坝里,一鞍一马,过得多舒服!……"

邓幺姑不等听完,已如浸在冰里一样,抱着头,也不管高低,一直跑到沟边,伤伤心心地哭了好一会。她父母却一直不晓得有这样一回事。

后来,似乎也说过城里人家,也未说成。直至她二十岁上,父母于她的亲事,差不多都说得在厌烦的时候,忽然一个远房亲戚,在端阳节后,来说起天回镇的蔡兴顺:二十七岁一个强壮小伙子,道地乡下人,老老实实,没一点毛病,没一点脾气;双开间的大杂货铺,生意历年兴隆,有好几百银子的本钱,自己的房子;上无父母,下无兄弟姊妹,旁无诸姑伯叔,亲戚也少。条件是太合适了,不但邓大爷、邓大娘认为满意,就是幺姑从壁子后面听见,也觉得是个好去处,比嫁到成都,给一个老头子当小老婆,去过受气日子,这里确乎好些。多过两年,又多了点见识,以前只是想到成都,如今也能作退一步想:以自己身份,未见得能嫁到成都大户人家,与其耽搁下去,倒不如规规矩矩在乡镇上作一个掌柜娘的好!因此她又着急起来。

但是,邓大爷夫妇还不敢就相信媒人的嘴。与媒人约了个时候,在六月间一个赶场日子,两口子一同起个早,跑到天回镇来。

虽然大家口里都不提说,而大家心里却是雪亮。邓大爷只注意在看铺子,看铺子里的货色;这样也要问个价钱,那样也要问个价钱,并问到某些货色的来源,某些货色的销路,好像要来顶打蔡兴顺的铺底似的。并故意到街上,从旁边人口中去探听蔡兴顺的底实。邓大娘所着眼的,第一是人。人果然不错,高高大大的身材,皮色虽黄,比起作苦的人,就白净多了。天气热,大家不拘礼,蓝土布汗衣襟一敞开,好一个结实的胸脯子!只是脸子太不中看,又像胖,又像浮肿。一对水泡眼,简直看不见几丝眼白。鼻梁是塌得几乎没有,连鼻准都是扁的。口哩,倒是一个海口,不过没有胡须,并且连须根都看不见。脸子如此不中看,还带有几分憨相,不过倒是个老实人,老实到连说话都有点不甚清楚。并且脸皮很嫩,稍为听见有点分两的话,立刻就可看见他一张脸涨得通红,摆出十分不好意思和胆怯的样子来。但是这却完全合了邓大娘的口味。她的想法:幺姑有那个样子,又精灵,又能干,又是有点怪脾气的,像这样件件齐全的女人,嫁的男人若果太好,那必要被克;何况家事也还去得,又是独自一个;设若男子再精灵,再好,那不免过于十全,恐怕幺姑的命未见得能够压得住。倒是有点缺憾的好,并且男子只要本分,老实,脾气好,丑点算什么,有福气的男儿汉,十有九个都是丑的。

何况吃饭之际,罗歪嘴听见了,赶来作陪。凭他的一张嘴,蔡傻子竟变成了人世间稀有的宝贝;而罗歪嘴的声名势力,更把蔡傻子抬高了几倍。第一个是邓大爷,他一听见罗歪嘴能够走官府,进衙门,给人家包打赢官司,包收滥帐,这真无异于说评书人的口中的大英雄了。他是蔡兴顺的血亲老表,并来替他打圆场,这还敢不答应吗?邓大娘自然更喜欢了。

两夫妇在归途中,彼此把见到的说出,而俱诧异,何以这一次,两个人的意思竟能一样,和上年之不答应高大嫂和韩大奶奶时完全相同?他们寻究许久,得不到结果,没办法,只好归之于前生的命定,今世的缘法。

自然不再与女儿商量,赓即按照乡间规矩,一步一步地办去。到九月二十边,邓幺姑便这样自然而然变做了蔡大嫂,蔡掌柜娘。

七

大家常说,能者多劳。我们于罗歪嘴之时而回到天回镇,住不几天,或是一个人,或是带着张占魁、田长子、杜老四一干人,又走了,你问他的行踪,总没有确实地方,不在成都省城,便远至重庆府，这件事上，真足以证实了。常住在一处，而平生难得走上百里，如蔡兴顺等人，看起他来，真好比神仙似的。蔡兴顺有时也不免生点感慨，向蔡大嫂议论起罗大老表来，总是这一句话："唉！坐地看行人！"

在蔡兴顺未娶妻之前，罗歪嘴回到天回镇时，只要不带婊子婑子，以及别的事件，总是落脚在兴顺号上。自蔡大嫂来归之后，云集栈的后院，便成了他的老家。只在十分空闲时，到兴顺号坐坐。

兴顺号是全镇数一数二的大铺子，并且经营了五十年。所以它的房舍，相当来得气派！临街是双开间大铺面，铺门之外，有四尺宽的檐阶；铺子内，货架占了半边，连楼板上都悬满了蜡烛火炮；一张⌊字柜台，有三尺高，二尺宽；后面货架下与柜台上，摆着大大小小几口瓦坛，全盛着镇上最负盛名的各种白酒，红纸签帖上标着绵竹大曲、资阳陈色、白沙烧酒。柜台内有一张高脚长方木凳，与铺面外一张矮脚立背木椅，都是兴顺号传家之宝，同时也是掌柜的宝座；不过现在柜台内的宝座，已让给了掌柜娘，只有柜掌娘退朝倦勤以及夜间写帐时，才由掌柜代坐。

铺子之内，柜台之外，尚空有半间，摆了两张极结实、极朴素的柏木八仙桌，两张桌的上方，各安了两把又大又高、又不好坐的笔竿椅子，其余三方，是宽大而厚重的板凳，这是预备赶场时卖酒的座头，闲场也偶尔有几个熟酒客来坐坐。两方泥壁，是举行婚姻大典时刷过粉浆，都还白净；靠内的壁上，仍悬着五十年前开张鸿发时，邻里契友等郑而重之地敬送的贺联，朱砂笺虽已黯淡，而前人的情谊仍隆重得像昨日一样。就在这壁子的上端悬了一个木神龛，供着神主；其下靠柜台一方，开了一道双扇小门，平常挂着印白花的蓝布门帘，进去，另是一大间，通常称之为内货间，堆了些东西和家具，上前面楼上去的临时楼梯，就放在这间。因为前后都是泥壁，而又仅有三道门，除了通铺面的一道，其余一道通后面空坝，一道在右边壁上，进去，即是掌柜与掌柜娘的卧房。仅这三道门，却无窗子，通光地方，全靠顶上三行亮瓦，而亮瓦已有好几年未擦洗，通光也就有限。卧房的窗子倒有两大堵，前面一堵临着柜房，四方格子的窗棂，糊着白纸，不知在什么时候，窗棂上嵌了一块人人稀奇的玻璃片，有豆腐干大一块；一有这家伙，那真方便啦，只要走到床背后，把粘的飞纸一揭开，就将外面情形看得清清楚楚，而在外面的人却不能察觉。后面一堵，临着空坝，可以向外撑开。后窗之左，又一道单扇小门。全部建筑，以这一间为最好，差不多算得是主要部分。上面也是楼板，不过不住人，下面是地板；又通气，又通光，而且后面空坝中还有两株花红树，长过了屋檐，在春夏之交，绿荫荫的景色，一直逼进屋来。

空坝之左，挨着内货间，是灶房。灶房横头，本有一个猪圈的，因为蔡大嫂嫌猪臭，自她到来，便已改来堆柴草。而原来堆柴草之处，却种了些草花，和一个豆角、金瓜架子。日长无事，在太阳晒不着时，她顶喜欢端把矮竹椅坐在这里做活路。略为不好的，就是右邻石姆姆养了好些鸡，竹篱笆又在破了，没人时，最容易被拳大的几只小鸡侵入，将草花下的浮土爬得乱糟糟，还要撒下一堆一堆鸡粪。靠外面也是密竹篱笆，开了一道门，出去，是场后小路；三四丈远处，一道流水小沟，沿沟十几株桤木，蔡大嫂和邻居姆姆们洗衣裳的地方，就在这里。

罗歪嘴每次来坐谈时，总在铺面的方桌上方高椅上一蹲，口头叼着一根三尺来长猴儿头竹子烟杆。蔡兴顺总在他那矮脚宝座上陪着咂烟，蔡大嫂坐在柜台内面随便谈着话。大都是不到半袋叶子烟,就有人来找罗歪嘴,他就不走,而方桌一周,总有许多人同他谈着这样,讲着那样;内行话同特殊名词很多,蔡大嫂起初听不懂,事后问蔡兴顺,也不明白,后来听熟了,也懂得了几分。起初很惊奇罗歪嘴等人说话举动,都分外粗鲁,乃至粗鲁到骇人;分明是一句好话,而必用骂的声口,凶喊出来。但是在若干次后,竟自可以分辨得出粗鲁之中,居然也有很细腻的言谈,不惟不觉骇人,转而感觉比那斯斯文文地更来得热,更来得有劲。她很想加入谈论,只可惜没有自己插嘴的空隙,而自己也谈不来,也没有什么可谈的。再看自己丈夫,于大家高谈阔论时,总是半闭着眼睛,仰坐在那里,憨不憨,痴不痴的,而众人也不瞅睬他。倒是罗歪嘴对于他始终是一个样子,吃叶子烟时,总要递一支给他,于不要紧的话时,总要找他搭几句白。每每她在无人时候,问他为何不同大家交谈,他总是摇着头道:"都与我不相干的,说啥子呢?"

只有一两次,因为罗歪嘴到来,正逢赶场日子,外面坐头上挤满了人,不好坐,便独自一人溜到后面空坝上来,咂着烟,想什么心事。蔡兴顺一则要照顾买主,因为铺子上只雇用了一个十四岁不到的小徒弟,叫土盘子的,不算得力,不能分身;二则也因罗歪嘴实在不能算客,用不着去管他。倒是蔡大嫂觉得让他独自一人在空坝上,未免不成体统,每每抱着还是一个布卷子似的金娃子,离开柜房,另拖一把竹椅,放在花红树下来陪他。

有时,同他谈谈年成,谈谈天气,罗歪嘴也是毫不经意地随便说说;有时没有话说,便逗下子孩子,从孩子身上找点谈资。只有一次,不知因何忽然说到近月来一件人人都在提说的案子:是一个城里粮户,只因五斗谷子的小事,不服气,将他一个佃客,送到县里。官也不问,一丢卡房,便是几个月。这佃客有个亲戚,是码头上的弟兄,曾来拜托罗歪嘴向衙门里说情,并请出朱大爷一封关切的信交去,师爷们本已准保提放,却被那粮户晓得了,立递一呈,连罗歪嘴也告在内,说他"钱可通神,力能回天"。县大老爷很是生气,签差将这粮户锁去,本想结实挫他一个不逊的,却不料他忽然大喊,自称他是教民。这一下把全二堂的人,从县大老爷直到站堂助威的差人,通通骇着了,连忙请他站起来,而他却跪在地下不依道:"非请司铎大人来,我是不起来的。我不信,一个小小的袍哥,竟能串通衙门,来欺压我们教民!你还敢把我锁来,打我!这非请司铎大人立奏一本,参掉你的知县前程不可!"其后,经罗歪嘴等人仔细打听清楚,这人并未奉教。但是知县官已被骇昏了,佃客自不敢放,这粮户咆哮公堂的罪也不敢理落,向朋友说:"他既有胆量拿教民来轰我,安知他明天不当真去奉教?若今天办了他,明天洋人当真走来,我这官还好做吗?"官这样软下去不要紧,罗歪嘴等人的脸面,真是扫了个精光。众人说起来,同情他们的,都为之大抱不平,说现在世道,忒变得不成话!怨恨他们的,则哈哈笑道:"也有今日!袍哥到底有背时的时候!"

谈到这件事上,蔡大嫂很觉生气,问罗歪嘴道:"教民也是我们这些人呀,为啥子一吃了洋教,就连官府也害怕他们?洋教有好凶吗?"

罗歪嘴还是平常样子,淡淡地说道:"洋教并不凶,就只洋人凶,所以官府害怕他,不敢得罪他。"

"洋人为啥子这么凶法?"

"因为他们枪炮厉害,连皇帝老官都害怕他们。"

"他们有多少人?"

"那,却不知道。……想来也不多,你看,光是成都省不过十几二十个人罢?"

她便站起来,提高了声音:"那,你们就太不行了!你们常常夸口:全省码头有好多好多,你们哥弟伙有好多好多。天不怕,地不怕!为啥子连十几二十个洋人就无计奈何!就说他们炮火凶,到底才十几二十个人,我们就拚一百人,也可以杀尽他呀!"

罗歪嘴看她说得脸都红了,一双大眼,光闪闪地,简直像红小旦安安唱劫营时的样子,心中不觉很为诧异:"这女人倒看不出来,还有这样的气概!并且这样爱问,真不大像乡坝里的婆娘们!"

八

但是蔡大嫂必要问个明白:"洋人既是才十几二十个人,为啥子不齐心把他们除了?教堂既是那么要不得,为啥子不把它打了?"罗歪嘴那有闲心同一个婆娘来细细谈说这道理,说了谅她也不懂,他想起昨天接到的那篇白头帖子①,说得很透彻,管她懂不懂,念一遍给她听,免得再来罗嗦。他遂从衣袋里摸出两张写满字的纸,眨了眨眼睛对蔡大嫂说:

"昨天有个朋友给我看了篇东西,正是说打教堂的,你耐着性子,我念给你听罢:

"为什么该打教堂?道理极多。概括说来,教堂者,洋鬼子

---

① 白头帖子即不署姓名的通告,文言叫作匿名帖子。当时内地没有印刷处所,更没有报纸,凡有什么民间言论,便用白纸写好了,贴在通衢大道的墙壁上,让人誊钞流传。也有雕了板,印刷散发的,不过很少。

传邪教之所也！洋鬼子者，中国以外之蛮夷番人也！尤怪者，是他懂我们的话，我们不懂他的话。穿戴也奇，行为也奇，又不作揖磕头，又不严分男女，每每不近人情，近乎鬼祟，故名之为洋鬼子，贱之也！而尤令人百思不得其解者，我们中国自有我们之教，读书人有儒教，和尚有佛教，道士有道教，治病的有医，打鬼的有巫，看阴阳论五行的有风水先生，全了，关于人生祸福趋避，都全了；还要你番邦的什么天主教，耶稣教做啥！我们中国，奉教者出钱，谓之布施。偏那洋教，反出钱招人去奉，中国人没有这样傻！他们又从何来的这么多钱？并且凡传教与卖圣书的，大都不要脸，受得气，你不睬他，他偏要钻头觅缝来亲近你，你就骂他，他仍笑而受之，你害了病，不待你请，他可以来给你诊治不要钱，还连带施药，中国人也没有这样傻！我们中国也有捐资设局，施医施药的善人，但有所图焉。人则送之匾额，以矜其善；菩萨则保佑他官上加官，财上加财，身生贵子，子生贵孙，世世代代，坐八人轿，隔桌打人，而洋鬼子却不图这些。你问他为何行善？他只说应该。再问他为何应该？也只能说耶稣吩咐要爱人。耶稣是什么？说是上帝之子。上帝，天也。那吗，耶稣是天子了；天子者，皇帝也，耶稣难道是皇帝吗？古人说过，天无二日，民无二王。普天之下，哪有两个皇帝之理？是真胡说八道，而太不近人情了！况且，看病也与中国医生不同，不立脉案，不开药方，惟见其刀刀叉叉，尚有稀奇古怪之家伙，看之不清，认之不得；药也奇怪，不是五颜六色之水，即是方圆不等的片也，丸也，虽然有效，然而究其何药所制：甘草吗？大黄吗？牛黄吗？马宝吗？则一问摇头而三不知。从这种种看来，洋鬼子真不能与人并论！但他不辞劳苦，挨骂受气，自己出钱，远道来此，究何所图？思之思之，哦！得之矣！传教医病，不过是个虚名！其实必是来盗宝的！中国一定有些什么宝贝，我们自己不知道，番邦晓得了，才派出这般识宝的，到处来探访。又怕中国人知道了不依，因才施些假仁假义，既可以掩耳目，又可以买人心。此言并非诬枉他们，实在是有凭有据。大家岂没有听见过吗？扬州地方，有一根大禹王镇水神铁，放在一个古庙中，本没有人认得，有一年，被一个洋鬼子偷去了，那年，扬州便遭大水，几乎连地都陷了。又某处有一颗镇地火的神珠，嵌在一尊石佛额上，也是被洋鬼子偷了，并且是连佛头齐颈砍去，那地方果就喷出地火，烧死多少人畜。还有，只要留心，你们就看得见有些洋鬼子，一到城外，总要拿一具奇怪镜子，这里照一照，那里照一照，那就是在探寻宝物了。你们又看得见，他们常拿一枝小木杖，在一本簿子上画，那就在画记号了。所以中国近年来不是天干，就是水涝，年成总不似以前好，其大原因，就在洋鬼子之为厉。所以欲救中国，欲卫圣教，洋鬼子便非摒诸国外不可，而教堂是其巢穴，此教堂之宜打者一也。

"其次，他那医病的药，据奉教的，以及身受过他医好的病人说，大都是用小儿身上的东西配合而成。有人亲眼看见他那做药房间里，摆满了人耳朵、人眼睛、人心、人肝，人的五脏六腑，全用玻璃缸装着，药水浸着，要用时，取出来，以那奇怪火炉熬炼成膏。还有整个的胎儿，有几个月的，有足了月的，全是活生生从孕妇腹中剖出，此何异乎白莲教之所为呢？所以自洋鬼子来，而孕妇有被害的了，小儿有常常遗失的了！单就小儿而言，岂非有人亲眼看见，但凡被人抛弃在街上，在茅房的私生子，无论死的活的，只要他一晓得，未有不立刻收去；还有些穷人家养不活的孩子，或有残废为父母所不要的孩子，他也甘愿收去，甚至出钱买去。小儿有何益处？他们不惜花钱劳神，而欲得之，其故何也？何况只见其收进去，而不见其送出来，墙高屋邃，外人不得而见，其不用之配药，将安置之？例如癸巳端阳节日，大家都于东校场中撒李子为乐之际，忽有人从四圣祠街教堂外奔来，号于众人：洋鬼子方肆杀小儿！其人亲闻小儿着刃，呼号饶命。此言一播，众皆发指，立罢掷李之戏，而集于教堂门阈，万口同声，哀其将小儿释出，而洋鬼子不听也，并将大门关得死紧。有义士焉，舍身越墙而入，启门纳众，而洋鬼子则已跑了，小儿亦被藏了。但药水所浸的耳朵眼睛、五脏六腑，大小胎儿，以及做药家伙，却尚来不及收拾；怪火炉上，方正发着绿焰之火，一银铛中所烹制者，赫然人耳一对。故观者为义愤所激，遂有毁其全屋之举。此信而有征之事，非谰言也。圣人说过，不以养人者害人。洋鬼子偏杀人以治人，纵是灵药，亦伤天害理之至。何况中国人就洋鬼子求治者极少，他那盈箱满箧之药，岂非运回番邦，以医其邦人？'蛮夷不可同中国'，况以中国之人，配为药物，以治蛮夷之病，其罪浮于白莲教，岂止万万！而教堂正其为恶之所，此教堂之宜打者二也。

"夫教民，本天子之良民也。只因为饥寒所迫，遂为洋鬼子小恩小惠，引诱以去。好的，存心君国，暂时自污，机运一至，便能自拔来归，还可借以窥见夷情。而多数则自甘暴弃，连祖先都不要了，倚仗洋势，横行市廛，至于近年，教民二字，竟成了护身之符，官吏不能治，王法不能加，作奸犯科，无所不用其极。这些都叫作莠民，应该置之严刑而不赦者。而教堂正其凭依之所，此教堂之宜打者三也。有此三者，但凡打毁教堂，杀尽洋人，天必佑之，人必颂之，邦人君子，岂可忽诸！"

九

　　蔡大嫂眉宇之间，仍然有些不了然的样子。一面解开胸襟，去喂金娃子的奶，一面仰头把罗歪嘴瞅着说："说得真对！我虽然不完全听得懂，道理总明白了。教民就是依仗着洋鬼子的势力，我们只要把洋鬼子整治了，还怕他啥子教民不教民。唉！说起来真丑！那样坏的人，我们偏偏要害怕他……"

　　罗歪嘴无意之间，一眼落在她那解开外衣襟而露出的一件汗衣上，粉红布的，还是新嫁娘时候穿的喜衣，虽是已洗褪了一些色，但仍娇艳地衬着那一只浑圆饱满的奶子，和半边雪白粉细的胸脯。他忙把眼光移到几根生意葱茏，正在牵蔓的豆角藤上去。

　　"……大老表，你是久跑江湖见多识广的人，总比我们那个行得多！……我们那个，一天到晚，除了算盘帐簿外，只晓得吃饭睡觉。说起来，真气人！你要想问问他的话，十句里头，包管你十句他都不懂。我们大哥哥，还不是在铺子上当伙计的，为啥子他又懂呢？……"

　　罗歪嘴仍站在那里，不经意地伸手将豆角叶子摘了一片，在指头上揉着。

　　"……不说男子汉，就连婆娘的见识，他都没有。韩家二奶奶不是女的吗？你看，人家哪样不晓得？你同她摆起龙门阵来，真真头头是道，咋样来，咋样去，讲得多好！三天三夜，你都不想离开她一步！……"

一片豆角叶子被罗歪嘴揉烂了，又摘第二片。心头仍旧在想着："这婆娘！……这婆娘！……"

"……人家韩二奶奶并没有读过书认得字的呀。我们那个，假巴意思，还认了一肚皮的字，却啥子都不懂！……"

罗歪嘴不由回过头来看了她一眼。微微的太阳影子，正射在她的脸上。今天是赶场日子，所以她搽了水粉，涂了胭脂，虽把本来的颜色掩住了，却也烘出一种人工的艳彩来。这些都还寻常，只要是少妇，只要不是在太阳地里作苦的少妇，略加打扮，都有这种艳彩的，他很懂得。而最令他诧异的，只有那一对平日就觉不同的眼睛，白处极白，黑处极黑，活泼玲珑，简直有一种说不出的神气。此刻正光芒乍乍地把自己盯着，好像要把自己的什么都打算射穿似的。

他心里仍旧寻思着："这婆娘！……这是个不安本分的怪婆娘！……"口里却接着说道："傻子是老实人，我觉得老实人好些。"

蔡大嫂一步不让的道："老实人好些？果然好些！会受气，会吃闷饭，会睡闷觉！我嫁给他两年多，你去问他，跟我摆过十句话的龙门阵没有？他并不是不想摆，并不是讨厌我不爱摆，实在是没有摆的。就比方说洋鬼子嘛，我总爱晓得我们为啥子害怕他，你，大老表，还说出了些道理，我听了，心里到底了然点；你去问他，我总不止问过他一二十回，他哪一回不是这一句：我晓得吗？……啊！说到这里，大老表，我还要问问你。要说我们百姓当真怕洋鬼子，却也未必罢！你看，百姓敢打教堂，敢烧他的房子，敢抢他的东西，敢发洋财，咋个一说到洋鬼子，总觉得不敢惹他似的，这到底是啥道理呀！"

罗歪嘴算是间接受了一次教训,这次不便再轻看了她,遂尽其所知道的,说出了一篇原由:

"不错,百姓们本不怕洋人的,却是被官府压着,不能不怕。就拿四圣祠的教案说罢,教堂打了,洋人跑了,算是完了事罢,百姓们何曾犯了洋人一根毛?但是官府不依了,从制台起,都骇得不得了,硬说百姓犯了滔天大罪,把几个毫没出息,骇得半死的男女洋人,恭恭敬敬迎到衙门里,供养得活祖宗一样。一面在藩库里,提出了几十万两雪花银子来赔他们,还派起官员师爷亲自督着泥木匠人,给他们把教堂修起,修得比以前还高,还大,还结实;一面又雷厉风行严饬一府两县要办人,千数的府差县差,真像办皇案似的,一点没有让手,逮了多少人,破了多少家,但凡在教堂里捡了一根洋钉的,都脱不了手。到头,砍了七八个脑袋,在站笼里站死的又是一二十,监里、卡房里还关死了好些,至今还有未放的。因这原故,不打教堂,还要好些,打了后,反使洋人的气焰加高了。他们虽然没有摆出吃人的嘴脸,从此,大家就不敢再惹他们了。岂但不敢惹,甚至不敢乱巴结,怕他们会错了意,以为你在欺侮他;他只须对直跑进衙门去,随便说一句,官就骇慌了,可以立时立刻叫差人把你锁去,不问青红皂白,倒地就是几千小板子,把你两腿打烂,然后一面枷,枷上,丢到牢里去受活罪。不管洋人追究不追究,老是把你关起。有钱的还可买路子,把路子买通,滚出去。但是你的家倾了,就没有拖死,也算活活剥了一层皮!官是这样害怕洋人,这样长他们的威风,压着百姓不许生事,故所以凡在地方上当公事的,更加比官害怕!码头上哥弟伙,说老实话,还怕惹不起洋人吗?不过,就因为遭官管着,一个人出了事,一千人被拖累,哪个又不存一点顾忌呢?说到官又为什么害怕洋人到这步田地?那自然也和百姓一样,被朝廷压着,不能不怕;如其不怕,那吗,拿纱帽来;做官的,又哪个不想升官,甘愿为百姓丢官呢?至于朝廷,又为啥害怕洋人?那是曾经遭洋人打得弱弱大败过。听说咸丰皇帝当年还遭洋人撵到热河,火烧圆明园时,几乎烧死。皇帝老官骇破了胆,所以洋人人数虽不多,听说不过几万人,自然个个都恶得像天神一样了!"

蔡大嫂听入了神,金娃子已睡着了,犹然让那一只褐色乳头露在外面,忘记了去掩衣襟。

末后,她感叹了一声道:"大老表,你真会说!走江湖的人,是不同。可也是你,才弄得这么清楚,张占魁他们,未必能罢!"

这不过是很寻常的恭维话,但在罗歪嘴听来,却很入耳,佩服她会说话,"真不像乡坝里的婆娘!"

只算这一次,罗歪嘴在兴顺号,独自一个与蔡大嫂谈得最久,而印象最好,引起他留心的时候最多。

十

罗歪嘴又因为一件什么事,离开了天回镇。过了好几个月,到秋末时节,一天下午,是闲场日子,蔡大嫂正双手挽着金娃子,在铺子外面平整的檐阶上,教他走路;土盘子蹲在对面三四尺远处,手上拿件顽意,逗着金娃子走过去拿。

两乘长行小轿,一前一后从场头走进来。土盘子跳起来喊道:"罗五爷回来了!"

蔡大嫂忙揽着金娃子,立起身,回头看去。前头一乘轿内,果是罗德生,两手靠在扶手板上,拿了副大墨晶眼镜。满脸是笑地望着她打招呼道:"表弟妇好哇!……"

她也很欣喜地高声喊道:"大老表好呀!这一回走了好几个月啦!……洗了脸请过来耍啊!……"

"要来的!……要来的!……"轿子已走过了。

后头一乘轿子的轿帘,是放下来的。但打跟前走过时,从轿窗中,却隐隐约约看见里面坐了个年轻女人。跟在轿子后面有两根挑子,挑了三口箱子,两只大网篮。

她微微一呆,向土盘子努了个嘴道:"云集栈去看看,两乘轿是不是一路的?那女人是做啥的?姓啥子?长得还好看不?"

直到一顿饭后,土盘子回来了,说那女人是罗五爷带回来的,听他们赶着喊刘三,长得好,就只矮一点,脚也大。

她不禁向蔡兴顺笑道:"罗大老表到底是吃屎狗,断不了这条路,这回又带一个回来,看又要得多久。挨边四十岁的人,真不犯着还这样的瞎闹!"

他哑着叶子烟,坐在矮脚宝座上,只是摇着头,"啊"了一声,算是他很同意于她所说的。

十一

刘三是刘三金的简称,是内江刘布客的女。遭人诱拐出来之后,自己不好意思回去,便老老实实流落在江湖上,跑码头。

样子果如土盘子所言,长得好。白白净净一张圆脸,很浓的一头黑发,鼻子塌一点,额头削一点,颈脖子短一点,与一般当婊子的典型,没有不同之处。口还小,眼睛也还活动。自己说是才十八岁,但从肌理与骨格上看来,至少有二十三四岁,再从周旋肆应、言谈态度上看来,怕不已有二十七八岁了!也会唱几句"上妆台""玉美人",只是嗓子不很圆润。鸦片烟却烧得好,也吃两口,说是吃耍的,并没有瘾。在石桥与罗歪嘴遇着,耍了五天,很投合口味,遂与周大爷商量,打算带她到天回镇来。这事情太小了,周大爷落得搭手①,把龟婆叫来,打了招呼。由罗歪嘴先给了三十两银子,叫刘三金把东西收拾收拾,因就带了回来。

　　云集栈的后院,因是码头上一个常开的赌博场合,由右厢便门进出的人,已很热闹了。如今再添一个婊子,——一个比以前来过的婊子更为风骚、更为好看些的婊子。——更吸引了一些人来。就不赌博,也留恋着不肯走,调情打俏的声音,把隔墙上官房住的过客,每每吵来睡不着。

　　后院房子是一排五大间,中间一间,是个广厅,恰好做摆宝、推牌九的地方。其余四间,通是客房。罗歪嘴住着北头一间耳房,也是上面楼板,下面地板,前后格子窗,与其他的房间一样;所不同的,就是主人格外讨好于罗管事,在去年,曾用粉纸裱糊过,把与各房间壁上一样应有的"身在外面心在家"的通俗诗,全给遮掩了。而地板上铜钱厚的污泥,家具上粗纸厚的灰尘,则不能因为使罗管事感觉不便,而例外地铲除干净,打抹清洁。仅仅是角落里与家具脚下的老蜘蛛网,打扫了一下,没有别的房间里

---

① 四川哥老会术语,后来也普通化了。搭手就是帮助之意。来源是:上木船时,船家以篙竿搭个扶手相助,省去一个字,便是搭手。

那么多。

房里靠壁各安了一张床,白麻布印蓝花的蚊帐,是栈房里的东西。前窗下一张黑漆方桌,自罗歪嘴一回来,桌上的东西便摆满了。有蓝花磁茶食缸,有红花大碗盘,随时盛着芙蓉糕、锅巴糖等类的点心,有砚台,有笔,有白纸,有梅红名片,有白铜水烟袋,有白铜漱口盂,有虬鱼骨嘴的叶子烟杆,有茶碗,有茶缸。桌的两方,各放有一张高椅。后窗下,原只有两条放箱子的宽凳,这次,除箱子外,还安了一张条桌,摆的是刘三金的梳头镜匣,旁边一只简单洗脸架,放了面白铜洗脸盆,也是她的。此外就只几条端来端去没有固定位置的板凳了。两张床铺上,都放有一套鸦片烟家具,比较还讲究,是罗歪嘴的家当之一。两盏烟灯,差不多从响午过后就点燃了,也从这时候起,每张铺上,总有一个外来的人躺在那里。

刘三金虽是罗歪嘴临时包来的婊子,但他并不像别一般嫖客的态度:"这婊子是我包了的,就算是我一个人的东西,别人只准眼红,不准染指;若是乱来了,那就是有意要跟老子下不去,这非拚一个你死我活不可!"他从没有这样着想过。他的常言:"婊子原本大家耍的,只要耍得高兴便好。若是嫖婊子,便把婊子当做了自家的老婆,随时都在用心使气,那不是自讨苦吃?"

他的朋友哥弟伙,全晓得他这性格,背后每每讥笑他太无丈夫气,或笑他是"久嫖成龟"。但一方面又衷心佩服他,像他这种毫不动真情的本事,谁学得到?这种不把女人当人的见解,又谁有?因此,也落得与他光明正大地同乐起来。

刘三金起初哪里肯信他从石桥起身时说的"你要晓得,我与别的嫖客不同,虽是包了你,你仍可以做零碎生意,只是夜里不准离开我,除非我喊你去陪人睡。"凭她的经验来估计,要不是他故意说顽,就必别有用意,准备自己落了他的圈套,好赖包银罢咧。

到了天回镇几天,他这里办法,果然有些异样。赌博朋友不说了,一来就朝耳房里钻,打个招呼,向烟盘边一躺,便什么话都说得出,什么怪相都做得出。就不是赌博朋友,只要是认得的,也可对直跑来,当着罗哥的面,与她调情打俏做眉眼。

有一个顶急色的土绅粮,叫陆茂林,——也是兴顺号常去的酒客,借名吃酒,专门周旋蔡大嫂,却从未得蔡大嫂正眼看一下,——有三十几岁,黄黄地一张油皮脸,一对常是眯着的近视眼;鼻头偏平,下颏宽大,很有点像牛形;穿得不好,但肚兜中常常抓得出一些银珠子和散碎银子,肩头上一条土蓝布用白丝线锁狗牙纹的褡裢,也常是装得饱鼓鼓的。他不喜欢压宝、推牌九,不得已只陪人打打纸牌,而顶高兴烧鸦片烟,又烧得不好,每每烧一个牛粪堆,总要蹧踏许多烟;又没有瘾,把烟枪凑在嘴上,也不算抽,只能说在吹。

他头一次钻进耳房,觌面把刘三金一看,便向罗歪嘴吵道:"好呀,罗哥,太对不住人了!弄了这么好一朵鲜花回来,却不通知我一声!岂有此理,岂有此理!"

一转身就把正在吃水烟的刘三金拉去,搂在怀里,硬要吃个香香。

罗歪嘴躺在烟盘旁边笑骂道:"你个龟杂种,半年不见,还是这个脾气,真叫老马不死旧性在!你要这样红不说白不说的瞎闹,老子硬要收拾你了!"

陆茂林丢开刘三金,哈哈一笑,向烟盘那边董一声倒将下去道:"莫吵,莫吵!我还不是有分寸的?像你那位令亲蔡大嫂,我连笑话都不敢说一句。像这些滥货,晓得你哥子是让得人的,瞎闹下子,热闹些!"

刘三金先就不依了,跑过去,在他大腿上就是一拳,打得他叫唤起来。

"滥货？你妈妈才是滥货！……"

罗歪嘴伸过脚去,将她快要打下的第二拳架住道:"滥货不滥货,不在他的口里,只你自己明白就是了。"

她遂乘势扶着他的脚骭,一歪身就倒在他怀里,撒着娇道:"干达达,你也这样挖苦你的正经女儿吗？"

两个男子都笑了起来。

刘三金满以为陆茂林肚兜里的银子是可以搬家的,并且也要切实试一下罗歪嘴的慷慨。她寻思要是有人吃起醋来,这生意才有做头哩。不过,她也很谨慎。直到八天之后,午响,罗歪嘴在兴顺号坐了一会,回到栈房,赌博的人尚没有来,别的人也都吃饭去了;一个后院很是清静,只有那株大梧桐树上的干叶子,着午风吹得喊喊的响。

他走上檐阶喊道:"三儿！三儿！"

刘三金从耳房里奔出来,一下扑到他怀里,只是顿脚。

他大为诧异,拿手把她的头扶起来,当真是眼泪汪汪的,喉咙里似乎还在哽咽。他遂问道:

"做啥子,搞成了这般模样？"

她这才咽咽哽哽地说道:"啊！……干达达,你要给我作主呀！……我遭他欺负了！……干达达！……"

"好生说罢,遭哪个欺负了？咋个欺负的？"

"就是天天猴在这里的那个陆茂林呀！……今天趁你走了,……红不说白不说的……你看呀！……挨刀的东西！……"

罗歪嘴哈哈笑了起来,把她挽进耳房,向床铺上一攥,几乎把她攮了一交。一面说道:"罢哟!这算啥子!问他要钱就完了!老陆是悭吝鬼,只管有钱,却只管想占便宜,以后硬要问他拿现钱,不先给钱,不干!那你就不会遭他空欺负了!"

刘三金坐在床边上,茫然看着他道:"你硬是受得!……"

"我早跟你说过,要零卖就正大光明地零卖。不要跟老子做这些过场!"

这真出乎刘三金的意外,跑了多年的码头,像这样没醋劲的人,委实是初见。既然如此,又何必客气哩。

第三部分

交 流

一

这一天,又是天回镇赶场的日子。

初冬的白昼,已不很长,乡下人起身得又早,所以在东方天上有点鱼肚白的颜色时,镇上铺家已有起来开铺板,收拾家具的了。

闲场日子,镇上开门最早的,首数云集、一品、安泰几家客栈,这因为来往客商大都是鸡鸣即起,不等大天光就要赶路。随客栈而早兴的,是鸦片烟馆,是卖汤元与醪糟的担子。在赶场日子,同时早兴的,还有卖猪肉的铺子。

川西坝——东西二百余里,南北七百余里的成都平原的通俗称呼——出产的黑毛肥猪,起码在四川全省,可算是头一等好猪。猪种好,全身黑毛,毛根稀,矮脚,短嘴,皮薄,架子大,顶壮的可以长到三百斤上下;食料好,除了厨房内残剩的米汤菜蔬称为潲水①外,大部分的食料是酒糟、米糠,小部分的食料则是连

---

① 潲字并非臆造。《康熙字典》载"广韵"、"集韵"并云:读成稍字去声,义为汛沖以食豕。我们现在喂猪的潲水,还是要掺和米汤,米汤便是沖。

许多瘠苦地方的人尚不容易到口的玉麦粉或碎白米稀饭;喂养得干净,大凡养猪的,除了乡场上一般穷苦人家,没办法只好放敞猪而外,其余人家,都特修有猪圈,大都是大石板铺的地,粗木桩做的栅,猪的粪秽是随着倾斜石板面流到圈外厕所里去了,喂猪食的石槽,是窄窄的,只能容许它们仅仅把嘴筒放进去。最大原则就是只准它吃了睡,睡了吃,绝对不许它劳动。如像郫县、新繁县等处,石板不好找,便用木板造成结实的矮楼,楼下是粪坑,楼板时常被洗濯得很光滑。天气一热,生怕发生猪瘟,还时时用冷水去泼它。总之,要使它极为舒适,毫不费心劳神地只管长肉。所以成都西北道的猪,在川西坝中又要算头等中的头等。它的肉,比任何地方的猪肉都要来得嫩些,香些,脆些,假如你将它白煮到刚好,切成薄片,少蘸一点白酱油,放入口中细嚼,你就察得出它带有一种胡桃仁的滋味,因此,你才懂得成都的白片肉何以是独步。

因为如此,所以天回镇虽不算大场,然而在闲场时,每天尚须宰二三只猪,一到赶场日子,猪肉生意自然更其大了。

就是活猪市上的买卖,也不菲呀!活猪市在场头一片空地上,那里有很多大圈,养着很多的肥猪。多是闲场时候,从四乡运来,交易成功,便用二把手独轮高车,将猪仰缚在车上,一推一挽向省城运去,做下饭下酒的材料。猪毛,以前不大中用,现在却不然,洋人在收买。不但猪毛,就连猪肠,瘟猪皮,他都要。成都东门外的半头船,竟满载满载地运到重庆去成庄。所以许多乡下人都奇怪:"我们丢了不中用的东西,洋鬼子也肯出钱买,真怪了!以后,恐怕连我们的泥巴,也会成钱啦!"

米市在火神庙内,也与活猪市一样,是本镇主要买卖之一。天色平明,你就看得见满担满担的米,从糙的到精的,由两头场口源源而来,将火神庙戏台下同空坝内塞满,留着窄窄的路径,让买米的与米经纪来往。

家禽市,杂粮市,都在关帝庙中,生意也不小。鸡顶多,鸭次之,鹅则间或有几只,家兔也与鹅一样,有用篮子装着的,大多数都是用稻草索子将家禽的翅膀脚爪扎住,一列一列的摆在地上。小麦、大麦、玉麦、豌豆、黄豆、胡豆,以及各种豆的箩筐,则摆得同八阵图一样。

大市之中,尚有家畜市,在场外树林中。有水牛,有黄牛,有绵羊,有山羊,间或也有马,有叫驴,有高头骡子,有看家的狗,有捕鼠的猫。

大市之外,还有沿街而设的杂货摊,称为小市的。在前,乡间之买杂货,全赖挑担的货郎,摇着一柄长把博浪鼓,沿镇街、沿农庄走去。后来,不知是哪个懒货郎,趁赶场日子,到镇街上设个摊子,将他的货色摊将出来,居然用力少而收获多,于是就成了风尚,竟自设起小市来。

小市上主要货品,是家机土布。这全是一般农家妇女在做了粗活之后,借以填补空虚光阴,自己纺出纱来,自己织成,钱虽卖得不多,毕竟是她们在空闲时拾来的私房,并且有时还赖以填补家缴之不足的一种产物。但近来已有外国来的竹布,洋布,那真好,又宽又细又匀净,白的雪白,蓝的靛蓝,还有印花的,再洗也不脱色,厚的同呢片一样,薄的同绸子一样,只是价钱贵得多,买的人少,还卖不赢家机土布。其次,就是男子戴的瓜皮帽,女子戴的苏缎帽条,此际已有燕毡大帽与京毡窝了,凉帽过了时,在摊上点缀的,惟有极寻常的红缨冬帽,瑞秋帽。还有男子们穿的各种鞋子,有云头,有条镶,有单梁,有双梁,有元宝,也有细料子做的,也有布做的,牛皮鞋底还未作兴到乡下来,大都是布底,毡底,涂了铅粉的。靴子只有半勒快靴,而无厚底官靴。关于女人脚上的,只有少数的纸花样,零剪鞋面,高蹬木底。鞋之外,还有专是男子们穿着的漂白布琢袜,各色的单夹套裤,裤脚带,以及搭发辫用的丝绦,丝辫。

  小市摊上,也有专与妇女有关的东西。如较粗的洗脸土葛巾,时兴的细洋葛巾;成都桂林轩的香肥皂、白胰子、桃圆粉,朱红头绳,胭脂片,以及各种各色的棉线、丝线、花线、金线、皮金纸;廖广东的和烂招牌的剪刀、修脚刀、尺子、针、顶针。也有极惹人爱的洋线、洋针,两者之中,洋针顶通行,虽然比土针贵,但是针鼻扁而有槽,好穿线,不过没有顶大的,比如衲鞋底,绽被盖,便没有它的地位;洋线虽然匀净光滑,只是太硬性一点,用的人还不多。此外就是铜的、银的、包金的、贴翠的簪啊,钗啊,以及别样的首饰,以及假玉的耳环,手钏。再次,还有各色各样的花瓣,绣货,如挽袖裙幅之类;也有苏货,广货,京料子花,西洋假珍珠。凡这些东西,无不带着一种诱惑面目,放出种种光彩,把一些中年的、少年的妇女,不管她们有钱没钱,总要将她们勾在摊子前,站好些时。而一般风流自赏的少年男子,也不免目光眈眈的,想为各自的爱人花一点钱。

  本来已经够宽的石板街面,经这两旁的小市摊子,以及卖菜,卖零碎,卖饮食的摊子、担子一侵蚀,顿时又窄了一半,而千数的赶场男女,则如群山中的野壑之水样,无数道由四面八方的田塍上,野径上,大路上,灌注到这条长约里许、宽不及丈的长江似的镇街上来。你们尽可想象到齐场时,是如何的挤!

  赶场是货物的流动,钱的流动,人的流动,同时也是声音的流动。声音,完全是人的,虽然家禽、家畜也会发声,但在赶场时,你们却一点听不见,所能到耳的,全是人声!有吆喝着叫卖的,有吆喝着讲价的,有吆喝着喊路的,有吆喝着谈天论事,以及说笑的。至于因了极不紧要的事而吵骂起来,那自然,彼此都要把声音互争着提高到不能再高的高度,而在旁拉劝的,也不能不想把自家的声音超出于二者之上。于是,只有人声,只有人声,到处都是!似乎是一片声的水银,无一处不流到。而在正午顶高潮时,你差不多分辨不出孰是叫卖,孰是吵骂,你的耳朵只感到轰轰隆隆的一片。要是你没有习惯而骤然置身到这声潮中,包你的耳膜一定会震聋半晌。

　　于此,足以证明我们的四川人,尤其是川西坝中的人,尤其是川西坝中的乡下人,他们在声音中,是绝对没有秘密的。他们习惯了要大声说话,他们的耳膜,一定比别的人厚。所以,他们不能够说出不为第三个人听见的悄悄话;所以,你到市上去,看他们要讲秘密话时,并不在口头,而在大袖笼着的指头上讲。也有在口头上讲的,但对于数目字与名词,却另有一种代替的术语,你不是这一行中的人,是全听不懂的。

二

　　声音流动的高潮,达到顶点,便慢慢降低下来。假使你能找一个高处站着,你就看得见作了正当交易的人们,便在这时候,纷纷从场中四散出去,犹之太阳光芒一样。留在场上未走的,除了很少数实在因为事情未了者外,大部分都是带有消遣和慰安的作用。于是,茶坊、酒店、烟馆、饭铺、小食摊上的生意,便加倍兴旺起来。

天回镇也居然有三四家红锅饭店①,掌瓢厨师大多是郫县人,颇能炒几样菜,但都不及云集栈门前的饭馆有名。

云集饭馆蒸炒齐备,就中顶出色的是猪肉片生焖豆腐。不过照顾云集饭馆的,除了过路客商外,多半是一般比较有身份、有钱的粮户们,并且要带有几分挥霍性的才行,不然,怎敢动辄就几钱银子地来吃喝!

其余小酒店,都坐满了人。

兴顺号自然也热闹。它有不怕搁置的现成菜:灰包皮蛋,清水盐蛋,豆腐干,油炸花生糕。而铺子外面,又有一个每场必来的烧腊担子,和一个抄手担子,算来三方面都方便。

蔡傻子照例在吃了早饭尚未齐场以前,就与土盘子动手,将桌、椅、凳打抹出来,筷子、酒杯、大小盘子等,也准备齐楚。蔡大嫂也照例打扮了一下,搽点水粉,拍点胭脂,——这在乡下,顶受人谈驳的,尤其是女人们。所以在两年前前数月,全镇的女人,谁不背后议论她太妖娆了,并说兴顺号的生意,就得亏这面活招牌。后来,看惯了,议论她的只管还是有,但跟着她打扮的,居然也有好些。——梳一个扎红绿腰线的牡丹头,精精致致缠一条窄窄的漂白洋布包头巾,头上是白银簪子,手腕上是白银手钏。玉色竹布衫上,套一件掐翠色牙子的青洋缎背心。也是在未齐场前,就抱着金娃子坐在柜房的宝座上,一面做着本行生意,一面看热闹。

到正午过后不久,已过了好几个吃酒的客。大都是花五个

---

① 红锅饭店即普通饭店外加煎炒之谓。红锅就是火旺油热,铁耳锅快要红了的意思,表示随时可以煎炒,随时都在煎炒。

小钱,吃一块花生糕,下一杯烧酒,挟着草帽子就走的朋友。向来为卖烧腊的王老七看不起,有时照顾他几个小钱的卤猪耳朵,他也要说两句俏皮话,似乎颇有不屑之意,对于陆茂林陆九爷也如此。

但今天下午,他万想不到素来切四个小钱的猪头肉,还要拣精择肥,还要亲自过称的陆茂林,公然不同了,刚一上檐阶,就向王老七喊道:"今天要大大地照顾你一下,王老七!"

王老七正在应酬别一个买主,便回头笑道:"我晓得,九爷今天在磨盘上睡醒了,要多吃两个钱的猪头肉罢!"

"放你的屁!你谅实老子蚀不起吗?把你担子上的东西,各样给老子切二十个钱的,若是耍了老子的手脚,你婊子养的等着好了!"

蔡大嫂也在柜台里笑道:"咋个的,九爷,今天怕是得了会罢?"

陆茂林见内面一张方桌是空的,便将沉重的钱褡裢向桌上訇的一掷,回头向着蔡大嫂笑道:"你猜不着。我今天请客啦!就请的你们的罗大老表,同张占魁几个人,还有一个女客⋯⋯"

"女客?是哪个?可是熟人?"

"半熟不熟的!⋯⋯"

她眉头一扬,笑道:"我晓得了,一定是那个!⋯⋯为啥子请到我这里来?"她脸色沉下了。

"莫怪我!是你们大老表提说的。她只说云集栈的东西吃厌了,要掉个地方。你们大老表就估住我作东道,招呼到你这里,说你们的酒认真,王老七的卤菜好。⋯⋯"

人丛中一个哈哈打起,果然刘三金跟着罗歪嘴等几个男子一路打着,笑着,跨上阶檐,走了进来。街上的行人,全都回过头来看她。她却佯瞅不睬,一进铺子,就定睛同蔡大嫂交了个眼风。罗歪嘴拍着她肩头道:"我给你们对识① 一下,这是兴顺号掌柜娘蔡大嫂！——这是东路上赛过多少码头的刘老三！"

蔡大嫂一声不响,只微微一笑。刘三金举手把他肩头一拍,瞟着蔡大嫂笑道:"得亏你凑和②,莫把我羞死了！"

陆茂林眯着眼睛道:"你要是羞得死,在鬼门关等我,我一定屙泡尿自己淹死了赶来！"

连蔡大嫂都大笑起来,刘三金把屁股一扭,抓住他大膀便揿道:"你个狗嘴里不长象牙的！我揪脱你的肉！"

众人落坐之后,卤菜摆了十样。土盘子把大麯酒斟上。刘三金凑在陆茂林耳边喊喳了几句。他便提说邀蔡大嫂也来吃一杯。罗歪嘴看了蔡大嫂一眼,摇着头道:"莫乱说,她正忙哩！哪里肯来！"

三

罗歪嘴端着酒杯,忽然向张占魁叹道:"我们码头,也是几十年的一个堂口,近来的场合,咋个有点不对啦！"于是,他们遂说起《海底》③ 上的内行话来。陆茂林因为习久了,也略略懂得一

---

① 四川哥老会的术语,称"介绍"为"对识",即对了面而又互相认识的意思。
② 同一样的字,倘若把凑字读为阴平声,那吗,凑和便是恭维的意思。倘若读成去声,它就含有帮助和应付两种意思。这里是读成阴平声的那一类的。
③ 《海底》是记录哥老会会章行为和各式各样秘密术语的一本书,凡入会的袍哥从幺满十排起,都须背诵得出,随时使用。"海底"言其无所不包而又深不可测的意思。

点,知道罗歪嘴他们所说,大意是:天回镇的赌场,因为片官不行,吃不住,近来颇有点冷淡之象,打算另自找个片官来。语气之间,张占魁颇有点归罪刘三金过于胡闹之处。罗歪嘴不开口,大概因为发生了一点今昔之感,不由想起了余树南余大爷的声光,因道:"这也是运气!比如省城文武会,在余大爷没有死时,是何等威风!正府街元通寺的场合,你们该晓得,从正月破五过后第二天打开,一直要热闹到年三十夜出过天方。单是片官,有好几十个。余大爷照规矩每天有五个银子的进项,不要说别的,联封几十个码头,哪一个不得到他的好处?如今哩,也衰了!……"

于是话头就搭到余树南的题材上:十五岁就敢在省城大街,提刀给人报仇,把左手大拇指砍断。十八岁就当了文武会的舵把子,同堂大爷有胡须全白了的,当其在三翎子王大伯病榻之前,听王大伯托付后事时,哪一个不心甘情愿地跪在地上,当天赌咒,听从余哥的指挥!余大爷当了五十四年的舵把子,声光及于全省,但是说起来哩,文未当过皂班,武未当过壮勇,平生找的钱,岂少也哉,可是都绷了苏气,上下五堂的哥弟,哪一个没有沾过他的光!拿古人比起来,简直就是梁山泊的宋江。只可惜在承平时候,成都地方又不比梁山泊,所以没有出头做一番事,只拿他救王立堂王大爷一件事来说,就直够令人佩服到死。

经刘三金一问这事的原委,罗歪嘴便慷慨激昂地像说评书般讲了起来。

他说的王立堂是灌县一个武举人,又是义字号一个大爷①。

---

① 四川哥老会门一般称作袍哥,自己称为汉流,分仁义礼智信五等。仁字最高,称老人堂,大抵读书人参加,虽尊而无势力。有势力的在义字,其中又分清水浑水,清水只是不显明的打家劫舍罢了。

本是有点家当的,因为爱赌,输了一个精光。于是,就偶尔出来做点浑水生意。有一次,到一家姓马的那里做生意,或者失手罢,一刀把事主杀死了。被事主儿子顶头告在县里,王大爷只好跑滩,奔到资阳县躲住,已是几年了。只因为马家儿子报仇心切,花钱打听出来王立堂在资阳县。于是,亲身带人到来,向坐泛把总说通,一下就把王立堂捉获了,送到县里,要递解回籍,归案办罪。

　　他继续说的是早有人报信给余大爷了,以为像他两人的交情,以及余大爷的素性,必然立时立刻调遣队伍,到半路上把囚笼劫了的,或者到资阳县去搞干的。却不料余大爷竟像没有此事一样,每天依然一早就到华阳县门口常坐的茶馆中吃茶,偶尔也到场合上走走。口头毫不提说,意态也很萧然。大家都着急得不了,又不好去向他说,也知道他绝不是不管事的。有一天早晨,他仍到茶馆里吃茶,忽然向街上一个过路的小伙子喊道:"李老九!"那小伙子见是余大爷,赶忙走来招呼:"余大爷,茶钱!"余大爷叫他坐下,问他当卡差的事还好不?"你余大爷知道的,好哩,一天有三几串钱,也还过得!"余大爷说:"老弟,据我看来,站衙门当公事的,十有八九,总要损阴德。像你老弟这个品貌,当一辈子卡差,也不免可惜了。要是你老弟愿意向上,倒是来跟着我,还有个出头日子。"余大爷岂是轻容易喊人老弟的?并且余大爷有意提拔你,就算你运气来了。李老九当时就磕下头去,愿意跟随余大爷,立刻就接受了余大爷五个银子,去把衣服鞋帽全换了,居然变了一个样儿!

　　刘三金不耐烦地站了起来道:"罗罗唆唆,尽说空话,一点不好听!我要走动一下去了!"她走到柜台前,先将金娃子逗了几下,便与蔡大嫂谈了起来。不过几句,蔡大嫂居然脱略了好些,竟自起身喊蔡兴顺去代她坐一坐柜台,抱着金娃子,侧身出来,同刘三金往内货间而去。

陆茂林把筷子在盘子边上一敲道:"三儿真厉害,公然把蔡掌柜娘抟上了!这一半天,蔡掌柜娘老不高兴。我真不懂得,婆娘家为啥子见了当婊子的就这样看不起?"

张占魁道:"不是看不起,恐怕是吃醋!……"

两个女人的笑声,一直从卧室纸窗隙间漏出,好像正讲着一件什么可笑的故事一样。

田长子道:"婆娘家的脾气,我们都不懂,管她们的!罗哥,还是讲我们的话罢。"

张占魁道:"我晓得,李大爷就是这件事被栽培出来了!……"

田长子拦住他道:"莫要打岔!这龙门阵,我总没有听全过,罗哥,你说嘛!"

土盘子把他师父的叶子烟杆递来,罗歪嘴接着,咂燃。街上的人渐渐少得多了,远远传来了一些划拳声音。

罗歪嘴仰在椅背上,把一只脚登着桌边,慢慢说道:"李老九跟着余大爷几天,虽然在场合上走动,却并没有给他对识,也没有说过栽培他的话。有一天夜晚,余大爷忽然吩咐他:'明天一早,给我喊一乘轿子,多喊两个摔手①。你跟我到东门外去吃碗茶。'第二天,不及吃早饭,余大爷就带着李老九到东门外,挨近大田坎的码头上。余大爷藏在一家很深的饭铺里头,喊李老九出去探看,有简州递解来的囚笼,便将解差给我请来,说正府街

---

① 四川以前坐轿子时代,抬轿的称轿夫,又称夫子。定额以外的轿夫预备换班赶路的,叫摔手。乡间叫加班匠。摔字念为衰字的上声。

余大爷有话说。时候算得刚斗榫,解差也才到,听说是余大爷招呼,跟着就跑了进来。余大爷要言不繁,只说:'王立堂王大爷虽是栽了①,以我们的义气,不能不搭手。但于你二位无干,华阳县的回批,包你们到手。不过,有什么旁的事请你们包涵一点!'说时,便从大裆裤中,取出白银两锭,放在他们面前,说这是代酒的。两个人连忙说,只要有回批就好,银子不敢领受。余大爷说:'你们嫌少罢?'他又伸手进裆裤去了。两个解差忙说:'那吗,就道谢了!'余大爷便起身说:'酒饭都已招呼了的,我先走一步。'他又带着李老九飞跑回正府街,叫轿子一直抬进元通寺顶后面围墙旁边一道小门侧,他下了轿,叫轿夫在外面等着:今天还要跑好几十里的长路哩!然后看着李老九说:'李老九,王立堂王大爷的事,我要你老弟去挡一手!'你们看,这就是李大爷福至心灵的地方,也见得余大爷眼力不错。他当时就跪在地上说:'我还有个老娘,就托累你余大爷了!'余大爷说:'你只管去,若有人损了你一根毫毛,我余树南拿腰骬跟你抵住!'当下只说了几句,两个人便从侧门来到华阳县的刑房。衙门内外,早经余大爷在头夜布置好了。彭大爷等当事的大爷们都在那里照料。一会,囚笼到了,众人一个簸箕圈围上去。王立堂的脚镣手铐,早已松了,立刻便交给李老九。王立堂几高的汉仗,几壮的身材,身当其境,也骇得面无人色,万想不到临到华阳县衙门,才来掉包!却被余大爷一把提上檐阶说:'老弟,跟我来!'登时,轿子抬出,到龙潭寺剃了头发②,就上东山去了。这里,等到管卡大爷

---

① 四川哥老会术语,栽了,就是落马的意思,也就是栽了斤斗的省文。
② 清朝制度,男子头发四周都须剃光,刑事犯人却不准剃,大概为了容易识别的原故罢。这里说的剃头发,便是将应剃的剃去,恢复平常人样子,并非剃成和尚头,叫他去东山出家也。

出来点名时,'王立堂!'众人一拥,就将李老九拥了出去,应一声'有!'彭大爷跟着就到卡房里招呼说:'王立堂王大爷是余大爷招呼了的,这里送来制钱一挷,各位弟兄,不要客气!'大家自然一齐答应:'余大爷招呼了,有啥说的？王哥自有我们照应!'彭大爷才把供状教了李老九。当晚,余大爷就发了两封信到灌县:一封是给谢举人谢大爷的,一封给廖师爷的。郫县衙门,是专人去的。及至囚犯解到灌县,知县坐堂一审:'王立堂!'李老九跪在地上喊说:'大老爷明鉴,小的冤枉！小的叫王洪顺,是成都正府街卖布的,前次到资阳县贩布,不晓得为啥子遭总爷拿了去的！求大老爷行文华阳县查明,就晓得小的实在是冤枉!'犯人不招,立刻小板子三千,夹棍一夹,还是一样的口供。传原告,改期对质。原告上堂,忽然大惊说:'这个人不是王立堂,小的在资阳县逮的那个,才是王立堂!'县官自然大怒说:'岂有此理！明明是你诬枉善良,难道本县舞了弊了!'差一点,原告打成了被告。末后,由谢大爷出头,将马家儿子劝住,不再追究。马家儿子也知道余大爷、谢大爷等搭了手,这仇就永无报时,要打官司,只有自己吃亏,自然没有话说。谢大爷遂将李老九保出,大家凑和他义气,便由谢大爷当恩拜兄,将他栽培了。各公口上凑了六千多串钱送他,几万竿火炮,直送了他几十里！……"

田长子听得不胜欣羡道:"李老九运气真好！我们就没这运气!"

罗歪嘴把烟锅巴磕掉,笑道:"不是李老九运气好,实在是余大爷了不得,要不是他到处通气,布置周到,你想想,马家不放手,李老九乘得住吗？"

张占魁道:"这几年,真没有这种人了！我们朱大爷本来行的,就是近几年来,叫他那家务事,缠得一点气都没有！……"

罗歪嘴看了他一眼,便转向陆茂林道:"酒菜都够了,我们吃两碗抄手面罢。……三儿哩,咋个还不出来?让我找她去!"

四

自从她们两人认识以后,似乎很说得拢。刘三金一没有事,就要到兴顺号来,她顶爱抱金娃子了。常常说这娃儿憨得有趣,一天到晚,不声不响。她又说:"我若是生一个娃儿也好啦!"

蔡大嫂看着她笑道:"你为啥不生呢?"

她抿着嘴一笑,凑着她耳边叽喳了几句,蔡大嫂眉头一扬道:"当真吗?"

她道:"我为啥要诳你?我就是吃亏这一点,记得从破身以后,月经总是乱的。我现在真不想再干下去了,人也吃大亏!"

"那你看个合心的人,嫁了就完了!"

"啊呀!我的好嫂子,你倒说得容易!我哩,倒是自由自在的,三十两银子的卖身文约,我早已赎回来了。又没有拉海帐。比起别的人,自然强得多。就只说到嫁人,没力量的,不说了,娶不起我们。有力量的,还须要通皮①,还须要有点势力,那才能把我们保护得住,安稳过下去。但是这种人有良心的又太少,我们又不敢相信。"

---

① 四川哥老会术语,通皮是和袍哥会门中人有交往,甚至就是会门中的人。皮指皮毛,代替袍哥的那个袍字。

蔡大嫂有意无意地说道:"我们罗大老表难道没良心吗?我看他也喜欢你呀!"

刘三金把嘴一撇道:"得亏你这么说,我的好嫂子!他若真果喜欢我,我倒真想嫁给他,人又开阔,又没有怪脾气,可惜,就是他好只管和我相好,并不喜欢我。"

"相好就是喜欢啦!不喜欢还能和你相好吗?"

"嫂子,你是规矩人,你哪里晓得?一个男的,真正喜欢了一个女人,他就要吃醋,就要想方设计把这女人守住,不许别人挨近的。罗哥哪里是这样人?做了这许多年的生意,从没遇见他那样不吃醋的人!你想想他喜不喜欢我?"

"你试过他吗?"

"自然喽!并且,嫂子,你还不知道,我是看出了他的心意:他对我们这些人,只认为是拿来顽耍的,说不上喜欢不喜欢。我看他就是要娶亲,也要找那些正经人家的妇女,还要长得好看的。"

"你就长得不错呀!"

"嫂子,你又挖苦我了!……打扮起来,他们觉得我还不丑。不是当面凑和的话,要是你嫂子,才真算长得好!不说天回镇赛通了场……"

蔡大嫂很惬意地笑道:"都老了!还说得上这些!"

"你不过二十岁罢?"

"哪里哟!已满了二十三岁了!"

"真看不出!……"她掉头向四面看了看,凑过身来,在蔡大嫂耳边说道:"说句不怕你嫂子呕气的话,像你这样一个人材,又精灵,又能干,嫁给蔡掌柜一个人,真太委屈了!说句良心话,成都省里多少太太、奶奶,哪里赶得上你一根脚趾拇?……"

蔡大嫂好像触动什么似的,把头侧了过去道:"那是别人的命,我们是福薄命浅的人,不妄想这些。"

刘三金仿佛有点生气的样子,咬着牙,把金娃子搂去,在他胖脸上结实一亲道:"嫂子,你是安分守己的人,我偏不肯信命就把我们限制得住。你若是生在城里,就当不到太太、奶奶,姨太太总好当的,也比只守着这样一个掌柜强得多呀!"

两个人好半响都未开口。蔡大嫂忽然脸上微微一红,向刘三金轻轻说道:"不要说太太、奶奶的话,我觉得,就像你这样的人,也比我强!"

刘三金望着她哈哈大笑道:"好嫂子,我不知你心里是咋个想的?要是你没饭吃,没衣穿,还说得去。你哩,除了蔡掌柜不算合心的外,你还有这么好一个胖娃娃。像我们么,你看,二十几岁了,至今还无着落,要想嫁一个人,好难!我们比你强的在哪里呢?"

蔡大嫂道:"你们总走了些地方,见了些世面,虽说是人不合意,总算快活过来,总也得过别一些人的情爱!……"

刘三金把眼睛几眨,狡狯地看着她一笑道:"哟!你想的是这些么!倒也不错,大家常说:一鞍一马,是顶好的。依我们做过生意的看来,那也没有啥子好处。人还不是跟东西一样,单是一件,用久了,总不免要生厌的,再好,也没多大趣味。所以多少男的只管讨个规规矩矩的好老婆,不到一年半载,不讨小老婆,不偷个把女人,便要出来嫖。我们有些姊妹,未必好看,却偏能迷得住人,就因为我们知情识趣口味不同了。我们女人,还不是一样,不怕丈夫再好,再体面,一年到头,只抱着这一个睡,也太没味了!……嫂子,你还不晓得,就拿城里许多大户人家来说,有好多太太、奶奶、小姐、姑娘们,是当真那么贞节的么?说老实话,有多少人还赶不上我们！我们只管说是逢人配,到底要同我们睡觉的,也要我们有几分愿意才行。有些贞节太太、小姐们,岂但不择人,管他是人是鬼,只要是男的,有那东西,只要拉得到身边,贴钱都干。嫂子,你莫笑她们,她们也是换口味呀！……男人女人实在都想常常换个新鲜口味,这倒是真的。嫂子,你不要呕气,我为你着想,蔡掌柜真老实得可以,你倒尽可以老实不客气地给他挣几顶绿帽子,怕啥子哟！……"

蔡大嫂笑着站起来道:"呸！你真是三句话不离本行,说着说着,就说起怪话来了！……"

刘三金也笑着站起来道:"是了,是了！事情是只准做,不准说的！……"

五

有一天,张占魁在午晌吃了饭后,来向罗歪嘴说,两路口有一个土粮户,叫顾天成,是顾天根顾贡爷的三兄弟。不知因为什么原故,忽然想捐一个小官做做,已经把钱准备好了,到省交兑,因为他那经手此事的亲戚,忽然得了差事走了,他的事便搁了下来。有人约他到厅子上赌博,居然赢了好几百两银子。他因为老婆多病,既赢了钱,便想在省城讨个小老婆。现在已叫人把他约了来,看这笔生意,做吗不做?

天回镇的场合,本来是硬铮的,因为片官不行,吃不住台,近几个月来大见冷落。所以当主人的,也不免心慌起来,本可以不必整猪剥狗皮的,但是也不能不破戒,假使有猪来,就姑且整一遭儿。这是罗歪嘴感慨之余,偶尔向张占魁说过。

论主人,本来是朱大爷。因为他岁数既大,又因一件了不清的家务事,弄得心灰意懒。只好全部交给罗管事去主持,而自己只拿一部分本分钱。

罗歪嘴到底是正派人,以别种手段弄钱,乃至坐地分肥,凡大家以为可的,他也做得心安理得。独于在场合上做手脚,但凡顾面子的,总要非议以为不然,这是他历来听惯了的;平日自持,都很谨饬,而此际不得不破戒,说不上良心问题,只是觉得习惯上有点不自然。所以张占魁来问及时,很令他迟疑了好一会。

"你到底摸清楚了不曾?是哪一路的人?将来不会戳到锅铲上罢①?"

张占魁哈哈一笑道:"你哥子太多心了!大家的事,我又为啥子不想做干净呢?我想,你哥子既不愿背声色,那吗,就不必出头,让我同大家商量着去做,好不好?"

罗歪嘴把烟枪一丢,坐将起来,两眼睁得大大地道:"你老弟说的啥子话?现在还没有闹到叫你出来乘火②的时候!……"

张占魁自己知道说的话失了格,只好赧赧然地不好再说。却是得亏这么一激,事情决定了,罗歪嘴便提兵调将起来。

压红黑宝的事,说硬就硬,说软就软,无论你的门路再精,要你输你总得输。何况顾天成并不精于此道,而他所好的,乃在女

---

① 四川哥老会术语而普通化了。锅铲是铁做的,戳到锅铲,等于碰上硬东西,不但抢不到手,反而有后患的意思。
② 四川哥老会术语,负责任叫作乘住,有担当叫作乘火。乘字有担任意思,火字指事情重要得火辣辣地。

色。因此,他一被引到云集栈后院一个房间之时,刚把装银子的鞘马一放在床上,刘三金早就格外打扮起来,低着头从门口走过。他自然是懂得的,只一眼瞟过去,就看清楚这是什么人,遂问张占魁道:"这里还有顽家吗?"

张占魁笑着点了点头,遂隔窗子喊道:"老三!这里来!有个朋友要看你!"

只听见应了一声,依然同几个男子在那里说话,而不见人进来。

顾天成站起来,抱着水烟袋,走到窗子边一看。她正在院坝里一只方凳上放的白铜盆内洗手,旁边站了两个高长子,一个近视眼的男子,不知喊喊喳喳,在说些什么。只见她仰起头哈哈一笑,两只眼睛,眯成了一线;举起一双水淋淋的白手,捧着向那近视眼的脸上一洒,回头便向耳房里奔去。刚转身时,顺便向这边窗子上一望,一抹而过,仿佛是故意送来的一个眼风。那近视眼也跟着奔了去。

他好像失了神的一般,延着颈项,只向耳房那边呆看。直到张占魁邀他到耳房里去坐,他方讪讪地道:"可以吗?"

那近视眼看见他们进来,才丢开手,向一张床铺的烟盘边一躺。

她哩,正拿着一张细毛葛巾在揩手,笑泥了。

张占魁很庄重地向她道:"老三,我给你对识一下。这是两路口的顾三贡爷,新繁县的大粮户,又是个舍得花钱的大爷。好好生生地巴结下子,要是巴结上了,顾三贡爷现正想讨小老婆哩!"

刘三金只看着顾天成笑,把毛葛巾一拂,刚拂在他的脸上,才开口招呼道:"哎哟!失了手!莫要见怪啦!……烧烟的不?

这边躺,我来好生烧个泡子赔礼,使得吗?"

顾天成虽是个粮户,虽是常常在省里混,虽是有做官的亲戚,虽进出过衙门,虽自己也有做官的心肠,虽自己也常想闹点官派,但终于洗不脱周身土气,也就是成都人所挖苦的红苕气。年纪不过三十五岁,因为皮肤糙黑,与他家的长年阿三一样,看去竟好像四十以外的人;眉目五官,都还端正,只不像城里人清秀。一身衣服是:酱色平绸的薄棉袍,系了条雪青湖绉腰带,套了件茶青旧摹本的领架,这已令人一望而知其为乡下粮户了;加以一双米色摹本套裤,而青绒老家公鞋,又都是灰尘扑扑的;棉袍上的油渍,领架背上一大块被发辫拖污的垢痕,又十足表现出是个不好清洁的土粮户,更无论其头发剃得绝高,又不打围辫,又不留刘海,而发辫更是又黄又腻的一条大毛虫。手,简直是长年的手,指头粗而短,几分长的指甲,全是黑垢渍满了。

刘三金躺在他对面烧烟时,这样把他的外表端详了一番,又不深不浅地同他谈了一会,问了他一些话,遂完全把他这个人看清楚了:土气,务外,好高,胆小,并且没见识,不知趣;而可取的,就是爱嫖,舍得花钱;比如才稍稍得了她一点甜头,在罗歪嘴等老手看来,不过是应有的过场,而他竟有点颠倒起来。刘三金遂又看出他嫖得也不高超,并且顶容易着迷。

那夜,一场赌博下来,是顾天成做庄,赢了五十几两。在三更以后要安宿时,——乡场上的场合,不比城内厅子上是无明无夜的,顶晏在三更时分,就收了场,——刘三金特为到他床上来道喜,两个人狂了一会,不但得了他两个大锭,并且还许了他,要是真心爱她,明天再商量,她可以跟他走。

第二天,又赌,又做庄。输了,不多,不过二百多两,还没有伤老本。到夜里,给了刘三金一只银手钏。她不要,说是"你今天输了,我咋个还好意思要你的东西!"这是不见外的表示,使他觉得刘三金的心肠太好。当夜要求她来陪个通宵,她又不肯,说:"将来日子长哩!我现在还是别个的人。"因又同他谈起家常与身世来,好亲密!

三天之后,顾天成输了个精光,不算什么,是手气不好。向片官书押画字借了五百两,依然输了。甚至如何输的,他也不知道,心中所盘旋的,只在刘三金跟他回去之后,如何过日子。

有钱上场,没钱下场,这是规矩。顾天成是懂规矩的,便单独来找刘三金。刘三金满脸苦相地告诉他:她在内江时,欠了一笔大债,因为还不起,才逼出来跑码头。昨天,那债主打听着赶到此地,若是还不出,只好打官司。好大的债呢?不多,连本带利六百多两。

"哖!六百多两,你为啥前几天不说?"

"我说你是蠢人,真真蠢得出不赢气!我前几天就料得到债主会来吗?那我不是诸葛亮未来先知了?"

顾天成蹙起眉头想道:"那又咋个办呢?看着你去打官司吗?"

"你就再也弄不到六百多两了么?"

"说得好不容易!那一笔以二十亩田押借来的银子,你不是看见输光了,不够,还借了片官二百两?这又得拚着几亩田不算,才押借得出!如今算来,不过剩三十来亩地方了,哪够呢?"

刘三金咬着嘴皮一笑道:"作兴就够,你替我把帐还了,你一家人又吃啥子?你还想我跟着你去,跟你去饿饭吗?"

顾天成竟像遭人点了穴道一样,睁着眼,哆着嘴,说不出话来。

刘三金又正颜正色的道:"算了罢!我看你也替我想不出啥子法来,要吊颈只好找大树子。算了罢!你走你的阳关道,我过我的独木桥,……"

顾天成抓住她的手道:"那你是不想跟我了!……你前天不是明明白白地答应过我,……不管咋样也愿意跟我?……今天就翻悔了!……那不行!……那不行!……"

她把手摔开,也大声说道:"你这人才横哩!我答应跟你,写过啥子约据吗!像你这蠢东西,你就立时立刻拿出六百两银子,我也不会同你一样的蠢,跟着你去受活罪啦!……"

场合上的人,便也吆喝起来:"是啥东西?撒豪① 撒到老子们眼皮底下来了!"

顾天成原有几分浑的,牛性一发,也不顾一切,冲着场合吵了起来。因为口头不干净,说场合不硬铮,耍了手脚,烫了他的毛子②;一面又夹七夹八地把刘三金拉扯在里头骂。

罗歪嘴站了出来,一直逼到他跟前问道:"你杂种可是要拆老子的台?"刷的一掌,恰就打在脸上。

他当然要还手,当然挨了一顿结实的跫打,当然又被人做好做歹地拉劝出来。领架扯成了两片,棉袍扯了个稀烂,逃到场口,已是入夜好久了。

---

① 四川哥老会术语而普通化了。恃强仗势,胡行乱为,都叫作豪。豪是豪强,撒有行为的意思。
② 在赌博场合上,不以正派手段,把别人银钱弄光,叫作整猪、剥狗皮,已见前文。烫毛子,就是用开水将猪毛烫去,即是整猪的意思。这是四川通用的一句成语。

六

顾天成到家的时候，小半边残月，还挂在天边，拿城里时候来说，是打过三更了。

冷清清的月色照着一处处农庄，好像一幅泼墨山水画，把四下里的树木，全变成了一堆堆的山丘。还没有冻僵的秋虫，响成一片。

乡下人实在有摸夜路的本事，即如顾天成，在气得发昏之后，尚能在小路上走十几里，并于景色相似中，辨认出哪一处是自己的农庄，而从极窄极窄的田塍上穿过去。

拢门上擂得蓬蓬蓬。立刻应声而起的，就是他那只心爱的猛犬花豹子，其次是那只才生了一窝小狗的黑宝，两只狗一直狂吠着扑到门边。

又是一阵蓬蓬蓬，还加上脚踢。

大约是听明了是什么人在打门，两只狗一同住了吠声，只在门缝间做出一种嘶声，好像说："你回来啦！……你回来啦！……"

倒是四周距离不远的一些农庄里的狗，被花豹子吠声引起，呐喊助威，主动的虽已阒然无声了，而一般帮腔助势的，偏不肯罢休，还在黑魆魆的夜影中，松一阵、紧一阵的叫唤。

门扉差不多要捶破了，加之以乱骂乱喊，而后才听见十七岁的阿龙的声音在厢房角上牛栏侧答应道："就来，就来！"

算是十几里路清凉夜气把他的忿火清减了一大半,所以才能忍住,直等到灯光映出,阿龙靸着破鞋,一步一踢的声音,来到门边。他还隔门问了句:"当真是三贡爷吗?"

顾天成的气又生了起来,破口骂道:"老子入你的蛮娘!你龟儿东西,连狗都不如,声气都听不出了吗?"

并且一进门,就是两耳光,比起接受于罗歪嘴的还结实;不但几乎把阿龙手上的瓦灯壶打碎在地上,连那正想扑到身上来表示好意的花豹子与黑宝,都骇得夹起尾巴,溜之大吉。

他把瓦灯壶夺在手上,哆着嘴,气冲冲地抢进堂屋。一排房门,还关着在,只听见病人的咳声。

"咦!当真都睡死了!老子喊了这么久的拢门,还没有把魂喊回来吗?安心叫老子在堂屋里过夜么?老子入死你们的先人!"

病人在床上咳了一阵后,才听见她抱怨道:"招娃子,硬喊不起来吗?……你老子在生气了!……开了门再睡咧。……我起得来时,还这样淘神喊你!……"

顾天成在气头上,本不难一拳把房门捶破,奔进去打一个稀烂的,但经他那害痨病的老婆这样一抱怨,心情业已一软。及听见他那十一岁半的女儿招弟懵懵懂懂摸着下床,砰訇一声,哭了起来:"妈呀!我的腿骭呀!"他是顶喜欢他那女儿的,这一来,便什么怒气全没有了。

声气放得十分的和平,又带点着急样子,隔门说道:"绊跌了吗,招招?撑起来,把门打开,我好给你揉!"

还是在哭。

病人也着急说:"不要尽哭了!……梦梦颠颠地绊跌一交,也不要紧呀!……快开门,让你老子好进来。……早晓得这时候要回来,不关房门了,……省多少事!……"又是一阵厉害的呛咳。

房门到底打开了。顾天成把瓦灯壶挂在窗棂上道:"为啥子今夜不点灯呢?"

他老婆道:"点了的,是耗子把灯草拖走了,……我也懒得喊人。"

招弟穿了件小汗衣站在当地,两只小手揉着眼睛。他把她抱起来,拍着腿道:"腿骱跌痛了吗?……可是这里?"

招弟噘着嘴道:"跌得飞疼的!……你给我带的云片糕呢?我要!……"

他老婆也道:"你从省里回来的吗?……半夜三更地赶路,……有啥子要紧事吗?……衣裳扯得稀烂,是不是又打了捶来?"

他依然抚拍着招弟道:"乖女,夜深了,睡罢!爹爹今天遭了棒客① 抢,连云片糕都遭抢走了,明天再买。"

七

招弟重新睡了,顾天成把领架棉袍脱去,把老婆的镜子拿到灯壶前,照着一看,右眼角上一伤,打青了,其余还好,没

---

① 四川人叫明火执杖的强盗为棒客。棒即杖字,包括枪刀武器,不一定是木棒。客为恶客的意思,对事主失主而言。

83

有伤。

他老婆又问:"为啥子把衣服也扯得稀烂?难道当真碰着了棒客!……捐官的银子,可交给袁表叔了?……么伯那里欠的五十两,可收到了没有?……"

他一想到前事,真觉得不该得很;不该听袁表叔的鼓吹,把田地抵了去捐官,以致弄到后来的种种。但怂恿他听袁表叔话的,正是他的么伯。因此,他的回答才是:"你还问呢?我就是吃死了这两个人的亏了!没有他们,我的几十亩地方,就凭我脾气出脱,也不会像这几天这样快呀!闹煞果,还遭一个滥婊子欺负,挨了这一顿!……"他于是抓过水烟袋,一面狠狠地吸着,一面把从省城赌博直到挨打为止,所有的经过,毫无隐饰,通通告诉了她。

他的老婆,只管是个不甚懂道理的老实的乡下女人,但是除了极其刻苦自己,害了病,连药都舍不得吃而外,还有一桩好处,就是"无违夫子"四个字。这并不是什么人教过她,她又不曾念过什么圣经贤传,可以说是她从先天和后天中带了来的。她认为当老婆的,只有几件事是本等:一是做家务中凡男子所不做的事,二是给男子生儿育女,三是服服贴贴听男子的指挥打骂,四是努力刻苦自己,穿吃起居万万不能同男子一样;还有,就是男子的事,不管是好是歹,绝不容许插嘴,他要如何,不但应该依从他,还应该帮助他。

所以她自从嫁给顾天成,她的世界,只限于农庄围垣之内,她的思想,只在如何的尽职,省俭。她丈夫的性情,她不知道,她丈夫的行为,也不知道。她只知道一件事,就是出嫁了十三年,只给丈夫生了一个女儿,不但对不住丈夫,连顾家的祖宗,也对不住。她只知道不生儿子,是自己的罪过,却根本不知道她丈夫在娶她之后四年,已染了不能生育的淋浊大症,这不但她不知道,就是她的丈夫以及许多人又何尝知道?因此,她丈夫彰明较著地在外面嫖,她自以为不能过问,就她丈夫常常提说要讨小老婆,她也认为是顶应该的,并且还希望早点生个儿子,她死了,也才有披麻戴孝的,也才有在棺材前头拉纤的,不然就是孤魂野鬼;自从生病以来,更是如此地想。这次顾天成进省,顺带讨小老婆一件事,便是她向丈夫说的。

她是如此的一个合规的乡妇,所以她丈夫的事,也绝对不隐瞒她,不论是好是歹,凡在外面做过了,必要细细地告诉她;或是受了气,还不免要拿她来发泄发泄。她总是听着,受着,并且心安理得,毫不觉得不对。近来,因为她害了痨病,他也稍稍有点顾虑,所以在今夜打门时,才心软了,未曾像往回一样,一直打骂进来,而且在尽情述说之后,也毫未骂她。她感激之余,于她丈夫之不成行,胡嫖乱赌,被人提了萝卜缨儿①,把大半个家当这样出脱了的一件事,并未感着有该责备之处。她也居然生气,生气的是刘三金这婊子,为何拗精作怪,丈夫既这样喜欢她,她为什么不就跟了来?

顾天成把心胸吐露之后,觉得清爽了一点,便商量他的复仇打算:"拚着把地方卖掉,仍旧去找着袁表叔,大大的捐个官,钻个门路同成都县的县官拜个把子,请他发一张签票,把罗歪嘴、张占魁等人一链子锁去,先把屁股打烂,然后放在站笼里头站死!……亲眼看见他们站死,才消得心头这股恶气!"

他老婆道:"那婊子呢?"

---

① 只要抓住萝卜缨,便可随意地把萝卜提来提去。因此,这句话就变成被人愚弄的意思。在赌博场合上,与烫毛子同义。

"刘三金么？……"

这真不好处置啦！依他老婆意思，还是弄来做小老婆，"只要能生儿子，管她那些！"

把他过去、现在、将来，一切事实和妄想结清之后，才想起问他老婆："为啥子，吃了张医生的药，反转爬不起来？……起来不得，有好多天了？"

又咳了一阵，她才答说："今天白天，还起来得，下午才轧实的！……胸口咳得飞痛！……要想起来，就咳！……张老师的药人贵了，我只吃了一副，……我不想吃药，真个可惜钱了。"

"药鸡吃过了几只？他们都说很有效验哩。"

他老婆好像触了电似的，一手打在被盖上，叹了口气道："再不要说鸡了！……今天就是为鸡，受了一场恶气，……才轧实起来的。……唉！人善被人欺，……马善被人骑！……"

顾天成也吃了一惊道："咋个的，你今天也……"

"还是跑上门来欺负人哩！……就是钟幺嫂啊！……"

钟幺嫂，那个年近三十的油黑皮肤女人，都还风骚，从去年以来，就同顾天成做起眉眼来了。一听见说她，他便注了意，忙问是一回什么事。他老婆又咳，说起来又不免有点动感情，说了好一会，才把事情弄明白了。原来他老婆得了药鸡方子，草药已弄好了，只是舍不得杀鸡。直到今天早晨，招弟到林盘里去顽耍，回来说林盘里有一只死鸡。阿龙捡回来，才是着黄鼠狼咬死，只是咂了血去，还吃得。招弟说是钟家的鸡。论理，管它是哪家的，既是黄鼠狼衔在林盘里，就算外来财。她就叫阿龙洗出来，把药放在鸡肚里，刚蒸好。只怪招弟嘴快，她到钟家去耍，说起这鸡。钟幺哥还没说什么话，钟幺嫂不答应了，气哼哼地奔来，硬说是她好吃嘴，支使阿龙去偷的。阿三赶场回来，同她硬撑了两句，"你看，她才泼哩！赶着阿三打嘴巴子，阿三害怕她，躲了。她把药鸡端回去了不算，还把我的一只生蛋母鸡，也抢去了，还说等你回来，要问你一个岂有此理。把我气得啥样，立刻就心痛气紧得爬不起来。我不气她别的，为啥子把我的正生蛋的母鸡抢去了？"

顾天成默然半响，才说："钟幺嫂原前都还好，就因为投了曾家的佃，曾家是奉教的，没有人敢惹，所以钟家也就横起来了。"

他老婆道："奉教不奉教我都不管，……我只要我的母鸡。"

"这容易，我明天一定去要回来，给你蒸药鸡吃。"

"啊呀！请你不要拉命债了！……病要好，它自己会好的。"

鸡已啼叫了，他老婆还有精神，他却支不住了，将灯壶吹熄，就挤在他老婆的脚下睡了。

八

据钟幺嫂说来，鸡是黄鼠狼咬死的，不过并未拖在他的林盘里，而拖在她的篱落边。一只死鸡，吃了，本不要紧，她男子也是这样说。但她想来，顾三娘子平日多刻，一点不为人，在她林盘里捞点落叶，也要遭她咒骂半天。在这里住了两年，受了她多少小气。老实说，如今有了臂膊子，硬不怕事了！所以本不要紧的一只死鸡，要是别的人，吃了就算了，哪里还消吵闹？因为是她，又因为顾三贡爷没有在家，安心气她，所以才去吵了一架，她如今也不敢歪了，看见打了阿三，便忙说："赔你的鸡就完了！"钟幺嫂得意地一笑道:"那,我硬不说啥,把那只母鸡逮了就走。其实哩,只是气她,我们再横,也横不到这样。三贡爷,母鸡在这里,还是不还她的,你要吃,我愿意贴柴贴水,杀了煮给你吃。"

顾天成晓得她的用意,只是不免有点挂念他的老婆,便含着笑道:"钟幺嫂,又何必这么同她认真呢?还了她罢!看在我的面上!"

钟幺嫂把他审视了一下,忙凑过身子,把手伸来,要摸他的脸。他本能地一躲,将脸侧了开去。

她生气道:"你躲啥子?我看你的脸上怎么是青的?是不是因为鸡,遭她打了,才叫我看你的脸?"

他道:"你这才乱说哩!她敢打我?没有王法了!这是昨天同人打捶打伤的!"

"是怎么一回事?"

"你让我把鸡拿回去后,再慢慢跟你说,说起来话真长哩!"

她两眼睁得圆彪彪地道:"你为啥子这样卫护她?她叫你来要鸡,你硬就要拿鸡回去。我偏不给你,看你把我咋个!"

"你看她病得倒了床,不拿鸡回去,一定会气死的。"

"气死就气死,与我屁相干!鸡是她赔我的,想不过,又叫男人来要回去,太不要脸了!"

她男子也在旁边劝道:"不看僧面看佛面,就作兴送三贡爷好了。"

"那更不行!人家好好地问他为啥同人打捶,他半句不说,只是要鸡,这样看不起人家,人家还有啥心肠顾他!"

顾天成不敢再违她的意,只好把几天的经过,一一向她说了。她不禁大怒,撑起眉头,叫了起来道:"这真可恶呀!……把衣裳解开,让我看你身上有没有暗伤。……你难道就饶了他们吗,还有那个滥婊子?"

顾天成摇摇头道:"饶他们?那倒不行!我已打了主意,拚着倾家,这口气是要出的!"遂把他昨夜所想的,说了一番。

钟老幺呷着一根短叶子烟杆道:"那不如就在衙门里告他们好了。"

她老婆顺口就给他碰回去道:"你晓得啥子?像他们那些人,衙门里,有你的话说吗?"

她又向顾天成道:"你的主意,也不算好,为了出口气,把家倾了,值得吗?"

顾天成道:"不这样,却怎么整得倒他们呢?"

招弟恰找了来,扑在她爹爹怀里道:"你说今天去给我买云片糕哩!"

顾天成忙把她抱在膝头上坐着,摸着她那乱蓬蓬的头发道:"那是昨夜诓你的,二天进城,一定给你买来。……妈妈没起来,今天连毛根儿都没人梳了。"

钟幺嫂忽然殷勤起来道:"招弟来,我给你梳。"她果然进房去把梳子取出来。

梳头时,她道:"招弟快十二岁了,再半年,就可留头了!只是这么大,还没包脚,咋使得!你的妈真是小眼孔,没见识,心疼女,也不是这么心疼呀!"

顾天成道:"请你帮个忙,好不好?"

她笑道:"我又不是你的小老婆,又不是你野老婆,连你女儿的脚,也要劳起我来!"说完,又是一个哈哈。

钟老幺倒不觉得怎样,却把顾天成怯住了。

幸而话头一转,又说到报仇上,钟幺嫂忽然如有所触道:"三贡爷,我想起了,你不如去找我们主人家曾师母,只要她向洋人说一句,写个二指大帖儿交到衙门去,包管你出了气不算,你那二百两银子的欠账,也可以不还哩!"

顾天成猛地跳将起来,两手一拍道:"这主意真妙!哪怕他们再凶再恶,只要有洋人出头,硬可以要他们的狗命的。"

钟幺嫂得意地说道:"我这主意该好?"

顾天成不由冲着她就是一个长揖。跟着又把他在袁表叔家学来的请安,逼着她膝头,挺着腰,伸着右臂,两腿分开,请了个大安,马着脸,逼着声气,打起调子道:"幺太太费心了!卑职给幺太太请安!并给幺太太道劳!卑职舍下还有一只公鸡,回头就叫阿三给幺太太送上,求幺太太赏收!"于是又一个安。

钟家夫妇连招弟都狂笑起来。钟幺嫂笑得一只手捧着肚子,一只手连连打着他的肩头道:"你……你……你……哪里学些怪……样子!……成啥名堂!"

顾天成自己也笑了起来道:"你不晓得吗?这是官派。做官的人都这样,我费了多大的劲,才学会的,亏你说是怪样子哩!"

好半会,钟幺嫂才忍住了笑道:"这样闹官派,看了,真叫人肉麻,亏你学!……你目前还在想做官吗?"

"哪个不想做官呢?不过运气不好,凑合了别人。要是袁表叔不走,这时节还不是老爷了!省城里打个公馆,轿子出,轿子入!"

钟幺嫂捧了个佛道:"阿弥陀佛!幸亏你输了,若你当真做了官,我们还能这样亲亲热热地摆龙门阵吗?看来,你还是不要去找曾师母,我倒感激那般人!"

顾天成忙道:"快莫这么说!我就当真做了官,敢把我们的幺嫂子忘记吗?若是把那般人饶了,天也不容!幺嫂子,你没看见我昨天挨翥打的样子,想着还令人伤心哩!你只问招弟,我那身衣裳,是咋样的烂法!"

钟老幺又裹起一杆叶子烟来咂着道:"三贡爷,你认得我们曾师母吗?"

顾天成愕然道:"我?……并不认得!"

"那,你怎么去找她呢?"

"对呀!"他瞅着钟幺嫂出神。钟幺嫂只是笑。

钟老幺喷了几口浓烟道:"找她去!"用嘴向他老婆一努。

钟幺嫂如何就肯答应?自然又须得顾三贡爷切切哀求,并许下极重的酬报,结果,自然是答应了。但如何去向曾师母说呢?这又该商量了。并且顾天成诚然万分相信洋人的势力,足以替他报复出气,但对于曾师母的为人,与其力量,却还不大清楚。平日没有切身关系,谁去留心别人,如今既要仰仗她的大力,那就自然而然要先晓得她的身世了。

九

钟家之所以能投佃到曾家的田地,就因钟幺嫂一个亲姐姐在曾家当老妈子,有八年之久,很得曾师母信任的原故。而曾师母的历史,她最清楚,并且有些事她还参与过来。曾师母相信她是能守秘密的,她自己也如此相信,不过关于曾师母的一切,她只告诉了两个人,一个是她的丈夫,一个就是她的妹妹钟幺嫂。这两个人也同样得她的信任,以为是能守秘密的,而这两个人的自信,也与她一样。她丈夫已否把这秘密信托过别人,不得而知,而钟幺嫂则是先已信托过了她的老实而能守秘密的丈夫,现在经顾天成一问,她又相信了他,当着她丈夫说道:"三贡爷,因为是你,一则你是好人,不多言不多语的,二则我没有把你当作外人看待。我把他们家的事告诉你,你千记不要泄漏呀,说不得的!我向我的门前人也是这样嘱咐过的。

"……曾先生今年下乡来收租子,你是看见过的。那么矮,那么瘦,又那么穷酸的样子,不亏了一身伸抖衣裳,就不像猴儿,也像他妈一个叫化子。你该猜不出他会有田地,有房子,有儿女呀!只算是妻命好,若不靠他老婆曾帅母,他能这样吗?怕眼前还在挣一两银子一个月,未必赶得上我们这些庄稼汉哩!

"说起曾师母,恰恰与他相反,你没有看见过。我给她拜过年,拜过节,送过东西,是看熟了的。几高,几大,不很胖,白白净净的,硬跟洋婆子一样。圆圆一张大脸,高耸耸一条大鼻子,不很好看,却是喜欢打扮,长长的披毛,梳得拱拱的,外面全没有那样梳法。又爱搽红嘴皮,画眉毛,要不是看见她打扮,硬不信一个女人家的头面,会那么异模异样地收拾。穿得也古怪,说不出是咋个穿的,披一片,挂一块。一双大脚,难看死了,硬像戏上挖苦的:三寸金莲横起比!走起路来,挺胸凸肚的,比男人家还雄壮,哪里像一般太太、小姐们斯文?就只是全身都是香馥馥的,老远你就闻着了,比麝香还好闻。姐姐说她有一间房子也收拾得异样,连曾先生都不准进去,我没有看见,说不来。其实哩,就我看见的那间房子已摆得很阔了,姐姐说,像那样好的穿衣镜,琉璃灯,全成都省便找不出第二家来。

"人倒好,很和气,一点不像别的有钱人,不拘对着啥子人,总是笑嘻嘻的,有说有讲。姐姐说,再难得看见她发过气,也没见她挖挖苦苦地破口骂过人。

"不过,说到她的来历,就不大好听了。不许你向别人泄漏的就是这一点,三贡爷,你该不会高兴了乱说罢?

"听说她是一个孤女,姓郭,父亲不晓得是做啥的,早就死了,家里又穷。到十四岁上,实在没计奈何,她妈要把她卖给人家做小。不晓得怎么一下,叫一个姓史的洋婆子知道了,给了她妈二十两银子,把她收养在教堂里。把她的脚放了,头发留起来,教她认字读书,说她很聪明,又教她说洋话,有五年工夫,她的洋话,说得同洋人一样,打扮得也差不多,男洋人女洋人都喜欢她。久而久之,不晓得怎么的,竟和史先生有了勾扯,叫史师母晓得了,大闹一场,不许她住在家里。史先生没法,才商量着把她带到重庆,送给另外一个没有洋婆子的洋人。

"听说那洋人并不是教堂里的人,像是啥子洋官,岁数已大,头发都白了。她就老老实实当起洋太太来。听说那洋人也很喜欢她,特为她买了多少稀奇古怪的好东西,她现在使用的,全是那时候买的。足有三年工夫,那洋人不知为了啥,说是要回国不再来了,本要带她走的,是她不肯,她害怕漂洋过海。那洋人没计奈何,哭了几场,只好给了她很多银子。

"她回省时,已经二十六岁了,我姐姐就在这时候去帮她的。

"前头那个史洋人依旧同她好起来。可是那洋婆子又很歪,史先生不敢公然同她在一起,只好给她做个媒,嫁给曾先生。

"曾先生是个教友,那时穷得心慌,在教堂里不知做了件啥子小事,一个月才一两银子的工钱,快要四十岁了,还讨不起老婆。一下讨了个又年轻、又有钱的女人,还有啥子说的,立刻就算从糠箩里头跳到米箩里头了。不过也有点不好受的地方,史先生要常常来,来了,总是同曾师母在那间不许别人进去的房间里,半天半天不出来。曾先生也好,从不出一口大气,巴结起他的老婆来,比儿子还孝顺。

"到现在,已是八年了,一个儿子七岁,一个女儿五岁,却都像曾先生,这也怪啦!

"史先生在教会里很多人怕他,衙门里也钻得熟。听说从制台衙门起,他都能够闯进闯出。不过要找他说事,却不容易,只有找曾师母,要是曾师母答应了,比灵官符还灵。不过曾师母也不好找,找她的人太多了,十有九个是见不着的。"

钟幺嫂说完之后,又笑道:"三贡爷,这下你该晓得,我只管答应了你去找曾帅母,事情还是个容易的呀。我想来,对直去找她,一定不行,虽说我是她的佃客,我咋个好说为你的事呢?你同我非亲非故,只是邻居,为邻居的事去找她劳神,她肯吗?我看,只好先去找我的姐姐,请姐姐去说。不过找人的事情,也不好空口说白话的呀,多少也得送个水礼,你说对不对?"

顾天成自然应允了,请她明天就去,她也答应了,到末了,又向着顾天成笑道:"三贡爷,你要弄明白,我只是为的你呀!"

十

但是钟幺嫂在第二天并未进城去,因为顾三奶奶死了,她不能不在顾家帮忙的原故。

顾三奶奶之死,别的人只晓得是害痨病,舍不得钱吃药死的。就中只有几个人明白,她本可以不必死得这样快,或者慢慢将养,竟会不死的,假使钟幺嫂不为一只死鸡去与她一闹,假使钟幺嫂把抢去的母鸡还了她。她之死,完全是一口气气死的!

顾天成只管说不懂什么,但对于老婆总未嫌到愿意她死。既然气死,他又安能若无事然?

在吃午饭时,他老婆呻唤了一阵,便绝了气。顾天成跳起脚地大哭;招弟看见他哭,也哭;阿龙还是个大小孩,也哭。

一片哭声从院子透过林盘,从林盘透到四面散处的邻居。于是在阿三麻麻木木地正烧倒头钱纸时,大娘、大嫂、婶婶、姆姆们先就涌了来,而第一个来的便是钟幺嫂。

她一进房门,就把顾天成从床边上拉起来道:"哎哟!人死了,连罩子都不掀开,她的三魂七魄,咋个出去呢?不要哭了,赶快上去,把罩子下了!"

她在诓住招弟以前,也放声大哭了一场。并望着一般男女邻居说:"真是呀,顾三奶奶,哪里像短命的!平日多好,见着我们,总是和和气气的,一句话不多说!……心又慈,前月一个叫化子走来,我才说一声可怜,天也冷了,身上还是披的那件破单衫。你们看,顾三奶奶当时,就把三贡爷一件烂夹衫取出给了他。……像这样的人,真不该死!女娃子才这么一点大,再过两三年,等招弟半成人了,再死,不好吗?……可是,顾三奶奶也太手紧了,病得那么凶,总舍不得钱吃药。我看她一回,总要劝一回,我说:'三奶奶,你又不是吃不起药的,为啥子拿着命来拚?不说这些平常药,几十百把钱一副,就是几两银子一副的,你也该吃呀。三贡爷也不是只认得钱的人,他也望你的病好呀,我亲耳听见他抱怨你舍不得吃药,你为啥子这样省呢?况且又没有儿子,还怕把家当给儿子吃光了,他不孝顺你?'……你只管劝她,她总是笑着说她病好了些。说起真可怜,前天我听见她有个药鸡方子,晓得她又舍不得杀鸡,我才杀了只鸡给她送来。你们看,这人也太怪了,生死不收我的鸡,还生死要拿她的一只下蛋母鸡还我!……像这样的好邻居,哪里晓得就死喽!不说三贡爷伤心,就我们紧邻说起也心痛啊!"

顾天成简直不晓得人死之后,该怎样办法,只是这里站站,那里站站,随时把女儿牵着,生怕她会随着她妈妈走了似的。

一个有年纪的男邻居,才问他棺材怎么办,衣衾怎么办,"也得在场上请个阴阳来开路,看日子,算七煞呀!"他遂把这一切全托付了这位老邻居。而钟幺嫂却处处都要参入支配,好像她也是顾家的一分子。只有一件事,是那老邻居认为她做对了的,便是打发阿三赶三十里到顾三奶奶的娘家去报信。

邻居们来帮忙,绝没有饿着肚皮做事的,这又得亏了钟幺嫂,一天四顿,全是她一个人同着两三位女邻居在灶房里做。也算省俭,几天当中,只把顾三奶奶舍不得吃而保存着的几坛咸菜、盐蛋,吃了个干净。此外仅在入大殓,供头饭时,叫厨子来做了好几席,杀了一口猪,若干只鸡。

顾三奶奶的娘家,只来了一个嫂嫂。进门来就数数落落哭了一场。哭她妹子太可怜,为顾家苦了十几年,害病时没有请上三个医生,没有吃过补药,死来值不得;又哭她妹子太省俭了,省俭到连娘家都不来往,"你平日怕娘家人来沾你一点光,你现在死了,能把家当带走!"又哭她妹夫没良心,怎不早点来通知,也好让娘家来一个人送她妹子的终;又哭她妹子没有儿,为什么不早打主意,在亲戚中抱个儿,也有捧灵牌子的呀!

一番哭,已把顾天成哭得心里很不自在;钟幺嫂并把他喊在灶房里,向他说:"这样的娘家人,才不懂事呀!哪里是号丧,简直在骂人!骂你哩,已经不对了,哪家愿意好好地死人呢?别人家里死了人,哪个又不伤心咧?再骂到死人,更不对,人已死了,就有天大的仇,也该解了,还这样挖挖苦苦地骂,别的人听了,多难听!你看,我难道与你三奶奶没有过口角吗?要说仇气,那可深呀!前天听见她一死,我骇得啥样,赶来,伤伤心心地哭了她后,还向着众人专说她的好处。……"加以大殓之后,她嫂嫂要抢东西回去,说她妹子既死了,她就不忍心再住在这里,看见招弟,就想到妹夫以后讨个后老婆的情形,"有后娘就有后老子,以后招弟的日子才难过哩!若是舅舅家里事好,我倒把她领去了。如今,只好把姑姑的东西拿些回去做忆念。招弟大了,愿意来看舅舅、舅母,又再来往好了!"名曰做忆念,却恨不得把顾家所有的东西,整个搬了家去。

这下,把顾天成惹冒了火,老实不客气地就同他老婆的嫂嫂大闹起来。闹到若非众人挡住,她几乎被妹夫痛搔一顿。她也不弱,只管打骂吵闹,而终于将箱柜打开,凡见可拿的细软首饰终于尽量向怀里与包袱里塞。这又亏了钟幺嫂,硬不客气,并且不怕嫌疑,口口声声说是为招弟将来着想,而与她赌抢,赌吵,才算留存了一部分。使旁观的人又笑她太爱管闲事,又佩她勇敢,而顾天成则五体投地地感激她。

官绅人家,丧事大礼,第一是成服。乡间却不甚讲究,顾天成也不知道。只随乡间习俗,从头七起,便招请了半堂法源坛半儒半道的老年、少年来做法事,从天色微明,锣、鼓、木鱼就敲打起来,除一日三餐连一顿消夜外,休息时候真不多,一直要闹到半夜三更。天天如此,把一般爱热闹的邻居们都吵厌了。幸得做法事的朋友们深通人情,于日间念了经后,在消夜之前,必要清唱一二出高腔戏,或丝弦戏。

乡下人是难得听戏的,一年之中,只有春天唱社戏时,有十来天的耳目之娱。所以就是清唱,大家也听得有劲。顾天成也会唱几句,在某一夜,喝了两杯酒,一听见锣鼓敲打得热闹,竟自使他忘记了这在他家里是一回什么事,兴致勃勃,不待他人怂恿,公然高唱了一出《打龙袍》。

法事做完,不但顾家,就是邻居们与钟幺嫂,也都感觉到一种难以名状的疲倦。顾天成一直熟睡了三天,才打起精神,奔进省城到大墙后街幺伯家来商量下葬他老婆的事。

十一

他的幺伯,叫顾辉堂,是他亲属中顶亲的一房,也是他亲属中顶有钱的一房。据说,新繁、郫县、成都县都有很多的田,而两个县城中都有大房子。在二年之前,才搬到成都住居。其原因,是老二娶了钱县丞的大小姐,钱家虽非大官,而在顾粮户一家人眼里看来,却是不小。要将就二奶奶的脾气,老夫妇才决定在大墙后街买了一个不算大的中等门道住下。

老大夫妇不知为什么不肯来,仍留住在郫县。顾辉堂也放心,知道老大是个守成的人,足以管理乡间事务,便把三县中的田地,全交给了他,只一年回去几次,清查清查。

老二读书不成,因为运气好,与钱县丞做了女婿,便也是一家的骄子。老子不管他,妈妈溺爱他,自然穿得好,吃得好,而又无所事事,一天到晚,只是跟着二奶奶在家里吃了饭,就到钱家去陪伴丈人、丈母。他的外表,相当的清秀,性情更是温柔谨慎,不但丈人、丈母喜欢他,就连一个舅子两个小姨妹都喜欢他。

顾辉堂有四十九岁，与他的老婆同庚。两夫妇都喜欢吃一口鸦片烟，据他们自己说瘾并不大，或者也是真话。因为他们还能起早，还能照管家里事情，顾老太婆还能做腌菜，做胡豆瓣，顾老太爷还能出去看戏，吃茶。

顾天成来到的一天，他幺伯刚回来吃了午饭，在过午瘾，叫他在床跟前坐了。起初谈了些别的事，及至听见他老婆死了，幺婶先就坐了起来道："陆女死了吗？"跟着就叹息一番，追问起到底是什么病，吃的什么药，同着幺伯一鼓一吹地，一时又怪他不好好给陆女医治，一时又可怜招弟幼年丧母，可怜他中年丧妻，一时又安慰他："陆女为人虽好，到底身体太不结实，经不住病。并且十几年都未给你生一个儿子，照老规矩说来，对顾家不能算是有功劳的人。既然做了几天法事，也算对得住她了！……我看，你也得看开一点，男儿汉不比三绺梳头、两截穿衣的婆娘们，老婆死了，只要衣衾棺椁办得丰富些，也就罢了。过些时，还是正正经经说个好人家的女儿，一则你那家务也才有人照管，招弟的头脚也才有人收拾；二则好好生几个儿子，不但你们三房的香烟有人承继，就陆女的神主也才有人承主。"

顾天成自没有什么话说，便谈到他老婆下葬的话。幺伯主张：既非老丧，而又没有儿子，不宜停柩太久，总在几个月内，随便找个阴阳，看个日子，只要与他命相不冲，稍为热闹一下，抬去埋了就是。这一点，两方都同了意。下葬的地方，顾天成打算葬在大六房的祖坟上，说那里地方尚宽，又与他所住农庄不过八里多路。他幺伯、幺婶却都不以为然，惟一的理由，就是大六房祖坟的风水，关系五个小房。大、二、四，各小房都败了，不用说，而五房正在兴旺，哪一年不添丁？哪一年不买田？去年老大媳妇虽没有生育，而老二媳妇的肚皮现在却大了；去年为接老二媳妇,用多了钱,虽没买田,但大墙后街现住的这个门道,同外面六间铺面,也是六百多两银子的产业。三房虽还好,但四十几年没有添过丁,如今只剩招弟一个女花;产业哩,好久了,没有听见他拿过卖约,想是祖坟风水,已不在他这一房。如今以一个没儿子的女丧,要去祖坟上破土,设若动了风水,这如何使得?为这件事,他们伯侄三人,直说了一下午。后来折衷办法,由幺伯请位高明阴阳去看看,若果一切无害,可以在坟堉之外,挪点地方给他,不然,就葬在他自己的农庄外面地上好了。再说到承主的话,顾大成的意思,女儿自然不成,但等后来生了儿子再办,未免太无把握,很想把大兄弟的儿子过继一个去承主。这话在他幺伯、幺婶耳里听来,一点不反胃,不过幺伯仍作起难来。

他道:"对倒是对的,但你没想到,你大兄弟只生了两个女、四个儿。长子照规矩是不出继的,二的个已继了四房,三的个继了大房,四的个是去年承继给二房的。要是今年生一个,那就没话说了,偏偏今年又没生的。难道把二的个再过继给你吗?一子顶三房,倒也可以。……"

顾老太婆心里一动,抢着道:"你才浑哩!定要老大的儿子才能过继吗?二媳妇算来有七个月身孕了,那不好拿二媳妇的儿子去过继吗?"

顾辉堂离开烟盘,把竹火笼上煨的春茶,先斟了一杯给他侄儿,又给了他老婆一杯,自己喝着笑道:"老太婆想得真宽!你就拿稳了二媳妇肚皮里的是个儿子吗?……如其是个女儿呢?"

老太婆也笑道:"你又浑了!你不记得马太婆摸了二媳妇肚皮说的话吗?就是前月给她算的命,也说她头一胎就是一个贵子。说后来她同老二还要享那娃儿的福哩!"

事情终于渺茫一点,要叫老太婆出张字据,硬可保证她二媳妇在两个月后生的是个贵子,她未必肯书押画字。然而顾天成的意思,没儿子不好立主,不立主不好下葬,而一个女丧尽停在家里,也不成话,还不必说出他也想赶快续娶的隐衷。既然大六房里过继不出人,他只好到别房里找去。在幺伯、幺婶听来,这如何使得,便留他吃了晚饭再商量。

到吃饭时,钱家打发了一个跟班来说:"我们老爷、太太给亲家老爷、太太请安!姑少爷同我家大姑小姐今夜不能回来,请亲家老爷、太太不要等,明天下午才能回来。"

这是很寻常的事,只是顾天成看见那跟班的官派,与他的官腔,心中却不胜感羡。寻思要是能够与钱家往来往来,也可开开眼界。袁表叔虽然捐的是个通判,到底还是粮户出身,钱家哩,却是个世家,而钱亲翁又在官场多年,自然是苏气到底的了。这思想始将他向别房找承继的念头打断了,而与幺伯细商起来。

第四部分

兴顺号的故事

一

　　天回镇云集栈的场合,自把顾天成轰走,没有一丝变动,在众人心里,也不存留一丝痕迹。惟有刘三金一个人,比起众人来,算是更事不多,心想顾天成既不是一个什么大粮户,着众人弄了手脚,输了那么多,又着轰走,难免不想报复;他们是通皮的,自然不怕,只有自己顶弱了。并且算起来,顾天成之吃亏,全是张占魁提调着自己做的,若果顾天成清醒一点,难免不追究到"就是那婊子害了人"!那吗,能够赖着罗歪嘴他们过一辈子么?势所不能,不如早些抽身。

　　一夜,在床上,她服伺了罗歪嘴之后,说着她离开内江,已经好几年,现在蒙干达达的照顾,使她积攒了一些钱,现已冬月中旬了,她问罗歪嘴,许不许她回内江去过一个年?罗歪嘴迷迷胡胡地要紧睡觉,只是哼了几声。

　　到第二天上午,她又在烟盘子上说起,罗歪嘴调笑她道:"你走是可以的,只我咋个舍得你呢?"

　　"哎呀!干达达,好甜的嘴呀!像我们这样的人,你有啥舍不得的!"

罗歪嘴定睛看着她,并伸手过去,把她两颊一摸道:"就因你长得好,又有情趣!"

这或者是他的老实话,因他还有这样一番言语:"以前,我手上经过的女人,的确有比你好的,但是没有你这样精灵;也有比你风骚几倍的,却不及你有情趣。……我嫖了几十年,没有一点流连,说丢手,就丢手,哪里还向她们殷勤过?……我想,这必是我只管尝着了女人的身体,却未尝着女人的心!……说不定,从前年轻气盛,把女人只是看做不值价的顽货,顽了就丢开。如今,上了点年纪,除却女人的身体,似乎还想要点别的东西,……你就明白,我虽是每晚都要同你睡,你算算看,同你做那个,有几夜认真过?甚至十天八天的不想。但是没有你在身边,又睡不好,又不高兴。……我也说不出这是啥道理。不过我并不留你,因我自小赌过咒不安家的。"

刘三金也微微动了一个念头,便引逗他道:"你不晓得吗?人到有了年纪,是要一个知心识意的女人来温存他的。你既有了这个心,为啥子不安个家呢?年轻不懂事时,赌个把咒算得啥子!……若你当真舍不得我,我就不走了,跟你一辈子,好不好?"

罗歪嘴哈哈一笑道:"只要你有这句话,我就多谢你了!老实告诉你,我当真要安家,必须讨一个正经女人才对,正经女人又不合我的口味。你们倒好,但我又害怕遭绿帽子压死!"

她把手指在他额上一戳,似笑不笑地瞅着他道:"你这个嘴呀!……你该晓得婊子过门为正?婊子从了良,哪里还能乱来?她不怕挨刀吗?……我还是要跟着你,也不要你讨我,只要你不缺我的穿,不少我的吃!"

他坐了起来,正正经经的说道:"三儿,现在不同你开顽笑了。你慢慢收拾好,别人有欠你的,赶快收。至迟月底,我打发张占魁送你回石桥。你还年轻风流,正是走运气、过好日子的时候。跟着我没有好处,我到底是个没脚蟹,我不能一年到头守着你,也不能把你像香荷包样拖在身边,不但误了你,连我也害了。你有点喜欢我,我也有点喜欢你,这是真的。我们就好好的把这点'喜欢'留在心头,将来也有个好见面的日子。我前天才叫人买了一件衣料同周身的阑干① 回来,你拿去做棉袄穿,算是我送你的一点情谊,待你走时,再给你一锭银子做盘川。"

刘三金遂哭了起来道:"干达达,你真是好人呀!……我咋个啥得你!……我要想法子报答你的!……"

二

报答?刘三金并不是只在口头说说,她硬着手进行起来。

她这几天,觉得很忙,忙着做鞋面,忙着做帽条子。在云集栈的时候很少,在兴顺号同蔡大嫂一块商量的时候多。有时到下午回来,两颊吃得红馥馥地,两眼带着微醺,知是又同蔡大嫂共饮了来。有时邀约罗歪嘴一同去,估着他到红锅饭馆去炒菜,

---

① 在光绪中叶,即是在一八九〇年前后,四川女人服装是上衣下裙。上衣除青缎驼肩、绣花颜色缎挽袖外,还要通身缘一道缎锦辫子。这辫子,便叫阑干,是博古花样的,便叫响古。

不过总没有畅畅快快地吃一顿,不是张占魁等找了来,就是旁的事情将他找了去。

直到冬月二十一夜里,众人都散了,房间里只有他们两个人。入冬以来,这一夜算是有点寒意,窗子外吹着北风,干的树叶,吹得哗喇哗喇的响。上官房里住了几个由成都回三原县的老陕,高声谈笑,笑声一阵阵地被风吹过墙来。

罗歪嘴穿了件羊皮袍,倒在烟盘边,拿着本新刻的《八仙图》在念。刘三金双脚盘坐在床边上,一个邛州竹丝烘笼放在怀中,手上抱着白铜水烟袋。因为怕冷,拿了一角绣花手巾将烟袋套子包着。

她吃烟时,连连拿眼睛去看罗歪嘴,他依然定睛看着书,低低地打着调子在念,心里好像平静得了不得,为平常夜里所无有。

她吃到第五袋烟,实在忍不住了,唤着罗歪嘴道:"喂!说一句话罢!尽看些啥子?"

罗歪嘴把书一放,看着她笑道:"说嘛!有啥子话?我听着在!"

"我想着,我也要走了,你哩,又是离不开女人的人,我走后,你找哪一个?"

罗歪嘴瞪着两眼,简直答应不出。

她把眉头蹙起,微微叹了一声道:"一个人总也要打打自己的主意呀!我遇合的人,也不算少,活到三十几快四十岁像你这样潇洒的,真不多见!你待我也太好了,我晓得,倒也不是专对我一个人才这样;别的人我不管他,只就我一个人说,我是感激你的。任凭你咋个,我总要替你打个主意,你若是稍为听我几句,我走了也才放心!"

他不禁笑了笑,也坐了起来道:"有话哩,请说!何必这样绕弯子?"

"那吗,我还是要问你:我走后,你到底打算找哪个?"

"这个,如何能说?你难道不晓得,天回镇上除了你哪里还找得到第二个?"

"你说没有第二个,是说没有第二个做生意的吗?还是说没有第二个比我好的?"

"自然两样都是。"

她摇了摇头道:"不见得罢?做生意的,我就晓得,明做的没有,暗做的就有,用不着我说,你是晓得的。不过我也留心看来,那都不是你的对子。若说天回镇上没有第二个比我好的女人,这,你又说冤枉话了。眼面前明明放着一个,你难道是瞎子?"

罗歪嘴只是眨了几下眼睛,不开口。

"你一定是明白的,不过你不肯说。我给你戳穿罢,这个人不但在天回镇比我好,就随便放在哪里,都要算是盖面菜。这人就是你的亲戚蔡大嫂,是心里顶爱你的一个人!"

罗歪嘴好像什么机器东西,被人把发条开动了,猛地一下,跳下床来,几乎把脚下的铜炉都踢翻了。

刘三金忙伸手去挽住他,笑道:"慌些啥子?人就喜欢得迷了窍,也不要这样掌不住呀!"

他顺手抓住她手膀道:"你胡说些啥子?"

"我没有胡说,我说的是老实话!"

"你说啥子人心里顶爱我?"

"蔡大嫂!你的亲戚!"

"唉!你不怕挨嘴巴子吗?"

她把嘴一撇,脸一扬道:"哪个敢?"

"蔡大嫂就敢！她还要问你为啥子胡说八道！"

她笑了起来道："说你装疯哩，看又不像；说你当真没心哩，你看起人来又那么下死眼的。所以蔡嫂子说你是个皮蛋，皮子亮，心里浑的！且不忙说人家，只问你爱不爱她？想不想她？老老实实地说，不许撒一个字的谎！"

他定睛看着她道："你为啥子问起这些来？"

她把眼睛一溜道："你还在装疯吗？我在给你拉皮条！拉蔡嫂子的皮条！告诉你，她那面的话，已说好了。她并不图你啥子，她只爱你这个人！她向我说得很清楚，自从嫁给蔡傻了起，她就爱起你了，只怪你麻麻胡胡的，又像晓得，又像不晓得。……"

罗歪嘴伸手把她的嘴一拧道："你硬编得像！你却不晓得，蔡大嫂是规规矩矩的女人，又是我的亲戚，你跟她有好熟，她能这么向你说？"

她把头一侧，将他的手摆脱，瞟了他一眼道："我是尽了心，信不信由你！你又不是婆娘，你怎么晓得婆娘们的想头？有些女人，你看她外面只管正经，其实想偷男人的心比我们还切，何况蔡家的并不那么正经！你说亲戚，我又可以说，亲戚中间就不干净。你看戏上唱的，有好多不是表妹偷表哥，嫂嫂偷小叔子呢？我也用不着多说，总之，蔡家的是一个好看的女人，又有情趣，又不野，心里又是有你的。你不安家，又要一个合口味的女人来亲近你，我看来，蔡家的顶好了。我是尽了心，我把她的隐情，已告诉给了你，并也把她说动了，把你的好处，也告诉给了她。你信不信，动不动手，全由你。本来，牛不吃水，也不能强按头的。只是蔡家的被我勾引动了，一块肥肉，终不会是蔡傻子一个人尽吃得了的！"

据说，罗歪嘴虽没有明白表示，但是那一个整晚，都在刘三金身边翻过去，复过来，几乎没有睡好。

三

天色刚明，他就起来了。刘三金犹然酣睡未醒，一个吊扬州发纂乱蓬蓬地揉在枕头上，印花洋缎面子的被盖，齐颈偎着。虽然有一些残脂剩粉，但经白昼的阳光一显照，一张青黄色脸，终究说出了她那不堪的身世，而微微浮起的眼脓，更说出了她的疲劳来。

房间窗户关得很紧，一夜的烟子人气，以及菜油灯上的火气，很是沉重，他遂开门出来，顺手卷了一袋叶子烟咂燃。

天上有些云彩，知道是个晴天。屋瓦上微微有点青霜。北风停止了，不觉得很冷，只是手指有点僵。一阵阵寒鸦从树顶上飞过。

上官房的陕西客人，也要起身了，都是一般当铺里的师字号哥字号的先生们，受雇三年，照例回家过年的①。他们有个规矩，由号上起身时，一乘对班轿子，尽其所能携带的，完全塞在轿

---

① 陕西省三原县人，大抵从清初起，就有组织地到四川各地经营工商业。资本家并不亲来，来的，全是伙计。其间分师、哥、大、相、娃五等，师又分大、二、三三级。师相当于后世的经理级，哥相当于后世科股级，娃即徒弟。必须升到师哥二级，始有资格几年准许回去一次报帐；必须先到资本家家中，将帐目算清，并将行李检查后，方准回到自己家中暂住若干时日，听候资本家调遣或作升降开除的处理。

111

里,拴在轿外,而不许加在规定斤头的挑子和杠担上。大约一乘轿子,连人总在一百六七十斤上下,而在这条路线上抬陕西客的轿夫们,也都晓得规矩,任凭轿子再重,在号上起肩时,绝不说重。总是强忍着,一肩抬出北门,大概已在午晌过了。然后五里一歇肩,十里一歇脚,走二十里到天回镇落店,差不多要黄昏了,这才向坐轿客人提说轿子太重了,抬不动。坐轿客人因这二十里的经验,也就相信这是实话,方能答应将轿内东西拿出,另雇一根挑子。所以到次早起身时,争轻论重,还要闹一会。

罗歪嘴忽然觉得肚里有点饿,才想起昨夜只喝了两杯烧酒,并未吃饭。他遂走到前院,陕西客人正在起身,幺师正在收检被盖。他本想叫幺师去买一碗汤元来吃的,一转念头,不如自己去,倒吃得热乐些。

他一出栈房门,不知不觉便走到兴顺号。蔡傻子已把铺板下了,堆在内货间里,拿着扫帚,躬着身子在扫地。他走去坐在铺面外那只矮脚宝座上,把猴儿头烟杆向地下一磕,磕了一些灰白色烟灰在地上。

蔡傻子这才看见了他,伸起腰来道:"大老表早啦!"

"你们才早哩,就把铺面打开了!"

"赶场日子,我们总是天见亮就起来了。"

"赶场?……哦!今天老实的是二十二啦!你看我把日子都忘记了。……你们不是已吃过早饭了?"

"就要吃了,你吃过了吗?"

"我哪里有这样早!我本打算来买汤元吃的,昨夜没吃饭,早起有点饿。"

金娃子忽在后面哭叫起来。蔡大嫂尖而清脆的声音,也随之在叫:"土盘子你背了时呀!把他绊这一交!……乖儿,快没哭！我就打他！"

蔡兴顺一声不响,恍若无事的样子,仍旧扫他的地。

罗歪嘴不由地站了起来。提着烟杆,掀开门帘,穿过那间不很亮的内货间,走到灶房门口,大声问道:"金娃子绊着了吗?"

蔡大嫂正高高挽着衣袖,系着围裙,站在灶前,一手提着锅铲,一手拿着一只小筲箕盛的白菜。锅里的菜油,已煎得热气腾腾,看样子是熟透了。

"哗喇!"菜下了锅,菜上的水点,着滚油煎得满锅呐喊。蔡大嫂的锅铲,很玲珑的将菜翻炒着,一面洒盐,一面笑嘻嘻的掉过头来向罗歪嘴说话,语音却被菜的呐喊掩住了。

金娃子扑在烧火板凳上,已住了哭,几点眼泪还挂在脸上。土盘子把小案板上盛满了饭的一个瓦钵,双手捧向外面去了。

菜上的水分被滚油赶跑之后,才听见她末后的一句:"……就在这里吃早饭,好不好?"

"好的!……只是我还没洗脸哩!"

"你等一下,等我炒了菜,给你舀热水来。"

"何必等你动手?我自己来舀,不对吗?"

他走进他们的卧室,看见床铺已打迭得整整齐齐,家具都已抹得放光,地板也扫得干干净净。就是柜桌上的那只锡灯盏,也放得颇为适宜,她的那只御用的红漆洗脸木盆,正放在架子床侧面的一张圆凳上。

他将脸盆取了出来时,心头忽然发生了一点感慨:"居家的妇女与顽家比起来,真不同!我的那间房子,要是稍为打迭一下也好啦!"

在灶前瓦吊壶里取了热水,顺便放在一条板凳上,抓起盆里原有的洋葛巾就洗。蔡大嫂赶去把一个粗磁盒取来,放在他跟前道:"这里有香肥皂,绿豆粉。"又问他用盐洗牙齿吗,还是用生石膏粉?

他道:"我昨天才用柴灰洗了的,漱一漱,就是了。"

灶房里还在弄菜,他把脸洗了,口漱了,来到铺面方桌前时,始见两样小菜之外,还炒了一碗嫩蛋。

罗歪嘴搓着手笑道:"还要费事,咋使得呢?"

蔡兴顺已端着饭碗在吃了。蔡大嫂盛了一碗饭递给罗歪嘴道:"大老表难逢难遇来吃顿饭,本待炒样臑子① 的,又怕你等不得。我晓得你的公忙,梢为耽搁一卜,这顿饭你又会吃不成了。只有炒蛋快些,还来得及,就只猪油放少了点,又没有葱花,不香,将就吃罢!"

这番话本是她平常说惯了的谦逊话,任何人听来,都不觉奇;不知为什么,罗歪嘴此刻听来,仿佛话里还有什么文章,觉得不炒臑子而炒蛋,正是她明白表示体贴他的意思。他很兴奋地答道:"好极了!像炒得这样嫩的蛋,我在别处,真没有吃过!"

于是做菜一事,便成了吃饭中间,他与她的谈资。她说得很有劲,他每每停着筷子看着她说。

她那鹅卵形的脸蛋儿,比起两年前新嫁来时,瘦了好些。两个颧骨,渐渐突了起来。以前笑起来时,两只深深的酒涡,现在也略浅了。皮肤虽还那样细腻,而额角上,到底被岁月给镂上了几条细细的纹路。今天虽是打扮了,搽了点脂粉,头发梳得溜光,横抹着一条窄窄的漂白布的包头帕子,显得黑的越黑,白的

---

① 臑字,也非臆造。《康熙字典》载"广韵"云,苏吊切,义为切。"集韵"云,先吊切,音啸,义为臛。又载"五音集韵"云,私妙切,音笑,义为切肉合糅。现在一般都写作臊字了。因为臊字的意义到底不同,所以我仍写作臑字,即肉字偏旁,从肃字得音。

越白,红的越红,比起平常日子,自然更俏皮一点。但是微瘦的鼻梁与眼眶之下的雀斑,终于掩不住,觉得也比两年前多了些;不过一点不觉得不好看,有了它,好似一池澄清的春水上面,点缀了一些花片萍叶,仿佛必如此才感觉出景色的佳丽来。眼眶也比前大了些,而那两枚乌黑眼珠,却格外有光,格外玲珑。与以前顶不同的,就是以前未当妈妈和刚当了妈妈不久时,同你说起话来,只管大方,只管不像一般的乡间妇女,然而总不免带点怯生生的模样。如今,则顾瞻起来,很是大胆,敢于定睛看着你,一眼不眨,并且笑得也有力,眼珠流动时,又自然又有情趣。

土盘子将金娃子抱了出来,一见他的妈,金娃子便扑过来要她抱,她不肯,说"等我吃完饭抱你!"孩子不听话,"哇"地一声便哭了起来。

蔡大嫂生了气,翻手就在他屁股上拍打了两下。

罗歪嘴忙挡住道:"娃儿家,见了妈妈是要闹的。……土盘子抱开! 莫把你师娘的手打闪了!"

蔡大嫂扑嗤一声,把饭都喷了出来,拿筷子把他一指道:"大老表,你今天真爱说笑! 我这一双手,打铁都去得了,还说得那么娇嫩?"低头吃饭时,又笑着瞥了他一眼。

这时,赶场的人已逐渐来了。

四

在赶场的第二天,场上人家正在安排吃午饭的时候,罗歪嘴兴匆匆地亲自提了三尾四寸来长鲜活的鲫鱼,走到兴顺号来。

一个女的正在那里买香蜡纸马,说是去还愿。蔡傻子口里叼着叶子烟,在柜台内取东西。铺子里两张方桌,都是空的,闲场时的酒客,大抵在黄昏时节才来。

罗歪嘴将鱼提得高高的,隔着柜台向蔡兴顺脸上一扬道:"嗨!傻子,请你吃鱼!"

蔡兴顺咧着嘴傻笑了两声。那买东西的女人称赞道:"啧啧啧!好大的鲜鱼!罗五爷,在沟里钓的吗?"

罗歪嘴把她睨了一眼道:"水沟里有这大的鱼吗?……"把门帘一撩,向灶房走去,还一面在说:"花了四个钱一两买来的哩!"

蔡大嫂从烧火板凳上站起来道:"啥东西,值得四个钱一两?……哦!大鲫鱼!难怪这样贵法!……你买来请哪个吃的?"

罗歪嘴把鱼提得高高的,那鱼是被一根细麻索将背鳍拴着,把麻索一顿,它自然而然就头摇尾摆,腮动口张起来。

蔡大嫂也啧啧赞道:"好鲜!"又道:"看样子还一定是河鱼哩!……你是买来孝敬你的刘老三的吗?"

他把眼睛一挤,嘴角一歪道:"她配!……我是特为我们金娃子的小妈妈买来的!……赏收不赏收?"

她眼珠一闪,一种衷心的笑,便挂上嘴边。她强勉忍住,做得毫不经意的样子,伸手去接道:"这才经当不起呀!只好做了起来请刘三姐来吃,我没有这福气!"

拴鱼的麻索已到了她的指头上,而罗歪嘴似乎还怕她提得不稳,紧紧一把连她的手一并握着。

她的眼睛只把鱼端详着,脸上带点微笑,没有搽胭脂的眼角渐渐红了起来。他放低声气,几乎是说悄悄话一样,直把头凑了过来道:"你没有福气,哪个才有福气?只怪我以前眼睛瞎了,没有把人看清楚!从今以后,我有啥子,全拿来孝敬你一个人,若说半句谎话,……"

土盘子背着他师弟进来了。

她把鱼提了过去,看着他笑道:"土盘子去淘米!我来破鱼!只是咋个做呢?你说。"

罗歪嘴笑道:"我只是会吃。你喜欢咋个做,就咋个做。我再去割一斤肉来,弄盐煎肉,今天天气太好,我们好生吃一顿!"

"又不过年,又不过节,又没有人做生,有了鱼,也就够了!"

"管他妈的,只要高兴,多使几百钱算啥!"

今天天气果然好。好久不见的太阳,在昨天已出了半天,今天更是从清早以来,就亮晶晶的挂在天上。天是碧蓝的,也时而有几朵薄薄的白云,但不等飞近太阳,就被微风吹散了。太阳如此晒了大半天,所以空气很是温和,前两天的轻寒,早已荡漾得干干净净。人在太阳光里,很有点春天的感觉。

罗歪嘴本不会做什么的,却偏要虱在灶房里,摸摸这样,摸摸那样,惹得蔡大嫂不住地笑。她的丈夫知道今天有好饮食吃,也很高兴,不时丢开铺面,钻到灶房来帮着烧火,剥蒜。

又由蔡大嫂配了两样菜,盐煎肉也煎好了,鱼已下了锅,叫土盘子摆筷子了,罗歪嘴才提说不要搬到铺面上去吃,就在灶房外院坝当中吃。这么好的天气,自然很合宜。谁照料铺面呢?就叫土盘子背着金娃子挟些菜在饭碗上,端着出去吃。

于是一张矮方桌上,只坐了三个人。蔡大嫂又提说把刘三金叫来,罗歪嘴不肯,他说:"我们亲亲热热地吃得不好吗?为啥子要掺生水?"

蔡兴顺把自己铺子上卖的大麯酒用砂瓦壶量了一壶进来，先给罗歪嘴斟上，他老婆摇头道："不要给我斟。"

罗歪嘴侧着头问道："为啥子不吃呢？"

"吃了，脸红心跳的。"

蔡兴顺道："有好菜，就该吃一杯，醉了，好睡。"

她眙了他一眼道："都像你么，好酒贪杯的，吃了就醉，醉了就睡！"

罗歪嘴把酒壶接过去，拉开她按着杯子的手，给她斟了一满杯道："看我的面子，吃一杯！天气跟春天一样，吃点酒，好助兴！"

她笑了笑道："大老表，我看你不等吃酒，兴致已好了。"

他摇了摇头道："不见得，不见得！"

吃酒中间，谈到室家一件事上，罗歪嘴不禁大发感慨道："常言说得好，傻子有傻福。这话硬一点不错！就拿蔡傻子来说罢，姑夫、姑妈苦了一辈子，省吃俭用的，死了，给他剩下这所房子，还有二三百两银子的一个小营生。傻子自幼就没有吃过啥子苦，顺顺遂遂地当了掌柜不算外，还讨这么一个好老婆！……"

蔡兴顺只顾咧着嘴傻笑，只顾吃菜吃酒。他老婆插嘴打岔道："你就吃醉了吗？我是啥子好老婆？若果是好老婆，傻子早好了。"

"还要谦逊不好？又长得好！又能干！又精灵！有嘴有手的！我不是当面凑合的话，真是傻子福气好，要不是讨了你，不要说别的，就他这小本营生，怕不因他老实过余，早倒了灶了，还能像现在这样安安逸逸的过活吗？并且显考也当了，若是后来金娃子读书成行，不又是个现成老封翁？说起我来，好像比傻子强。其实一点也比不上，第一，三十七岁了，还没有遇合一个好女人!"

他的话,不知是故意说的呢?或是当真有点羡慕?当真有点嫉妒?只是还动人。

大家都无话说,吃了一会酒,蔡大嫂才道:"大老表是三十七岁的人,倒看不出。你比他大三岁。大我十四岁。但你到底是个男子汉,有出息的人!"

罗歪嘴叹了一声道:"再不要说有出息的话!跑了二十几年的滩,还是一个光杆。若是拿吃苦来说,那倒不让人。若是说到钱,经手的也有万把两银子,但是都烊和①了。以前也太荒唐,我自己很明白,对待女人,总没有拿过真心出来;却也因历来遇合的女人,没一个值得拿真心去对待的。那些女人之对待我,又哪一个不把我当作个肯花钱的好保爷,又哪一个曾拿真情真义来交结过我?唉!想起以前的事,真够令人叹息!"

蔡大嫂大半杯酒已下了肚,又因太阳从花红树干枝间漏下,晒着她,使她一张脸通红起来,瞧着罗歪嘴笑道:"在外面做生意的女人,到底赶不到正经人家的女人有情有义。你讨一个正经人家的姑娘,不就如了愿吗?"

罗歪嘴皱起眉头道:"说得容易,你心头有没有这样一个合适的女人?"

"要啥样子的?"

"同你一样的!"他说时,一只手已从桌下伸去,把她的大腿摸了摸,捏了捏。

她不但不躲闪,并且掉过脸来,向他笑了笑道:"我看刘三金就好,也精灵,也能干,有些地方,比我还要好些。"

---

① 这也是四川哥老会的术语。烊和,就是大吃大喝、胡乱花费的意思。

"哈哈！亏你想到了她！不错，在顽家当中，她要算是好看的，能干的，也比别一些精灵，有心胸。但是比起你来，那就差远了！……傻子，你也有眼睛的，你说我的话，对不对？"

蔡兴顺已经有几分醉意了，蒙蒙眬眬睁着眼睛，只是点头。两个人又大笑起来。

蔡大嫂却抿着嘴向他笑道："照你说，你为啥子还包了她几个月，那样爱法？"

罗歪嘴有点气紧道："是她向你说过，说我爱她吗？"

"不是，她并未说过，是我从旁看来，觉得你在爱她。"

"我晓得她向你说的是些啥子话，就这一点，我觉得她还好。但是，就说她对我有真情真义，那她又何至于要走呢？我对待她，的确比对别一些顽家好些，钱也给得多些，若说我爱她，我又为啥子要叫她走呢？舍得离开的，就不算爱！"

她正正经经、像是认真地道："那，你当真爱一个人，不是就永远不离开了？"

他很是感动，咬着牙齿道："不是吗？"

她把酒杯端起，一口喝空，哈哈大笑道："说倒说得好，我就长着眼睛看罢！"

蔡兴顺醉了，仰在所坐的竹椅背上，循例打起鼾声。

土盘子在铺面上很久很久了，不知为一件什么事，走进来找罗歪嘴。只见矮方桌前，只剩一个睡着了的师父，桌子上杯盘狼藉，鱼骨头吐了一地，而罗五爷与师娘都不见。

五

　　要上灯了,罗歪嘴回到栈房。场合正热闹,因为汉州来了三个有钱朋友,成都又上来一个有力量的片官。朱大爷且于今天下午,提着钱褡裢来走了一遭,人人都很上劲。

　　罗歪嘴也走了一个游台,招呼应酬了一遍,方回到耳房。

　　刘三金正在收拾衣箱,陆茂林满脸不自在的样子躺在烟盘旁边,挑了一烟签的鸦片烟在烧牛屎堆。

　　他一看见罗歪嘴进来,把烟签一丢,跳到当地道:"罗五爷,你回来啦!怎么说起的,三儿就要走咧?"

　　"就要走吗,今夜?"

　　刘三金站了起来笑道:"哎呀!哪处没找到你,你跑往哪里去了?说是在兴顺号吃着酒就不见了,我生怕你吃醉了跌到沟里去了!"

　　罗歪嘴又问道:"咋个说今夜就走?"

　　"哪个说今夜走?我是收拾收拾,打算明天走,意思找你回来说一声,好早点雇轿子、挑子,偏偏找不着你。老陆来了,缠着人不要走,跟离不开娘的奶娃儿一样,说着说着,都要哭了。你说笑不笑人?"

　　罗歪嘴看着陆茂林丧气的样子,也不禁大笑道:"老陆倒变成情种了!人为情死,鸟为食亡,老陆,你该不会死罢?"

　　刘三金道:"我已向他说过多少回。我们的遇合,只算姻缘簿上有点露水姻缘,哪里认得那么真!你是花钱的嫖客,只要有钱,到处都可买得着情爱的。我不骗你,我们虽是睡过觉,我心里并没有你这个人,你不要乱迷窍!我不像别的人,只图骗你的钱,口头甜蜜蜜的,生怕你丢开了手,心里却辣得很,恨不得把你连皮带骨吞了下去!我这回走,是因为要回去看看,不见得就从良嫁人,说不定我们还是可以会面的,你又何必把我留得这样痴呆呆的呢?可是偏说不醒,把人缠了一下午,真真讨厌死了!你看他还气成了那个样子。"

陆茂林眯着眼睛,拿了块乌黑手帕子,连连把鼻头揩着道:"罗五爷,你不要尽信她的话。我就再憨,也不会憨到那样。我的意思,不过说过年还早,大家相处得好好地,何必这么着急走哩!多顽几天,我们也好饯个行,尽尽我们的情呀!"

刘三金把脚几顿,一根指头直指到他鼻子上道:"你才会说啦!若只是这么样说,我还会跟你生气吗?还有杜老四做眼证哩!你去把他找进来问问看,我若冤枉了你,我……"

罗歪嘴把手一摆道:"不许乱赌咒!你也不要怪他,他本是一个见色迷窍的人。不过这回遇合了你,玉美人似的,又风骚又率真,所以他更着了迷。你走了,我相信他必要害相思的。老陆,你也不要太胡闹了。你有好多填尿坑的钱用不完,见一个,迷一个?像你这脾气,只好到女儿国招驸马去。三儿要走,并不是今天才说起的,你如何留得下她?就说她看你的痴情,留几天,我问你,你又能得到多少好处?她能不能把大家丢开,昼夜陪伴你一个人呢?你说饯行的话,倒对!既她明天准走,我们今夜就饯行,安排闹一个整晚,明天绝早送她走!三儿,你说好吗?"

刘三金笑道:"饯行不敢当!不过大家都住熟了,分手时,热闹一下,倒是对的。陆九爷,别呕气呀!晏息多跟你亲一个!"

陆茂林惨然一笑道:"那才多谢你啦!……罗哥,我们该咋个准备,该招呼哪些人,可就商量得了。"

罗歪嘴颓然向床上一躺道:"你把田长子喊来,我交代他去办好了!……三儿,快来跟我烧袋烟,今天太累了,有点撑不住。"

陆茂林出去走了一大转,本想就此不再与刘三金见面了的,既然她那样绝情寡义。只是心里总觉有点不好过,回头一想:见一面,算一面,她明早就要走了,知道以后还见得着么。脚底下不知不觉又走向耳房来,还未跨进门去,听见刘三金正高兴地在笑,笑得像是很乐意的。他心里更其难过,寻思:一定是在笑他。他遂冒了火,冲将进去,只听见刘三金犹自说着她未说完的话:"……这该是我的功劳啦!若不是我先下了药,你哪能这样容易就上了手?可是也难说,精灵爱好的女人,多不会尽守本分的。……"

罗歪嘴满脸诧异的瞪着他道:"这样气吁吁的,又遭啥子鬼祟起了?"

陆茂林很不好意思,只好借口说:既是明天一早要走,为啥子还不把挑子收拾好?"你两个还这么腻在一起,我倒替你们难过!"

两个人都大笑起来,刘三金道:"这话倒是对的。干达达,你去叫挑夫,我去看看蔡大嫂,一来辞行,二来道喜。"

陆茂林道:"道啥子喜?我陪你去!"

罗歪嘴向她挤了个眼睛,她点头微笑道:"你放心,没人会晓得的!……老陆陪我走,也使得,只是第一不准你胡说胡问,第二不准你胡钻胡走,第三不准你胡听胡讲,……"

陆茂林不由笑了起来道:"使得,使得,把我变成一个癞子,瞎子,聋子,哑子,只剩一个鼻头来闻你两个婆娘的骚气!"

刘三金笑着向他背上就是一拳道:"连鼻子都不准闻!"

又是一阵哈哈,三个人便一路走出。

兴顺号酒座上点了一盏油盖水的玻璃神灯,一举两便,既可光照壁上神龛,又可光照常来的酒客。柜台上放了只长方形纱号灯,写着红黑扁体字:兴顺老号。在习惯的眼睛看来,也还辨得出人的面孔。

他们来时,蔡傻子已醉醒了,坐在柜台上挂帐。土盘子在照顾酒客。灯光中,照见有三个人在那里细细地吃酒。

刘三金问了土盘子,知道他师娘带着金娃子在卧房里,便向陆茂林道:"你就在这外面安安静静地等我!若果不听话,走了进来,……"遂凑着他耳朵道:"……那你休想我拿香香给你吃!"一笑地就跑进内货间去了。

陆茂林只好靠在柜台上,看蔡兴顺挂帐,他的算盘真熟,滴滴达达只是打。要同他说两句话,他连连摇头,表示他不肯分心。

半袋叶子烟时,只听见蔡大嫂与刘三金的笑声,直从柜房壁上纸窗隙间漏出,一个是极清脆的,一个是有点哑的,把他的心笑得好像着嫩葱在搔的一样。又许久,方听见一阵细碎的脚步声从卧房走到内货间,知道她们说完话出来了。但是听见她们在内货间犹自唧唧哝哝了一会,才彼此一路哈哈,走出到铺面来。刘三金在前,蔡大嫂抱着金娃子在后,灯光中看见两个女人的脸,都是通红的。

刘三金走到柜台边,向蔡兴顺打着招呼道:"蔡掌柜,恭喜发财!我明天要走了,我愿意再来时,你掌柜的生意更要兴隆!"又是一阵哈哈,回头向着蔡大嫂牵着的袖子拂了一拂道:"嫂子,我就别过了!愿你称心如意地直到你金娃戴红顶子!"

蔡大嫂只是笑,并不开口。陆茂林本想同她调笑一两句的,却被刘三金把袖子挽着就走。

六

天回镇的热闹,好像被刘三金带走了。这因为腊八之后,赌博收了场。过路客商也因腊月关系,都要赶路,天回镇只是一个过站,谁肯在此流连?罗歪嘴又因伤风咳嗽,嫌一个人住在云集栈的后院不方便,遂迁到兴顺号去居住。

他本要同土盘子住在楼上的。蔡大嫂说,一天到晚,上楼几次,下楼几次,多不好!害病的人,哪能这样劳苦!于是,把内货间腾挪一下,有些不常用的东西和笨货,都架到卧室楼上。通后头院坝的小门上,挂了一幅门帘,便没有过道风吹入。原来的亮瓦,叫泥水匠来洗了一洗,又由罗歪嘴出钱,新添三行亮瓦,房间里也有了光。然后安了一张床,一张条桌,两张方凳,——这都是老蔡兴顺遗留下来的东西,也是两年前曾为罗歪嘴使用过的,——就算是罗歪嘴的行辕。过了两夜,罗歪嘴说夜里还是有风吹进帐子。蔡大嫂又主张:在夜里,罗歪嘴到卧房架子床上去睡,她同丈夫孩子移出来,到罗歪嘴的床上。

罗歪嘴原本不肯的,说:"哪有这样喧宾夺主之理?我来养病,劳烦你夫妇随时照料,已经够了!"但她的理由也充足:"你害的既是伤寒病,哪能在夜里再感冒?你是来此养病,不是来此添病,若是我们不管,叫人听见了,岂不要议论我们的不对?我们就不说是亲戚,便是邻居咧,也不能这样的见死不救!设若你仍在云集栈,我们没法子照管,还可以推口,既在我们家里,我们咋好只图自己舒服,连房间都不让一让呢?况且又无妨碍,一样的有床,有枕头,有被盖。……"

蔡兴顺也帮着劝,并且主张:"不管他答不答应,到夜里,我们先就在他床上睡了。"他才无计奈何答应了,但附了两个条件,其一,以他的病愈为止;其二,金娃子太小,也受不住夜寒,让他在架子床上同睡,蔡大嫂可以随时进来喂他的奶。房门自是不关的。

同时,蔡兴顺也很高兴。他因罗歪嘴之来,公然得以顺遂恢复了讨老婆以前的快活习惯,而再不受老婆的罗唣。就是在关了铺子之后,杯酒自劳,吃得半醺也能清清静静地上床去酣然一觉。

罗歪嘴日间也常出去干他的正经事。一回来,把鸦片烟盘子一摆,蔡大嫂总自然而然地要在烟盘边来陪他。起初还带着金娃子坐在对面说笑,有一次,她要罗歪嘴教她烧烟泡,竟无所顾忌地移到罗歪嘴这边,半坐半躺,以便他从肩上伸手过去捉住她的手教。恰这时候,张占魁、田长子两个人猛地一下掀开帘子进来。罗歪嘴便一个翻身,离开蔡大嫂有五六寸远,而她哩,却毫无其事的,依然那样躺着烧她的烟泡,还一面翘起头来同他们交谈。

事情是万万掩不住的。罗歪嘴倒有意思隐密一点,偏蔡大嫂好像着了魔似的,一定要在人跟前格外表示出来。于是他们两个的勾扯,在不久之间,已是尽人皆知。蔡大嫂自然更无顾忌,她竟敢于当着张占魁等人而与罗歪嘴打情骂俏,甚至坐在他的怀中。罗歪嘴也扯破面子,不再作假,有人问着,他竟老实承认他爱上了蔡大嫂;并且甚为得意地说,枉自嫖了二十年,到如今,才算真正尝着了妇人的情爱。他们如此一来,反而得了众人的谅解,当面自是没有言语,俨然公认他们的行为是正当的。即在背后,也只这样讥讽蔡大嫂:"正经毕竟是绷不久啦!与其不能正经到底,不如早点下水,还多快活两年!"也只这样嘲笑罗歪嘴:"大江大海都搅过来的,却在阳沟里翻了船!口口声声说是不着迷,女人顽了便丢开;如今哩,岂但着了迷,连别人多看她一眼,你瞧,他就嫉妒起来!"

第五部分

死 水 微 澜

一

　　自正月初八日起，成都各大街的牌坊灯，便竖立起来。初九日，名曰上九，便是正月烧灯的第一宵。全城人家，并不等什么人的通知，一入夜，都要把灯笼挂出，点得透明。就中以东大街各家铺户的灯笼最为精致，又多，每一家四只，玻璃彩画的也有，而顶多顶好看的总是绢底彩画的。并且各家争胜斗奇，有画《三国》的，有画《西厢》、《水浒》，或是《聊斋》、《红楼梦》的，也有画戏景的，不一定都是匠笔，有多数是出自名手，可以供雅俗之赏。所以一到夜间，万灯齐明之时，游人们便涌来涌去，围着观看。

　　牌坊灯也要数东大街的顶多顶好，并且灯面绢画，年年在更新。而花炮之多，也以东大街为第一。这因为东大街是成都顶富庶的街道，凡是大绸缎铺，大匹头铺，大首饰铺，大皮货铺，以及各字号，以及贩卖苏、广杂货的水客，全都在东大街。所以在南北两门相距九里三分的成都城内，东大街真可称为首街。从进东门城门洞起，一段，叫下东大街，还不算好，再向西去一段，叫中东大街、城守东大街和上东大街，足有二里多长，那就显出它的富丽来了:所有各铺户的铺板门坊,以及檐下卷棚,全是黑漆推光;铺面哩,又高,又大,又深,并且整齐干净;招牌哩,全是黑漆金字,很光华,很灿烂。因为从乾隆四十九年起经过几次大火灾,于是防患未然,每隔几家铺面,便高耸一道风火墙;而街边更有一口长方形足有三尺多高、盛满清水的太平石缸,屋檐下并长伸出丁葆桢丁制台所提倡的救火家具:麻搭、火钩。街面也宽,据说足以并排走四乘八人大轿。街面全铺着红砂石板,并且没一块破碎了而不即更换的。两边的檐阶也宽而平坦,一入夜,凡那些就地设摊卖各种东西的,便把这地方侵占了;灯火荧荧,满街都是,一直到打二更为止。这是成都唯一的夜市,据说从北宋朝时候就有了这习俗,而大家到这里来,并不叫上夜市,却呼之为赶东大街。

东大街在新年时节,更显出它的体面来:每家铺面,全贴着朱红京笺的宽大对联,以及短春联,差不多都是请名手撰写,互相夸耀都是与官绅们接近的,或者当掌柜的是士林中人物。而门额上,则是一排五张朱红笺镂空花,贴泥金的喜门钱。门扉上是彩画得很讲究的秦军胡帅,或是直书"只求心中无愧,何须门上有神",以表示达观。并且生意越大,在门神下面,粘着的拜年的梅红名片便越多,而自除夕直到破五,积在门外,未经扫除的鞭炮渣子,便越厚,从早至晚,划拳赌饮的闹声越高,出入的醉人也越多!

除此之外,便是花灯火炮了。

从上九夜起,东大街中,每夜都是一条人流,潮过去,潮过来。因此,每年都不免要闹些事的。

这一年,自不能例外,在上九一夜,凡乡下人头上的燕毡大帽,生意人头上的京毡窝,老年人头上加了皮耳的瑞秋帽,老酸公爷们头上的潮金边子耍须苏缎棉瓜皮帽,被小偷趁热闹抓去的,有二十几顶;失怀表的,失鼻烟壶的,失荷包的,以及失散碎银子的,也有好几起。失主们若是眼明手快,将小偷抓住,也不过把失物取回,赏他几个耳光,唾他几把口水了事。谁愿意为这点小事,去找街差、总爷,或送到两县去自讨烦恼?何况小偷们都是经过教训,而有组织的,你就明明看见他抓了你的东西,而站在身边,你须晓得,你的失物已是传了几手,走得很远了。无赃不是贼,你敢奈何他吗?所以十有九回,失主总是叹息一声了事。

初十夜里,更热闹一点。上东大街与城守东大街臬台衙门照壁后的走马街口,就有两个看灯火的少妇,被一伙流痞举了起来。虽都被卡子上的总爷们一阵马棒救下了,但两个女人的红绣花鞋,玉手钏,镀金簪子,都着勒脱走了。据说有一个着糟蹋得顶厉害,衣襟全被撕破,连挑花的粉红布兜肚都露了出来,而脸上也被搔伤了。大家传说是两个半开门的婊子,又说是两个素不正经的小掌柜娘,不管实在与否,而一般的论调却是:"该遭的!难道不晓得这几夜东大街多烦?年纪轻轻的婆娘,为啥还打扮得妖妖娆娆地出来丧德?"

十一夜里顶热闹,在万人丛中,居然耍起刀来,几乎弄得血染街衢。

这折武戏的主角,我可以先代他们报名:甲方是罗歪嘴!乙方是顾天成!

二

顾天成是初六进城的，因为招弟没人照管，便也带在身边。一来拜年，二来也是商量过继承主的事。据说，顾天相的老婆钱人小姐在正月内一定可以生娩了。若幸而如马太婆所摸，是个男孩子，自无问题；不然，幺伯的主意：老二夫妇年轻体壮，一定是生生不已的；头一胎是花，第二胎定是叶，总之，把头一个男孩出继与他，虽然男孩还辽远地未即出世，名字是早有了，且把名字先过继去承主，也是可以的。不过总要等钱大小姐生娩之后，看个分晓才能定。

他就住在幺伯家，招弟自有人照顾，他放了心，无所事事，便一天到晚在外面跑。跑些什么？自不外乎吃、喝、嫖、赌。他因为旷久了，所以对于嫖字，更为起劲。女色诚然不放松，男色也不反胃。况新年当中，各戏班都封了箱，一般旦角，年轻标致的，自有官绅大老们报效供应。那时官场中正将北京风气带来，从制台、将军、司、道们起，全讲究顽小旦，并且宠爱逾恒，甚至迎春一天，杨素兰竟自戴起水晶顶，在行列中，骑马过市。但是一般黑小旦，却也不容易过活，只好在烟馆中，赌场上，混在一般男子丛中找零星买主，并且不像男子们拿架子。这于一般四乡来省，想入此道的土粮户，怯哥儿，是很好的机会。顾天成本不十分外行，值此机会，正逢需要，他又安能放过呢？

但是成都虽然繁华，零售男女色的地方虽多，机会虽有，可是也须有个条件,你才敢去问津。不然的话,包你去十回必要吃十回不同样的大亏:钱被勒了,衣裳被剥了,打被挨了,气被受够了,而结果,你所希望的东西,恐怕连一个模糊的轮廓还不许你瞧见哩!并且你吃了亏,还无处诉苦!

什么条件呢?顶好是,你能直接同两县衙门里三班六房的朋友,或各街坐卡子的老总们,打堆顽耍,那,你有时如了意,还用不着要你花多少钱,不过遇着更有势力的公爷,你断不能仗势相争,只有让,只有让!其次,就是你能够认识一般袍哥痞子,到处可以打招呼,那,你规规矩矩,出钱买淫,也不会受气。再次,就是你能凭中间人说话,先替你向上来所说的那几项人打了招呼,经一些人默许了,那,你也尽可同着中间人去走动,走熟了之后,你自可如愿以偿;不过花的钱不免多些,而千万不可吝惜,使人瞧不上眼,说你狗①!

顾三贡爷是要凭中间人保护的一类,所以他在省城所交游的,大都就是这般人。而这般人因为他还不狗,也相当与他好。

十一这天,是顾辉堂五十整寿。说是老二一定要给他做生。没办法,只好张灯结彩,大摆筵席。亲戚家门,男男女女,共坐了六桌。老大说是人不舒服,连老婆孩子都没有来,但请二老过了生到郫县去耍一个月。

这一天的显客,是钱亲家。堂屋中间悬的一副红缎泥金寿联,据说便是钱亲家亲自撰送的,联语很切贴:"礼始服官,人情洞达;年方学易,天命可知。"到中午,还亲自来拜寿,金顶朝珠,很是辉煌。

---

① 以前成都人讥诮悭吝的人,大抵叫之为狗屎。因为狗屎每每是干屎橛,又干又臭,令人讨厌。狗就是狗屎的省文。

顾天成在这天晌午就回来了。送了一匣淡香斋的点心,一斤二刀腿子肉,一盘寿桃,一盘寿面,一对斤条蜡烛,三根檀香条。拜生之后,本想到内室烟盘侧去陪陪钱亲翁的,却被二兄弟苦苦邀到厢房去陪几位老亲戚。只好搜索枯肠,同大家谈谈天时,谈谈岁收的丰歉,谈谈多年不见以后的某家死人、某家生孩子的掌故,谈谈人人说厌、人人听厌的古老新闻。并且还须按照乡党礼节,一路恭而且敬地说、听,一路大打其空哈哈,以凑热闹。

这些都非顾天成所长,已经使他难堪了。而最不幸的,是在安席之后,恰又陪着一位年高德劭,极爱管闲事的老姻长。吃过两道席点,以及海参大菜之后,老姻长一定要闹酒划拳,五魁八马业已喊得不熟,而又爱输。及至散席,颇颇带了几分酒意。乡党规矩:除了丧事,吊客可以吃了席,抹嘴就走,不必留连道谢者外,如遇婚姻祝寿,则须很早就来坐着谈笑,静等席吃,吃了,还不能就走,尚须坐到相当时候,把主人累到疲不能支之后,才慢慢地一个一个作揖磕头,道谢而去。设不如此,众人都要笑你不知礼,而主人也不高兴,说你带了宦气,瞧不起人。因此,顾天成又不能不重进厢房,陪着老姻长谈笑散食。又不知以何因缘,那老姻长对于他,竟自十分亲切起来。既问了他老婆死去时的病情医药,以及年月日时,以及下葬的打算,又问他有几儿几女。听见说只有一个女儿,便更关心了;又听说招弟也在这里,便一定要见一见。及至顾天成进去,找老妈子从后房把招弟领出来,向老姻长磕了头后,复牵着她的小手,问她几岁?想不想妈妈?又问她城里好耍吗?乡坝里好耍?又问她转过些什么地方?

招弟说:"来了就在这里,爹爹没有领我转过街,么爷爷喊他领我走,他不领。"

老姻长似乎生了气,大为招弟不平道:"你那老子真不对!娃儿头一回过年进城,为啥子不领出去走走?……今天夜里,东大街动手烧龙灯,一定叫他领你去看!"复从大衣袖中,把一个绣花钱褡裢摸出,数了十二个同治元宝、光绪元宝的红铜钱、鹅眼钱,递给招弟道:"取个吉利,月月红罢!……拿去买火炮放!"

这一来,真把顾天成害死了,既没胆子反抗老姻长,又没方法摆脱招弟,而招弟也竟自不进去了,便撩在他身边。他也只好做得高高兴兴地陪到老姻长走了,牵着招弟小手,走上街来。只说随便走一转,遂了招弟的意后,便将她仍旧领回幺伯家的。不料一走到纯阳观街口,迎面就碰见一个人,他不意地招呼了一声:"王哥,哪里去?"

所谓王哥者,原来是崇庆州的一个刀客。身材不很高大,面貌也不怎么凶横,但是许多人都说他有了不起的本事,又有义气,曾为别人的事干了七件刀案,在南路一带,是有名的。与成都满城里的关老三又通气,常常避案到省,在满城里一住,就是几个月。

王刀客还带有三四个歪戴帽、斜穿衣的年轻朋友,都会过一二面的。

他站住脚,把顾天成看清楚了,才道:"是你?……转街去,你哪?"

"小女太厌烦人了,想到东大街去看灯火。"

"好的,我们也是往东大街去的,一道走罢!"

王刀客走时,把招弟看了一眼道:"几岁了,你这姑娘?"

"过了年,十二岁了。"

"还没缠脚啦！倒是个乡下姑娘。……看了灯火后,往哪里去呢?"

顾天成道:"还是到舒老幺那里去过夜,好不好?"

"也好,那娃儿虽不很白,倒还媚气,腻得好!"

他们本应该走新街的,因为要看花灯,便绕道走小科甲巷。一到科甲巷,招弟就舍不得走了。

王刀客笑道:"真是没有开过眼的小姑娘！过去一点,到了东大街,才好看哩!"

一到城守衙门照壁旁边,便是城守东大街了。人很多,顾天成只好把招弟背在背上,挤将进去。

前面正在大放花炮,五光十色的铁末花朵,挟着火药,冲有二三丈高,才四向纷坠下来;中间还杂有一些透明的白光,大家说是做花炮时,在火药里掺有什么洋油。这真比往年的花炮好看！大约放有十来筒,才停住了,大家又才能够擦着鞋底走几十步。

招弟在她老子背上喜欢得忘形,只是拍着她两只小手笑。

王刀客等之来转东大街,并不专为的看花炮,同时还要看看火炮的女人。所以只要看见有一个红纂心的所在,便要往那里挤。顾天成不能那么自由,只好远远地跟着。

渐渐挤过了臬台衙门,前面又有花炮,大家又站住了。在人声嘈杂之时,顾天成忽于无意中,听见一片清脆而尖的女人声音,带笑喊道:"哎哟！你踩着人家的脚了！"一个熟悉的男子声音答道:"这么挤法,你贴在我背后,咋个不踩着你呢？你过来,我拿手臂护着你,就好了。"

顾天成又何尝不是想看女人的呢？便赶快向人丛中去找那说话的。于花炮与灯光之中,果然看见一个女人。戴了一顶时兴宽帽条,一直掩到两鬓,从侧面看去,轮轮一条鼻梁,亮晶晶一对眼睛,小口因为张开在笑,露出雪白的齿尖。脸上是脂浓粉腻的,看起来很逗人爱。但是一望而知不是城里人,不说别的,城里女人再野,总不会那样天真地笑。再看女人身边的那个男子,了不得!原来是罗歪嘴!不只是他,还有张占魁、田长子、杜老四那一群。

顾天成心里登时就震跳起来,两臂也掣动了,寻思:"那女人是哪个?又不是刘三金,看来,总不是她妈的一个正经货!可又那么好看!狗入的罗歪嘴这伙东西,真有运气!"于是天回镇的旧恨涌到眼前,又寻思:"这伙东西只算是坐山虎,既到省城,未必有多大本事!怎么给他们一个下不去,使他们丢了面子还不出价钱来,也算出了口气!"

花炮停止,看的人正在走动,忽然前面的人纷纷地向两边一分,让出一条宽路来。

一阵吆喝,只见两个身材高大,打着青纱大包头,穿着红哔叽镶青绒云头宽边号衣,大腿两边各飘一片战裙的亲兵,肩头上各掮着一柄绝大伞灯,后面引导两行同样打扮的队伍,担着刀叉等雪亮的兵器,慢慢走来。后面一个押队的武官,戴着白石顶子的冬帽,身穿花衣,腰间挂一柄鲨鱼皮绿鞘腰刀,跨在一匹白马上。马也打扮得很漂亮,当额一朵红缨,足有碗来大,一个马夫捉住白铜嚼勒,在前头走。军官双手捧着一只蓝龙抢日的黄绸套套着的令箭。

原来是总督衙门的武巡捕,照例在上九以后,元宵以前,每夜一次,带着亲兵出来弹压街道,通称为出大令。

人丛这么一分,王刀客恰又被挤到顾天成的身边来。

他灵机一转,忽然起了一个歹意,便低低向王刀客说道:"王哥,你哥子可看见那面那个婆娘?"

"你说的是不是那个穿品蓝衣裳的女人?"

"是的,你哥子看她长得咋个?还好看不?"

王刀客又伸头望了望道:"自然长得不错,今夜怕要赛通街了!"

"我们过去挤她妈的一挤,对不对?"

王刀客摇着头道:"使不得!我已仔细看来,那女人虽有点野气,还是正经人。同她走的那几个,好像是公口上的朋友,更不好伤义气。"

"你哥子的眼力真好!那几个果是北门外码头上的。我想那婆娘也不是啥子正经货。是正经的,肯同这般人一道走吗?"

王刀客仍然摇着头。

"你哥子这又太胆小了!常说的,野花大家采,好马大家骑。说到义气,更应该让出来大家耍呀!"

王刀客还是摇头不答应。

一个不知利害的四浑小伙子,约摸十八九岁,大概是初出林的笋子,却甚以为然道:"顾哥的话说得对,去挤她一挤,有啥要紧,都是耍的!"

王刀客道:"省城地方,不是容易撒豪的,莫去惹祸!"

又一个四浑小伙子道:"怕惹祸,不是你我弟兄说的话。顾哥,真有胆子,我们就去!"

顾天成很是兴奋,也不再加思索,遂将招弟放在街边上道:"你就在这里等着!我过去一下就来!"

"大令"既过,人群又合拢了。王刀客就要再阻拦,已看不见他们挤往哪里去了。

罗歪嘴一行正走到青石桥街口,男的在前开路,女的落在背后。忽然间,只听见女的尖声叫喊起来道:"你们才混闹呀!怎么在人家身上摸了起来!……哎呀!我的奶……"

罗歪嘴忙回过头来,正瞧见顾天成同一个不认识的年轻小伙子将蔡大嫂挟住在乱摸乱动。

"你吗,顾家娃儿?"

"是我!……好马大家骑!……这不比天回镇,你敢怎么?"

罗歪嘴已站正了,便撑起双眼道:"敢怎么?……老子就敢捶你!"

劈脸一个耳光,又结实,又响,顾天成半边脸都红了。

两个小伙子都扑了过来道:"话不好生说,就出手动粗?老子们还是不怕事的!"

口角声音,早把挤紧的人群,霍然一下荡开了。

大概都市上的人,过惯了文雅秀气的生活,一旦遇着有刺激性的粗豪举动,都很愿意欣赏一下;同时又害怕这粗豪波到自己身上,吃不住。所以猛然遇有此种机会,必是很迅速地散成一个圈子,好像看把戏似的,站在无害的地位上来观赏。

于是在圈子当中,便只剩下了九个人。一方是顾天成他们三人,一方是罗歪嘴、张占魁、田长子、杜老四,同另外一个身材结实的弟兄,五个男子。外搭一个脸都骇青了的蔡大嫂。

蔡大嫂钗横鬓乱,衣裳不整地靠在罗歪嘴膀脖上,两眼睁得过分地大,两条腿战得几乎站不稳当。

罗歪嘴这方的势子要胜点,骂得更起劲些。

顾天成毫未想到弄成这个局面,业已胆怯起来,正在左顾右盼,打算趁势溜脱的,不料一个小伙子猛然躬身下去,从小腿裹缠当中,霍地拔出一柄匕首,一声不响,埋头就向田长子腰眼里戳去。

这举动把看热闹的全惊了。王刀客忽地奔过来,将那小伙子拖住道:"使不得!"

田长子一躲过,也从后胯上抽出一柄短刀。张占魁的家伙也拿出来了道:"你娃儿还有这一手!……来!"

王刀客把手一拦,刚说了句:"哥弟们……"

人圈里忽起了一片喊声:"总爷来了! 快让开!"

提刀在手,正待以性命相搏的人,也会怕总爷。怕总爷吆喝着喊丘八捉住,按在地下打光屁股。据说,袍哥刀客身上,纵就白刀子进,红刀子出,戳上几十个鲜红窟窿,倒不算什么,惟有被王法打了,不但辱没祖宗,就死了,也没脸变鬼。

"总爷来了!"这一声,比什么退鬼的符还灵。人圈中间的美人英雄,刀光钗影,一下都不见了。人壁依旧变为人潮,浩浩荡荡流动起来。

这出武戏的结果,顶吃亏的是顾天成。因为他一趟奔到总府街时,才想起他的招弟来。

三

从正月十一夜,在成都东大街一场耍刀之后,蔡大嫂不惟不灰心丧气,对于罗歪嘴,似乎还更亲热了些,两个人几乎行坐都不离了。

本来,他们两个的勾扯,已是公开的了,全镇的人只有正在吃奶的小娃儿不知道。不过他们既不是什么专顾面子的上等人,而这件事又是平常已极,用不着诧异的,不说别处,就在本镇上,要找例子,也就很多了。所以他们自己不以为怪,而旁边的人也就淡漠视之。

蔡兴顺对于他老婆之有外遇,本可以不晓得的,只要罗歪嘴同他老婆不要他知道。然而罗歪嘴在新年初二,拜了年回来,不知为了什么,却与蔡大嫂商量,两个人尽这样暧暧昧昧的,实在不好,不如简直向傻子说明白,免得碍手碍脚。蔡大嫂想了想,觉得这与憎嫌亲夫刺眼,便要想方设计将其谋杀了,到头终不免败露而遭凌迟处死的比起,毕竟好得多。虽说因他两人的心好,也因蔡兴顺与人无争的性情好,到底亏得他们两人都是有了世故,并已超过了疯狂年纪,再说情热,也还剩有思索利害的时间与理性。所以他们在商量时,还能设想周到:傻子决不会说什么的,只要大家待他格外好一点;设或发了傻性,硬不愿把老婆让出与人打伙,又如何办呢? 说他有什么杀着,如祖宗们所传下的做丈夫的人,有权力将奸夫淫妇当场砍死,提着两个人头报官,不犯死罪;或如《珍珠衫》戏上蒋兴哥的办法,对罗歪嘴不说什么,只拿住把柄,一封书将邓幺姑休回家去;像这样,谅他必然不敢! 只怕他使着闷性,故意为难,起码要夜夜把老婆抱着睡,硬不放松一步,却如何办? 蔡大嫂毕竟年轻些,便主张带起金娃子,同罗歪嘴一起逃走,逃到外州府县恩恩爱爱地去过活。罗歪嘴要冷静些,不以她的话为然,他说傻子性情忠厚,是容易对付的,只须她白日同他吵,夜里冷淡他,同时挑拨起他的性来,而绝对不拿好处给他;他哩,再给他一些恐骇与温情,如此两面夹攻,不愁傻子不递降表。结果是采了罗歪嘴的办法,而在当夜,蔡兴顺公然听取了他们的秘密。不料他竟毫无反响地容纳了,并且向罗歪嘴表示,如其嫌他在中间不方便,他愿意简直彰明较著地把老婆嫁给他,只要邓家答应。

蔡兴顺退让的态度,牺牲自己的精神,——但不是从他理性中评判之后而来,乃是发于他怯畏无争的心情,——真把罗歪嘴感动了,拍着他的手背道:"傻子,你真是好人,我真对不住你!可是我也出于无奈,并非有心欺你,你放心,她还是你的人,我断不把她抢走的!"

罗歪嘴因为感激他,觉得他在夫妇间,也委实老实得可怜,遂不惜金针度人,给了他许多教诲。而蔡兴顺只管当了显考,可以说,到此方才恍然于夫妇之道,还有许多非经口传而不知晓的秘密。但是蔡大嫂却甚以为苦,抱怨罗歪嘴不该把浑人教乖。罗歪嘴却乐得大笑。她只好努力拒绝他。

不过新年当中,大家都过得很快活。到初九那天,吃午饭时,张占魁说起城里在这天叫上九,各街便有花灯了。从十一起,东南两门的龙灯便要出来,比起外县龙灯,好看得多。并不是龙灯好看,是烧龙灯的花火好看,乡场上的花火,真不及!蔡大嫂听得高兴,因向罗歪嘴说:"我们好不好明天就进城去,好生耍几天?我长这么大,还没到过成都省城哩!"

罗歪嘴点头道:"可是可以的,只你住在哪里呢?"

她道:"我去找我的大哥哥,在他那里歇。"

"你大哥哥那里?莫乱说,一个在广货店当伙计的,自己还在打地铺哩!哪能留女客歇?铺家规矩,也不准呀!"

杜老四道:"我姐姐在大红土地庙住,虽然窄一点,倒可挤一挤。"

这问题算是解决了。于是蔡兴顺也起了一点野心,算是他平生第一次的,他道:"也带我去看看!"

罗歪嘴点了头，众人也无话说。但是到次日走时，蔡大嫂却不许她丈夫走。说是一家人都走了，土盘子只这么大，如何能照料铺子。又说她丈夫是常常进城的，为何就不容她萧萧闲闲地去顽一次。要是金娃子大一点，丢得下，她连金娃子都不带了。种种说法，加以满脸的不自在，并说她丈夫一定要去，她就不去，她可以让他的。直弄得众人都不敢开口，而蔡傻子只好答应不去，眼睁睁地看着她穿着年底才缝的崭新的大镶大滚的品蓝料子衣裳，水红套裤，平底满帮花鞋，抱着金娃子，偕着罗歪嘴等人，乘着轿子去了。

自娶亲以来，与老婆分离独处，这尚是第一次；加以近六七天，被罗大老表教导之后，才稍稍尝得了一点男女乐趣，而女的对自己，看来虽不像对她野老公那样好，但与从前比起，已大不相同。在他心里，实在有点舍不得他女人，却又害怕她，害怕她当真丢了他，她是一个说得出做得出的女人。在过年当中，生意本来少，一个人坐在铺内，实在有点与素来习惯不合的地方，总觉得心里有点慌，自己莫名其妙，只好向土盘子述苦。

"土盘子，我才可怜喽！……"

土盘子才十四岁的浑小子，如何能安慰他。他无可排遣，只好吃酒。有时也想到"老婆讨了两年半，娃儿都有了，怎么以前并不觉得好呢？……怎么眼前会离不得她呢？"自己老是解答不出，便只好睡，只好捺着心等他老婆兴尽而回。

原说十六才回来，十八才同他回娘家去的，不料在十二的晌午，她竟带着金娃子，先回来了。他真有说不出的高兴，站在她跟前，什么都忘了，只笑嘻嘻地看着她，看得一眼不转。

她也不瞅睬他，将金娃子交给土盘子抱了去，自己只管取首饰，换衣服，换鞋子。收拾好了，抱着水烟袋，坐在方凳上，一袋一袋地吸。

又半会,她才看了蔡兴顺一眼,低头叹道:"傻子,你怎么越来越傻了!死死地把人家盯着,难道我才嫁给你吗?我忽然一个人回来,这总有点事情呀,你问也不问人家一句。真个,你就这么样没心肝吗?叫人看了真伤心!"

蔡兴顺很是慌张,脸都急红了。

她又看了他两眼,不由笑着呸了他一口道:"你真个太老实了!从前觉得还活动些!"

蔡兴顺"啊"了一声道:"你说得刈!这两天,我……"

她把眉头一扬道:"我晓得,这两天你不高兴。告诉你,幸亏我挡住了你,不要去,那才骇人哩!连我都骇得打战!若是你,……"

他张开大口,又"啊"了一声。

"你看,罗哥、张哥这般人,真行!刀子杀过来,眉毛都不动。是你,怕不早骇得倒在地下了!女人家没有这般人一路,真要到处受欺了,还敢出去吗?你也不要怪我偏心喜欢他们些,说真话,他们本来行啊!"

她于是把昨夜所经过的,向他说了个大概,"幸而把金娃子交给田长子的姐姐带着,没抱去。"说话中间,自然把罗歪嘴、张占魁、田长子诸人形容得更有声色,超过实际不知多少倍,犹之评书上之叙说楚霸王、张三爷一样。事后,罗歪嘴等人本要去寻找那个姓顾的出事,一则她不愿意再闹,二则一个姓王的出头说好话,他们才不往下理落。她也不想看龙灯了,去找了一次大哥,又没有找着。城内还在过年,开张的很少,并不怎么热闹好顽,所以她就回来了。他们说是有事,要二十以后才能回来。是杜老四一直把她送到青龙场,才转去的。

蔡兴顺听他老婆说完,忽然如有所悟,才晓得他老婆喜欢的是歪人,他自己并非歪人,只好退让了罢,这还有什么争的!

次日,两个人一同到邓家去拜年,铺子停门一日,土盘子也借此回去看他的三婶。蔡兴顺在丈人丈母家,似乎比前两个新年更沉默,更老实了一些。

罗歪嘴由省城回来,给蔡大嫂买了多少好东西。她高兴得很,看一样,爱一样,赞一样。她更其同他亲热起来。她向蔡兴顺说:"你看,人家不光是像个男儿汉,一句话不对,就可以拚命。人家为一个心爱的女人,还真能体贴,真小心,我并没有开腔,人家就会把我喜欢的给我买来。人家这样好,我咋个不多爱他些呢?"

蔡兴顺无话可说,只有苦着脸笑。

到三月初间,蔡大嫂忽起意要去青羊宫烧香,大众自无话说,答应奉陪。独于点到蔡兴顺,他却表示不去。

蔡大嫂不甚自在道:"这才怪啦!上次看灯,你要去,这次赶会,你又不去,是啥道理呀?"

"我害怕又耍刀!"

大家都笑道:"傻子的胆量真小!哪里回回有耍刀的事?况且有我们!"他仍摇摇头。

蔡大嫂道:"不强勉他,只给他带点东西回来好了。"于是就计议何时起身,设或晚了不能回来,就进城在何处歇宿,金娃子是不带去的。

大家很为高兴,蔡兴顺仍默默地不发一言。

四

顾天成在总府街一警觉招弟还在东大街,登时头上一热,两脚便软了。大约自己也曾奔返东大街,在人丛中挤着找了一会罢?回到幺伯家后,只记得自己一路哭喊进去,把一家人都惊了。听说招弟在东大街挤掉了,众人如何说,如何主张,则甚为模糊,只记得钱家弟媳连连叫周嫂喊打更的去找,而幺伯娘则抹着眼泪道:"这才可怜啦!这才可怜啦!"

闹了一个通宵,毫无影响。接连三天,求签,问卜,算命,许愿,观花,看圆光,画蛋,什么法门都使交了,还是无影响。他哩,昏昏沉沉的,只是哭。又不敢说出招弟是因为什么而掉的,又不敢亲自出去找,怕碰见对头。关心的人,只能这样劝:"不要太呕狠了!这都是命中注定的,该她要遭这个灾。即或不掉,也一定会病死,你退一步想,就权当她害急病死了!"或者是:"招弟已经那么大了,不是全不懂事的,长相也还不坏,说不定被哪家稀儿少女的有钱人抢去了,那就比在你家里还好喽!"还举出许多例,有些把儿女掉了二十年,到自己全忘了,尚自寻觅回来,跪认双亲的。

又过了两天,幺伯、幺伯娘也都冷淡下来,问他说:"招弟掉了这几天,怕是找不着了。你的样子都变了,我家二媳妇肚子越大越坠,怕就在这几天。我们不留你尽住,使你伤心,你倒是回去将养的好。把这事情丢冷淡一点,再进城来耍。"

顾天成于正月十八那天起身回家时,简直就同害了大病一样,强勉走出北门,到接官厅,两腿连连打战,一步也走不动,恰好有轿子,便雇了坐回去。一路昏昏沉沉,不知在什么时候,竟自走到拢门口。轿子放下,因花豹子、黑宝之向轿夫乱吠而走来叱狗的阿龙,只看见是他,便抢着问道:"招弟也回来了吗?"他好像在心头着了一刀似的,哇的一声便号啕大哭起来。什么都不顾了,一直抢进堂屋,掀开白布灵帏,伏在老婆棺材上,顿着两脚哭喊道:"妈妈!妈妈!我真想不过呀!招弟在东大街掉了!……你有灵有验……把她找回来呀!……"就是他老婆死时,也未这样哭过。

全农庄都知道招弟掉了,是正月十一夜看灯火挤掉的。邻居们都来问询,独不见钟家夫妇,说是进城到曾家去了。

阿龙不服气,他说:"妈的!我偏不信,掉个人会找不着的!成都省有多大!"第二天,天还未亮,阿龙果然没吃饭就走了。

顾天成听见,心里也希冀阿龙真能够把招弟找到,寻思"这或者是招弟的妈在暗中主使罢?"于是他就在老婆灵位前点上一对蜡烛,三根长香,恭恭敬敬磕了三个头,磕到第三个头,并伏在地上默默通明了好一会。忽然想起自己平日的行为,便哭诉道:"妈妈,我平日爱闹女人,这该不是我的报应?妈妈,只要你有灵有验,把招弟找回来,我再也不胡闹了!"

他祷告了后,好像有了把握,对于招弟回来的希望,似乎更大了。心里时时在说:"阿龙定然把她找得着!"这一天,他颇有精神,一直悬着眼睛,等到月光照见了树梢。

次日又等,上午还好,还能去找邻居谈说"设若招弟回来了",并打算杀只鸡煮了等她回来吃。但是等到下午,心里就焦躁起来,越等越不耐烦,连家里都站不住了,便跑到大路上去望。

望一会,又跑回来,一直望到只要看见有两个人影,都疑心是阿龙带着招弟回来了。快要黄昏时候,才被阿三拉了回去道:"你也疯了!阿龙连城门都没有进过的,他怎么找得到人?恐怕连他也会掉哩!回去睡觉好了!你看,你已变得不像人形!"

话只管说得对,叫阿龙去找招弟,真不免惹人笑;但他已向死人灵前通明了,赌了咒,人死为神,只要鉴察自己的真诚,哪里有不显应的,况且又是自己的女儿?顾天成诚心相信他这道理。不过,人到底支持不住,算来从正月十一夜起,直未好生睡过一觉。所以到猫头鹰叫起来时,还坐在太师椅上,就睡着了。

次日天已大明,阿三来叫他吃饭,方醒了,也才觉得通身冰冷,通身酸痛,头似乎有巴斗大,眼珠子也胀得生疼,鼻子也是瓮的。刚刚强勉吃了一碗米汤泡饭,阿龙忽然走进灶房来。

他忙放下饭碗,张开口,睁着眼,把阿龙看着。

阿龙不做声,一直走去坐在烧火板凳上,两只手把头抱着。

他只觉得双眼发黑,通身火滚,从此不省人事,仿佛记得要倒下时,阿三连在耳朵边叫道:"你病了吗?你病了吗?"

五

在有一夜晚,顾天成仿佛刚刚睡醒了似的,睁开眼睛一看,只觉满眼金花乱闪,头仍是昏昏沉沉的,忙又把眼睛闭着。耳朵里却听见有些声音在嗡嗡地响。好半会,那声音才变得模模糊糊,像是人在说话,似乎隔了一层壁。又半会,竟听清楚了,确乎一个人粗声大气在说:"……不管你们怎么说法,我今夜硬要回去放伸睡一觉!莫把我熬病了,那才笑人哩!"又一个粗大声音:"钟幺嫂,你不过才熬五夜啦!"

钟幺嫂也熬五夜,是为的什么?她还在说:"……看样子,已不要紧了,烧热已经退尽,又不打胡乱说了,你不信,你去摸摸看。"

果有一个人,脚步很沉重地走了过来。他又把眼睛睁开。一张又黄又扁的大脸,正对着自己,原来是阿三,他认得很清楚。

"吽!钟幺嫂,钟幺嫂,你快来看!眼睛睁开了,一眨一眨的!"

走在阿三身边来的,果然是圆眼胖脸,睫毛很长的钟幺嫂,他也认得很清楚。

她伏在他脸上看了看,像是很高兴的样子,站起来把阿三的粗膀膊重重一拍道:"我的话该对?你看他不是已清醒了?……啊!三贡爷,认得我不?真是菩萨保佑!你这场病好轧实!我都整整熬了五夜来看守你,你看这些人该是好人啦!"

他还有些昏,莫名其妙地想问她一句什么话,觉得是说出来了,不过自己听来也好像乳猫叫唤一样。

阿龙奔了进来,大声狂喊道:"他好了吗?"

钟幺嫂拦住他道:"蠢东西,放那么大的声气做啥子!……他才清醒,不要扰他!我们都走开一点,让他醒清楚了,再跟他说话!……阿弥陀佛!我也该回去了!……阿龙快去煨点稀饭,怕他饿了要吃!稀饭里不要放别的东西,一点黄砂糖就好了!……"

阿三坐在床边上,拿起他那长满了厚茧的粗手,在他额上摸了摸,张着大嘴笑道:"你当真好了!"

他眼睛看得清楚了,方桌上除了一盏很亮的锡灯台而外,放满了的东西,好像有几个小玻璃瓶子,被灯光映得透明。床上的罩子在脑壳这一头是挂在牛角帐钩上,脚下那一头还是放下来的。自己是仰卧着的,身上似乎盖了不少的东西,压得很重。

他瞅着阿三,努力问了一句:"我病了多久吗?"自己已听得见在说话,只是声音又低又哑。

阿三自然也听见了,点了点头道:"是啦!今天初四了,你是正月二十害的病,整整十四天!……不忙说话!你吃不吃点稀饭?十四天没吃一点东西,这咋个使得!我催阿龙去!"

被人喂了小半碗稀饭,又睡了。这夜是病退后休息的熟睡,而不是病中的沉迷与昏腾。所以到次日平明,顾天成竟醒得很清楚。据守夜的阿三说,他真睡得好,打了半夜的鼾声。并且也觉饿了,洗了一把脸,又吃了一碗多稀饭,还吃了些咸菜,觉得很香。

饭后,阿三问他还吃不吃洋药?

"洋药?"他诧异地问:"啥子洋药?"

"啊!我忘记告诉你啦!你这病全是洋药医好的!"

"到底是啥子洋药,哪里来的?"他说话的声音也大了,并且也有了气力。

"你还不晓得吗?就是从曾师母那里拿来的。……呃!我又忘了,你病得胡里胡涂地,怎么晓得呢?我摆给你听,……"

阿三的话老是拖泥带水,弄不清楚,得亏阿龙进来,在旁边帮着,这才使顾天成明白了。

事情经过是这样的:当顾天成几乎栽倒,被阿三、阿龙架到床上,已经不省人事了。阿龙骇得只晓得哭,邻居们听见了来看,都没办法。那位给他老婆料理过丧事的老年人才叫阿三到场上去找医生。医生就是那个卖丸药的马三疯子,走来一看,就说是中了邪风。给了几颗邪风丸,不想灌下之后,他就打胡乱说起来。众人更相信遇了邪,找了个端公① 来打保符,又送了个花盘,他打胡乱说得更厉害。那位老年人不敢拿主张了,叫去找他老婆的哥嫂,不但不来,还臭骂了一顿,说他活报应,并猜招弟是他故意丢了,好讨新老婆。别一个邻居姆姆又举荐来一个观花婆,花了三百钱,一顿饭,观了一场花。说他花树下站了个女鬼,要三两银子去给他禳解。阿三不晓得他的银子放在哪里,向大家借,又借不出,只好跑进城去找他幺伯。恰恰二少娘那天临盆,说是难产有鬼,生不下来,请了三四个检生婆,又请了一个道士在画符,一家人只顾二少娘去了。幸而正要出城之时,忽然碰见钟幺哥夫妇,他们给主人拜了年,又去朝石经寺,回来在主人家住了两天,也正要回家。两下一谈起他的病,钟幺嫂便说她主人家曾师母那里,正有个洋医生在给她女儿医病,真行,也是险症,几天就医好了。于是,三个人跑到东御街曾家,先找着钟幺嫂的姐姐,再见了曾先生、曾师母。曾师母也真热肠,立刻就带着阿三到四圣祠,见了一个很高大的洋人。曾师母说的是洋话,把阿三的话,一一说给他听了。他便拿了些药粉,装在玻璃瓶里,说先吃这个,吃完了,再去拿药。钟幺嫂一回来,就忙着来服侍他,这是曾师母教她的,病人该怎样服侍,该吃些什么,房间该怎样收拾。只有一件,钟幺嫂没照做,就是未把窗子撑起,她说:"这不比曾家,虽然打开窗子,却烧着火盆的。乡下的风又大,病人咋个吹得!"钟幺哥也好,因为阿三不大认得街道,他就自告奋勇,每次去拿药。不过,当阿三初次把洋药拿回来时,邻居们都

---

① 端公是巫师的尊称,打保符、送花盘,是端公禳鬼术之一。

说吃不得,都说恐怕有毒。那位有年纪的人说得顶凶,他说活了七十几岁,从没听见过洋鬼子的药会把人医好,也没听见过人病了,病得打胡乱说,连端公都治不好的,会被洋鬼子治好。洋鬼子就是鬼,鬼只有愿意人死的,哪里会把人治好?钟幺嫂同他争得只差打了起来。后来,是阿三出来拍着胸膛说:"死马当成活马医!主人家死了,我抵命!"这才把众人的嘴堵住,把洋药灌下。就那一夜,众人时时走来打听他的死信,钟幺嫂便一屁股坐在床跟前熬夜。

洋药就是这样的来历,而且竟自把他医好了!

顾天成也觉稀奇,遂说:"洋药还有吗?拿给我看看。"

阿龙把方桌上一只半大玻璃瓶拿过来道:"前两回是扁的,装的药粉,后来就是这药水了。"

一种微黄色的淡水,打开塞子,闻不出什么气味,还剩有小半瓶。

他问:"咋个吃的?"

阿龙说:"隔两顿饭工夫,给你小半调羹。这调羹也是钟幺哥带回来的。"又把桌上纸包着的一根好像银子打的长把羹匙拿给他看。

他好奇地说道:"倒一点来尝尝,看是啥味道。"

钟幺嫂正走了进来,从阿龙手上把瓶子拿去道:"快不要吃!洋医生说过,人清醒了,要另自换药的,我的门前人把牛放了就去。……三贡爷,你今天该清楚了?哎呀!你真骇死人了!亏你害这场大病!"

钟幺嫂今天在顾天成眼里,真是活菩萨。觉得也没有平常那么油黑了,脸也似乎没有那么圆,眼也似乎没有那么鼓,嘴也似乎没有那样哆。他自然万分感谢她,她略谦了两句,接着说道:"也是你的机缘凑合！要不是阿三哥遇着我,怎么会找到洋医生呢？可是也得亏我在曾家遇见有这件事。看起来,真有菩萨保佑！我同我的门前人去朝石经寺,本是为求子的,不想倒为你烧了香了！"

跟着就是一阵哈哈。

顾天成清醒的消息,传遍了,邻居们都来看他,都要诧异一番,都要看看洋药,都要议论一番。把一间经钟幺嫂收拾干净的病房,带进了一地的泥土,充满了一间屋的叶子烟气。惟有那位有年纪的男邻居不来,因为他不愿意相信顾天成是洋药医好的。

但是顾天成偏不给他争气,硬因为吃了洋药,一天比一天地好了起来。八天之后,洋医生说,不必再吃药,只须吃些精细饮食就可以了。

也得亏这一场病,才把想念招弟的心思渐渐丢冷,居然能够同钟幺嫂细说招弟掉了以后,他那几天的情形。不过,创痕总是在的。

一天,他在打谷场上,晒着二月中旬难得而暖和的春阳。看见周遭树子,都已青郁郁地,发出新叶。篱角上一株桃花,也绽出了红的花瓣。田间胡豆已快割了,小麦已那么高,油菜花渐渐在黄了。蜜蜂到处在飞,到处都是嗡嗡嗡的。老鹰在晴空中盘旋得很自在,大约也禁不住阳气的动荡,时时长唤两三声,把地上的鸡雏骇得一齐伏到母鸡的翅下。到处都是生意勃勃的,孩子们的呼声也时时传将过来,恍惚之间,觉得招弟也在那里。

他向来不晓得想事的,也不由回想到正月十一在东大街的事情。首先重映在他眼前的,就是那个因以起衅的女人,娉娉婷婷婷的身子,一张逗人爱的面孔,一对亮晶晶的眼睛,犹然记得清清楚楚。拿她与刘三金比起,没有那么野,却又不很庄重。遂在心里自己问道:"这究是罗歪嘴的啥子人?又不像是婊子,怕是他的老婆罢?……婆娘们都不是好东西!前一回是刘三金,这一回又是这婆娘,祸根,祸根!前一回的仇,还没有报,又吃了这么大一个亏!……唉!可怜我的招娃子!不晓得落在啥子人的手上,到底是死,是活?……"想到招弟,便越恨罗歪嘴等人,报仇的念头越切。因又寻思到去年与钟幺嫂商量去找曾师母的事。

花豹子从脚下猛地跳了过去,却又不吠,还在摆尾巴。他回过头去,钟幺嫂提着砂罐,给他送炖鸡来了。——从他起床以后,钟幺嫂格外对他要好,替他洗衣裳,补袜底。又说阿三、阿龙不会炖鸡,亲自在家里炖好了,伺候他吃。真个就像他一家人。他感激得很,当面许她待病好了,送她的东西,她又说不要。——他遂站起来,同着两条狗跟她走进灶房,趁热吃着之时,他遂提起要找曾师母的话。

她坐在旁边,将一只手肘支在桌上笑道:"这下,你倒可以对直找她了。备些礼物去送她,作为给她道劳。见了面,就好把你的事向她讲出来,求她找史洋人一说,不就对了吗?"

他摇摇头道:"这不好,还是请你去求她好些。一来,我不好求她尽帮忙,二来,我的口钝,说不清楚。"

她也摇摇头道:"为你的病,我已经给你帮过大忙了,你还要烦劳我呀!"

"我晓得,你是我的大恩人。你又很关心我的,你难道不明白我这场病是怎么来的?你光把我的病医好了,不想方法替我报仇,那,你只算得半个恩人了!嫂子,好嫂子!再劳烦你这一回,我一总谢你!"

她瞅着他道:"你开口说谢,闭口说谢,你先说清楚,到底拿啥子谢我?"

"只要你喜欢的,我去买!"

她拿手指在他额上一戳道:"你装疯吗?我要你买的?"

他眼皮一跳,心下明白了,便向她笑着点了点头道:"我的命都是你给我的,还说别的……"

六

正月十一夜打过二更很久了,东大街的游人差不多快散尽了,灯光也渐渐熄灭。这时候,由三圣街向下莲池那方,正有两个人影,急急忙忙地走着。同时别一个打更的,正从三圣街口的东大街走过,口头喊道:"大墙后街顾家门道失掉一个女娃子!……十二岁!……名叫招弟!……没有留头!……身穿绿布袄子!……蓝布棉裤!……没有缠脚!……青布朝元鞋!……仁人君子,捡着送还!……送到者酬银一两!报信五钱!"铛!更锣声像打了一个句点。

月色昏暗,并已西斜了,三圣街又没有檐灯,看不清那两个人的面影。但从身材上,可以看出一个是老妇人,一个是小女孩。并听得见那小女孩一面走,一面还在欷欷歔歔地哭,有时轻轻喊一声:"爹爹!"那老妇人也必要很柔和地说道:"就要走到了,不要哭,不要喊,你爹会在屋里等你的!"同时把她小手紧紧握住,生怕有什么灾害,会在半路来侵害她似的。

　　下莲池是千年以前一条河床的余迹,在夏天多雨时候,确是一个很大的池塘,也有一些荷花。但是在新年当中,差不多十分之八的地方,都干涸了。池的南岸,是整整齐齐的城墙,北岸便是毫无章法,随意搭盖的一些草房子。在省垣之内,而于官荒地上,搭盖草房居住的,究是些什么人,那又何待细说呢?

　　在老幼二人走到这里时,所有草房子里,都是黑魆魆的。只有极西头一间半瓦半草的房里,尚漏了一丝微弱的灯光出来。老妇人遂直向这有灯光之处走来,一面将小女孩挽在跟着,一面敲门。

　　门开了,在瓦灯盏的菜油灯光中,露出一个二十七八岁年纪,面带病容的妇人。她刚要开口,一眼看见了小女孩,便收住了口,定定地看着。

　　老妇人把小女孩牵进来,转身将门关好,才向小女孩说道:"这是我的屋。你爹爹会来的,你就在这里等他。"

　　小女孩怯生生地拿眼四面一看,又看了少妇两眼,"呜"一声又哭了起来道:"我不!……我不在这里!……你领我回去!……我要爹爹!……爹爹!……"

　　老妇人忙拉过一张矮竹凳坐下,把她揽在怀里,拍着她膀膊诓道:"不要哭!……我的乖娃娃!……这里有老虎,听见娃娃哭,就要出来的!……快不要哭!……你哭,你爹爹就不来了!……哦!想是饿了,王女,你把安娃子的米花糖拿几片给她。"

　　小女孩吃米花糖时,还在抽噎,可是没吃完,已经闭着眼睛要睡了。老妇人将她抱起,放在床上,只把一双泥污鞋子给她脱了。揭开被盖,把她推进在一个业经睡熟了,约摸七八岁光景的男孩子身边。

那带病容的少妇,也倒上床去,将被拉来偎着,才问老妇人:"妈,你从哪里弄来的?"

老妇人坐在床边上笑道:"是捡来的。一个走掉了路的女娃子,听口腔,好像是北路人。"

"在哪里捡的?"

"就在东门二巷子。我从胖子那里回来时。"

"妈,你找着他没有?"

老妇人的脸色登时就阴沉下去:"找是找着了,……"

那少妇两眼瞪着,死死地看着她那狡猾老脸,好像要从她那牙齿残缺的口中,看出里面尚未说完的言语似的。可是看了许久,仍无一点踪影。她遂翻过身去,拿那只瘦而惨白的拳头,在床边上一捶,恨恨地道:"我晓得,那没良心的胖杂种,一定不来了!……狗入的胖杂种,挨千刀的!……死没良心,平日花言巧语,说得多甜!……人家害了病,看也不来看一眼。……挨刀的,我晓得你是生怕老娘不死!老娘就死了,也要来找你这胖挨刀的!"

老妇人让她骂后,又才慢慢说道:"他倒说过,这个月的银子,总在元宵前后送来。"

"稀罕他这六两银子,牛老三不是出过八两吗?挨刀的,把人家的心买死了,他反变了!……呜呜呜!……"

老妇人忙伏下身去说道:"还要哭,这不是自己糟踏自己吗?王女,……"

"妈,我想不得!……想起就伤心!……他前年来多好呀!一个月要在这里睡二十来夜,……自从去年十月就变了,……我记得清清楚楚,……十月来睡过五夜,白天还来过七回,……冬月只来睡过两夜,借口说事情忙,……腊月连白天都不来了!

……我为啥不伤心？……我听了他的话,硬是一意一心地想跟他一辈子,……为他,我得罪了多少人,结下了多少仇！……胖挨刀的,难道不晓得？……牛老三至今还在恨我哩！……呜呜呜！"

老妇人拍着她大腿叹道:"王女,你倒要想开些,痴心女子负心汉,戏上有,世上有！我以前不是劝过你,不要太痴了,在外头包女人的汉子,哪一个是死心踏地的？哪一个不是一年半载就掉了头的？"

少妇渐渐住了哭道:"妈,你光是这样说,你就不晓得,人是知好歹的。你看他,平日对人家多好,那样的温存体贴,你叫人家咋个不痴心呢？哪晓得全是假心肠,隔不多久,又找新鲜的去了！……挨刀的男人家,都不是他妈的一个好东西！吃亏的只有我们女人家！"

老妇人道:"也怪你太任性了,总不听我说。我不是说过多少回吗？人是争着的才香！你若不把牛老三、吴金廷他们连根丢掉,把他们留在身边,弄点法门,让他们三个抢着巴结你,讨你的好,你看,至今你在他们三个眼睛里,恐怕还是鲜花一样,红冬冬,香扑扑的哩！要是病了,医生早上了门,三个人总一定跟孝子样,走马灯似的在床边转,哪里还会害得我打起灯笼火把,低声下气地去找人呢？"

两个人好半会都没有做声。床上两个小孩子,倒睡得呼呀呼的,房子外随时都有些犬吠。

灯心短了,吃不住油,渐渐暗了下去。老妇人起身,在一个抽屉里,另选了一根灯草加上。回头向着她媳妇说道:"王女,你还该晓得:人无千日好,花无百日红！人生一世,哪里有常常好的。你自己还不很觉得,你今年已赶不到去年了,再经这回病痛,你人一定要吃大亏;还不趁着没有衰败时候,好生耍耍,多挣几个钱。把这几年一过,就不会有啥子好日子了,我不会诳你的,王女,你看我,就是一个榜样。所以我要劝你,仍然把牛老三、吴金廷弄过来,不要太任性子,弄得自己吃亏,何苦哩!"

少妇长叹了一声道:"妈,你又不晓得,我当初是害怕他们争风吃醋,弄到像张二姐的结果,拉上城墙,挖肠破肚的,才犯不着哩!"

老妇人道:"你能像张二姐那样笨吗?这些都不说了,事非经过不知难!如今只要你先把胖子丢开,不要牢牢地贴在心上,再好生吃药养病,等你好了,我们又从头来过。说不定,照我说的做去,胖子重新又会眼红的。"

"让他狗入的眼红,哪个还去睬他!……只是,妈,我吃的都是些贵重药,他尽不送钱来,我这病咋个会好呢?"

老妇人站起来,扁着嘴一笑道:"你放宽心,何必还等胖子的钱?我今夜捡的这个,不就是钱吗?"

少妇恍然一笑道:"哦!不错,去年李大娘曾托过你。只是,你不怕人家找着吗?"

"你还没听出她的口腔吗?一定是北路人,一定是她老子带进城来看灯挤掉了的。娃儿的嘴又笨,盘问起来,只会说姓古叫招弟。老子叫啥名字,不晓得,只晓得叫三贡爷。乡坝里头的三贡爷,四贡爷,多得很,只要一家里头出了个贡爷,全家都叫贡爷。她老子做啥事的,也不晓得;在城里住在哪条街,也不晓得。像这样大海里的针,哪里就捞得到?"

少妇点点头道:"那倒是的,再朝大公馆里一送,永远不得出大门,要找也没处找了!"

老妇人两手把大腿一拍,躬着身道:"就找到,又咋个?我又不是拐来的,像那几回!……只是,要好生调教几天!"

"看样子还不很蠢,都还容易调教,大约有十几岁了。"

"她自己说十二岁,照身材看,不止一点;我们明天就教她说十三岁,多一岁,也好卖点。你看五两银子好捡不?"

"我看,好吗落得到三两儿。李大娘也要使几百钱哩!"

"三两也好,你的药钱总有了!……怕要打三更了!你脱了衣睡罢!我要去睡了!"

老妇人把一根油纸捻照着,向后面小房间去了。临走时,还揭开被,把"药钱"看了看。

七

几天之后,招弟已被改了名字,叫做春秀。住的地方也换了,不是下莲池半瓦半草的房子,而是暑袜街的郝公馆。据伍太婆临走时向她说,她是被送入福地,从此要听说听教,后来的好处说不完。而她所给与伍太婆的酬报呢?则是全身卖断的三两八钱银子,全身衣服格外作价五钱。这已够她媳妇王女吃贵药而有余了!

福地诚然是福地!房子那么高大!漆色那么鲜明!陈设家具那么考究华美!好多都是她梦都没有梦见过的,即如她与春兰——一个二十岁,长得肥肥胖胖,白白净净,而又顶爱打扮的大丫头,她应该呼之为大姐的——同睡的那张棕绷架子床,棉软舒服,就非她家的硬木板床所能比并。乃至吃的菜饭,那更好了,并不像李大娘、吴大娘、两个高二爷在厨房外间,同着厨子骆师,打杂挑水的老龙,看门头张大爷等所吃的大锅菜饭,而是同着春兰大姐在旁边站着,伺候了老爷、三老爷、太太、姨太太、大小姐、二小姐、大少爷诸人,吃完之后,递了漱口折盂,洗脸洋葛巾,待老爷们走出了倒坐厅,也居然高桌子,低板凳,慢条细理,吃老爷们仅仅动过筷子的好菜好饭。以前在家里,除了逢年过节,只在插禾割稻时候,才有肉吃;至于鸡、鸭、鱼,那更有数了。在幺爷爷家里几天,虽曾吃过席,却哪里赶得到这里的又香,又好吃?在头几顿,简直吃不够,吃得把少爷、小姐与春兰大姐几乎笑出眼泪来。老爷、太太说是酿肠子,任她吃够;姨太太说,吃得太多,会把肠子撑大,挺起个屎肚皮,太难看,每顿只准吃两碗。说到衣裳,初来,虽没有什么好的穿,但是看看春兰的穿着,便知道将来也一定是花花绿绿的。

并且没有什么事情作。在乡下时,还不免被唤去帮着捞柴草,扒猪粪,做这类的粗事,这里,只是学着伺候姨太太梳妆打扮,揩抹下子小家具,装水烟,斟便茶,添饭,绞手巾,帮春兰收拾老爷的鸦片烟盘子。此外,就是陪伴九岁大的二小姐玩耍。比较苦一点的事情,就是夜间给姨太太捶腿骬,却也不常。

但是,初来时,她并不觉得这是福地。第一,是想她的爹爹,想长年阿三、阿龙,想钟幺哥、钟幺嫂,以及同她顽耍过的一般男孩、女孩。想着在家里时,那样没笼头马似的野法,真是再好没有了!爹爹看见只是笑,何尝说过不该这样,不该那样?死去的妈妈虽说还管下子,可是哪里像这福地,处处都在讲规矩,时时都在讲规矩?比如,说话要细声,又不许太细,太细了,说是做声做气,高了,自然该挨骂。走路哩,脚步要轻要快,设若轻到没有声音,又说是贼脚贼手的,而快到跑,便该挨打了。不能咧起嘴笑,不能当着人打呵欠,打饱嗝。尤其不能在添饭斟茶时咳嗽。又不许把胸膛挺出来,说是同蛮婆子一样。站立时,手要觯下,脚要并拢,这多么难过! 说话更难了,向老爷、太太、少爷、小姐们说话,不准称呼"你",就说到"我"字时,声气也该放低些,不然,就是耳光子,或在膀子上揪得飞疼。还有难的,是传话了,比如太太说:"高贵,去把大少爷给我找来!"传出去,则须说:"大高二爷,请你去把大少爷请来,太太在唤他!"或是:"大高二爷,太太叫你把大少爷找来!"或是:"太太叫高贵去找大少爷!"绝不能照样传出去,不然的话,就没规矩。此外规矩还多,客来时,怎样装烟,怎样递茶,怎样请安,怎样听使唤,真像做戏一样。春兰做得好熟溜,客走后,得夸奖的,总是春兰。挨骂的,总是春秀,结果是:"拿出你那贼心眼来,跟着春兰大姐好生学!"

　　第二,不感觉福地之好的,就是乡下的天多宽,地多大,树木多茂,草多长,气息多清! 郝公馆里到处都是房子,四面全是几丈高的风火砖墙。算来只有从二门到轿厅一个天井,有两株不大的玉兰花树。从轿厅进来到堂屋,有一个大院坝,地下全铺的大方石板,不说没一株树,连一根草也不长,只摆了八个大花盆,种了些当令的梅花、寿星橘、万年红、兰草。从堂屋的倒坐厅到后面围房,也只一个光天井,没有草而有青苔。左厢客厅后,有点空地,种了些枝柯弱细的可怜树子;当窗一排花台,栽了些花;靠墙砌了些假山,盘了些藤萝;假山脚下有一个二尺来宽,丈把长,弯弯曲曲的水池,居然养了些鱼。这就叫小花园。右厢是老爷的书房,后窗外倒有一片草坝,当中一株大白果树,四周有些京竹、观音竹、冬青、槐树、春海棠、梧桐、腊梅等;别有两大间房子,是胡老师教大小姐、大少爷读书的学堂。这里叫大花园。不叫进去,是不准进去的。全公馆只有这几处天,只有这么几十株树,有能够跑、跳、打滚的草地没有?有能够戽水捉鱼的野塘没有?不说比不上乡下,似乎连下莲池都不如!

第三,使她更不好过的,就是睡得晚,起得早。光是起得早,还不要紧,她在乡下,哪一天不是天模糊糊亮就起来了?但不只是她,全家都是一样,并且起来就做饭吃。公馆里只管说是起得早,却从没有不是等雀鸟闹了一大阵,差不多太阳快出了,才起床。吃早饭,那更晏了,每天的早饭,总是开三道。头道,是厨房隔间的大锅菜饭,二道,是大少爷、大小姐陪胡老师在学堂里吃。这一道早饭开后,老爷、太太、姨太太、三老爷才起来,才咳嗽,才吃水烟,才慢慢漱口,才慢慢洗脸,才慢慢吃茶。老爷在闹了大便之后,待春兰把太太的床铺理好,便烧鸦片烟,——老爷只管在姨太太房里睡的夜数多,但烧鸦片烟总在太太床上;三老爷则抄着长衣服,拿水灌花,教鹦哥、乌翎、黄老鸦、八哥说话,更喜欢把一个养在精致小笼中的百灵子,擎到大花园、小花园里去溜;太太同姨太太便各自坐在当窗桌前,打开绝讲究的梳妆匣子,慢慢梳头。太太看起来还年轻,白白胖胖的一张圆脸,一头浓而黑的发,大眼睛,塌鼻子,厚嘴唇,那位十九岁的大少爷,活像她!大小姐虽也是太太生的,而模样则像老爷。太太虽是四十一岁的人,仍然要搽脂抹粉,画眉毛,只不像姨太太要涂红嘴皮。伺候太太梳头,洗脸,穿衣,裹脚,全是春兰。吴大娘则只是扫地,抹家具,提水,倒马桶,洗太太、老爷、大少爷三个人的衣服,搭到也洗洗春兰大姐的,并服侍大少爷、大小姐的起居。在春秀未来之时,伺候姨太太梳头洗脸打扮的,只是李大娘。便因为李大娘的事情忒多一点,又要洗姨太太、三少爷、二小姐、胡老师等人的衣服,又要照料二小姐,又要打扫大少爷、大小姐两个房间,又要伺候学堂里早饭,还要带着做些杂事,实在忙不过来,因才进言于老爷,多买一个小丫头。所以她一来,便被派定伺候姨太太梳洗打扮。姨太太有二十六岁,比老爷小二十一岁,但是看起来,并不比太太年轻好多,皮肤也不比太太的白细,身材也不及太太高大,脚也不及太太的小,头发也不及太太的多;只是比太太秀气,眉毛长,眼睛细,鼻梁高,口小,薄薄两片嘴唇,长长一双手指。二小姐有一半像她,爱说话,爱呕气,更像她。姨太太搽粉梳头,真是一桩大事,摩了又摩,抿了又抿,桌子的镜匣上一面大镜,手上两柄螺钿紫檀手镜,车过来照,车过去照。春兰大姐有时在背后说到姨太太梳头样子,常爱说:"姨太太一定是闪电娘娘①投生的!"其实春兰打扮起来,还不是差不多,虽然梳的是一条大发辫,与大小姐的一样。姨太太身体不好,最爱害病,最爱坐马桶,李大娘说她小产了两次,身子虚了。一直要等老爷把早瘾过了,催两三次,姨太太才能匆匆忙忙把手洗了,换衣裳,去倒坐厅里吃饭。这是第三道早饭。每每早饭刚吃完,机器局的放工哨早响了。所以早晨起来,只觉得饿,但有时二小姐吃点心,给点与她,有时春兰大姐吃荷包蛋,给她半个,还不算苦。顶苦的是睡得晚!不知道为什么,全公馆的人,都是夜猫儿。在平常没客时,夜间,大小姐多半在她的房间里,同春兰、吴大娘、李大娘等说笑,摆龙门阵,做活路;有时高兴念念书,写写字;有时姨太太也去,同着打打纸牌。老爷除了在外面应酬,一到家,除在书房里写几个字,总是躺在太太床上烧鸦片烟。老爷的身材,看起来比太太矮,其实还要高一个头顶,只是瘦长长的脸上,有两片稀疏八字胡,一双眼睛,很有煞气,粗眉毛,大鼻子。三老爷

---

① 电母俗称闪电娘娘。她的形象是一个漂亮女人,每手持一柄镜子,若是在画面上,便有两道毫光从镜中射出。因此,世俗上凡谓一个女人用两面镜子前后照映自己的,为闪电娘娘。

多半叼着一根杂拌烟杆,坐在柜桌侧大圈椅上,陪着谈天。三老爷是老爷的亲兄弟,三十三岁了,还没娶三太太,说是在习道,不愿娶亲;公馆里事情,是他在管。他比老爷高、大、胖,鼻子更大更高,却是近视眼,脾气很好,对什么人都是和和气气地,尤其对太太好,太太也对他好。于是谈天说地,讲古论今,连二小姐都不觉得疲倦。到二更,大少爷读了夜书进来,才消夜。消夜便要吃酒,总是三老爷陪着,太太喝得多些,姨太太少喝一点,老爷不喝,少爷、小姐们不准喝,喝的说是重庆允丰正的仿绍酒。消了夜,二小姐才由李大娘领去,在姨太太的后房里,伴着睡。后一点,打三更了,大少爷、大小姐向老爷、太太道了安置,才各自进房去睡。三老爷也到老爷书房隔壁一间精致房间里去睡。再过一会,她同李大娘伺候姨太太睡,有时给姨太太捶腿骱,就在这时候。老爷还在烧烟,太太则倒在对面,陪着说话。下人们都睡了,所不能睡的,只有她与春兰两人。总要等到洋钟打了一点,太太才叫春兰舀水,老爷洗脸,春兰理床铺,她给太太装烟,换平底睡鞋。待春兰反掩了房门,她两个才能回到大小姐后房去睡。睡得如此的晚,春兰并不觉苦,上了床还要说话。她却熬不住,老是一断黑,要一会儿,瞌睡就来了,眼皮沉得很,无论如何,睁不开,一坐下,就打起盹来,一打盹,就不会醒。有时被大小姐、二小姐戏弄醒了,有时被李大娘、吴大娘、春兰等打醒,然而总是昏昏腾腾的,必须好一会才醒得清楚。就为这事情,曾使太太、姨太太生了好几回气,不是胡里胡涂把事情做错,就是将东西打烂。老爷曾说过:"小孩子,瞌睡是要多些!"但别人的话,则是:"当了丫头,还能说这些!"弄得有时站着都在睡,有时一到床上,连衣裳都来不及脱,就睡熟了。睡得晚,睡不够,也是使她顶怨恨福地,而顶想家乡的一个原因。

第四,这福地在她还有不好的。就因全公馆内,她是顶弱,顶受气的。上人们自然一生气不是骂,就是打;大少爷、大小姐不甚打骂人,二小姐会暗地里揪人。下人们也欺负她,不知为什么大高二爷顶恨她,有机会总要给她几个爆栗子,牙齿还要咬紧。春兰大姐算是顶好了,遇事也肯教她,就只有时懒得很,要使用她,不听使用,也会惹起她发气的。这每每令她苦忆她爹爹爱她的情形,想到极处,只好坐在茅房里哭。

福地于她的好处实在胜不过于她的坏处,所以在不多几天,她就想逃跑了。困难的就是自进公馆,连轿厅都不准出去,大门以外是什么光景,只模模糊糊记得是一些铺面,一些卖羊皮衣裳的铺面。如何走法,才能走回家去,这简直想象不出。更有,自从来后,就听李大娘她们常常谈说,丫头逃跑,是顶犯法的事,一出大门,无论何人,都会帮着主人家捉回来;从来没有听见丫头逃跑,有跑脱了的;那时,捉回来,一顿板子打死,向乱坟坝一丢,任凭猪拉狗扯。她们还要举出许多实例,活像她们亲手做过来的一样,在这暗示之下,她又安敢逃走?

一直经了一个多月,到老爷、太太全家商量去赶青羊宫时,她才本能地感觉:"只要你们带我出城去!……"

八

青羊宫在成都西南隅城墙之外,是清朝康熙年间重新建筑,又培修过几次。据说是道士的元始庙子,虽然赶不上北门外昭觉寺,北门内文殊院,两个和尚的丛林建筑的富丽堂皇,但营造结构,毕竟大方,犹然看得出中古建筑物的遗规。

庙宇也和官署一样,是坐北朝南的。它的大门,正对着一条小小的街道,通出去,是一道五洞大石轿,名曰迎仙桥。这街道即以青羊宫得名,叫做青羊场。虽然很小,却是南门外一个同等重要的米市与活猪市。

青羊宫全体结构是这样的:临着大路,是一对大石狮子;八字红墙,山门三道。进门,一片长方空坝,走完,是二门,门基比山门高一尺多,而修得也要考校些。再进去,又是一片长方空坝,中间是一条石子甬道,两侧有些柏树。再进去,是头殿,殿基有三尺来高,殿是三楹,两头俱有便门。再进去,空坝更大,树木更多,东西俱是配殿;西配殿之西北隅,另一个大院,是当家道士的住处、客堂、以及卖签票的地方。坝子正中,是一座修造得绝精致的八卦亭,亭基有五尺多高,四道石阶上去;全亭除了瓦桷,纯是石头造成,雕工也很不错;亭中供的是一尊坐在板角青牛背上的老子塑像,塑得很有神气。八卦亭之北,就是正殿了,大大的五楹,建在一片六尺来高,全用石条砌就的大露台之上;殿的正中,供了三尊绝大的塑像,传说是光绪初年,培修正殿之后,由一个姓曹的塑匠一手造成;像是坐着的,那么大,并不打草稿,而各部居然塑得很亭匀,确乎不大容易。据说根据的是《封神榜》,中间是通天教主,上手是太上老君,下手是元始天尊,道士又称之曰三清。殿中除了两壁配塑的十二门徒肖像外,当面的左右还各摆了一具青铜铸的羊子,有真羊大,形态各殊,而铸工都极精致灵活;道士说是神羊,原本一对,走失了一只,有一只是后来配的,只有一只角,据说也通了神,设若你身上某一部分疼痛,你只须在神羊的某一部分摸一摸,包你会好,不过要出了功果钱才灵。但一般古董家却说这一只独角羊原本是南宋朝宫廷中的熏炉,在康熙年间,被四川遂宁张鹏翮大学士从北京琉璃厂买得,后来带回成都,施与青羊宫的。证据是,铜座上本有一方什么阁珍玩字样的图记,虽为道士凿补,痕迹却仍显然;其次是张鹏翮的曾孙、乾隆嘉庆之间四川有名诗人张问陶号船山的一首诗和自注,更说得明白①。不过古董家的考据,总不如道士的神话动人。正殿后面空坝不大,别有一座较小的殿,踞在一片较高的月台上,那是观音殿。再由月台两畔抄进去,又是一殿,三楹有楼,楼下是斗姆殿,楼上是玉皇阁,殿基自然更要高点。东西两侧,各有一座四丈来高,人工造就的土台,缭以短垣,升以石阶,台上各有小殿一楹;东曰降生台,西曰得道台。穿过斗姆殿,相去一丈之远,逼着后檐又是一座丈许高的石台。以地势言,算是全庙中的最后处,也是最高处。台上一座高阁,祀的是唐高祖李渊的塑像,这或许是御用历史家所捏造的李渊与老聃有什么关系吧?

二月十五日,说是老子的诞辰。这一天,青羊宫的香火很盛,而同时又是农具竹器以及各种实用物件集会交易之期,成都人不称赶庙会,只简单称为赶青羊宫,也是从这一天开始,一直要闹到三月初十边。

四乡的人,自然要不远百里而来,买他们要用的东西。城里的人,更喜欢来。不过他们并不像乡下人是安心来买农具竹器的,他们也买东西,却买的是小玩意、字画、玉器、花草等;而他们来此的心情,只在篾棚之下,吃茶吃酒,作春郊游宴罢了。就是官宦人家、世家大族的太太、奶奶、小姐、姑娘们,平日只许与家

---

① 张问陶《船山诗草》青羊宫七绝二首的第一首:"石坛风乱礼寒星,仿佛云车槛外停;尝为吾家神故物,铜羊一角瘦通灵!"(自注云:铜羊为先文端公故物,自京师移归,施于青羊宫,今甚灵异。)

中男子见面的,在赶青羊宫时节,也可以露出脸来,不但允许陌生的男子赶着看她们,而她们也会偷偷地下死眼来看男子们,城里人之喜欢赶青羊宫,而有时竟要天天来者,这也是一种大原因。

青羊宫之东,一墙之隔,还有一所道士庙子,叫二仙庵。也很宏大,并且比青羊宫幽邃曲折,房屋也要多些,也要紧凑些。庙门之外,是一带枏木林,再外是一片旱田,每年赶青羊宫时,将二庙之间的土墙挖断,游人们自会从墙缺上来往。

青羊宫这面,是农具、竹器、字画、小饮食集合之所。二仙庵的旱田里,则是把小春踏平,搭上篾棚卖茶酒,种花草树木的地方,而庵里便是卖小顽意和玉器之处。

十多年前有一位由经商起家的姓马的绅士,在二仙庵道士坟之前,临着大路,又修造了一所别墅,小有布置。原为纪念他一个儿子和一个女儿的,因为好名心甚,遂硬派他这两个害痨病夭折的儿女,作为孝儿孝女,花了好多银子,违例谋到一道圣旨,便在门前横跨大路,造就一道石坊,门上也悬了一块匾,题曰双孝祠。平日本可借给人宴会,到赶青羊宫,更是官绅宴集之所了。

此外,在对门河岸侧,还有一个极其小巧的所在,叫百花潭。是前二三十年,一个姓黄的学政造作的假古董,也还可以起坐。

当蔡大嫂偕同罗歪嘴几个男子,坐着叽咕车来到二仙庵时,游人已经很多了。

蔡大嫂要烧香,自应先到青羊宫,照规矩,还应该从山门土地堂前烧起,全庙中每一尊神像跟前,都须交代一对小蜡烛、三根红香、三叩首的。但她到底不是专为烧香而来,便只到大殿上,在三清像前,跪在许多善男信女丛中,磕了九个头。

三清殿上，黑压压全是人。女人差不多都是来烧香磕头的，而男子则多半是为看女人而来。女人们磕了头后，有些抽身就走，有些摇了签走，——十几个签筒，全在女人们的怀抱中响着，与铁磬木筶的声音，搅成一片，光是掷木筶的道士，就有好几人。有些还要摸了铜羊才走。男子们也有同着走的，那多是同路的。若为追逐好看女人而走的，则并不多；这因为在三清殿烧香的妇女，大都比男子还丑，生怕你不看她，尚故意来挑逗着你的一般中年乡妇们。纵有一二稍可寓目的，却都有强悍不怕事的保护者随着在。城里人家人户的妇女，根本就不来烧香。所以在此地看女人的，也多半是一些不甚懂事，而倒憨不痴的男子们，老是呆立在那里，好像滩头的信天翁。

蔡大嫂磕头起来，虽不摇签，却要去摸铜羊。而两个铜羊边都挤满了人，小孩子尤多。

罗歪嘴拿眼四面一扫，看见一般看女人的男子，都涎着眼睛，把蔡大嫂盯着；许多女的也如此，似乎比男子还看得深刻些。他心里很是高兴，同时又有点嫉妒；他愿蔡大嫂到处出尖子，到处惹人眼睛，到处引人的羡慕，但又不愿她被人看狠了，似乎看的人过多，而看得过甚，又于他有损一样。他遂粗鲁地从人丛中把她手膀一拉道："走罢！不摸了！"

她还有点依恋样子，但看见罗歪嘴的神气很凶，只好跟着他，穿过大殿，来到观音殿。这里更是要烧香了。然后绕到殿后，只见两侧高台之上，上下的人很不少。成都是一片平坦地方，没一点山陵丘阜，因此，大家就对于一个几丈高的土台，也是很感兴会。小孩子尤其高兴，从石阶上飞跑下来，又翻身飞跑上去，大人们总是不住声地喊说："别跑了！回去要闹腿骬痛的！"妇女们因为脚小吃力，强勉上去一次之后，总是蹙着眉头，红着脸,撑着腰,要喘息好一会,还要说:"真累死人了! 再也不爬这高地方了!"

蔡大嫂却不表示软弱,把那些女的看着笑了笑,便登登登地提起她那平底鞋,一口气就走上了降生台。站在小殿外,凭着短墙一望,一片常绿树将眼光阻住,并看不见什么。下了降生台,又上得道台,这已比一般妇女强了,她犹不输气,末后,还能走上最后的高阁,也烧了香。不过,出来以后,挤到八卦亭侧,看见旁边一个荞面摊子,坐了好些男女在吃荞面,便也摸着板凳,坐将下来。

罗歪嘴道:"不吃这个,我们歇一会儿吃南馆① 去。"

她抿着嘴笑道:"我哪里要吃荞面?你不晓得,我两只脚胫都走酸了!"

田长子在旁边笑道:"哪个叫你逞强呢?小脚,到底不行!"

她的脸登时马了起来,将田长子瞅着,正待给他轰转去时,恰有一伙男女游人,一路说笑着,打从跟前走过。就中一个顶惹眼的年轻小姐,约摸十六七岁,身材不大,脸蛋子天然红白,虽是小脚,却打扮成旗下姑娘样子:春罗长夹衫上,套了件满镶滚的巴图鲁背心,头上,当额一道很整齐的长刘海,脑后则是一条绝妩媚的发辫,乌黑的头发,衬着雪白粉嫩的后颈,更为动目。她打从蔡大嫂身边走过时,无意间,一双亮晶晶的眼睛恰就落在她的脸上,与她的那双水澄澄的眼光,正正斗着,只是一闪就分开

---

① 在昔,成都除了包席馆外,只有红锅饭馆。在清朝光绪末叶,就是在一八九〇年前不久,才有所谓南馆。不仅有蒸笼蒸菜、红锅炒菜,还备有鱼虾海味、上等的花雕绍兴酒,座头也要好些。吃一顿南馆,要花好几两银子,多半要官场中人和大绅粮们才花得起,也才能常去,所以可吃南馆的,总一定是阔人。南馆是南方馆子的省文,表明它是江南派头。

了。那年轻小姐走了两步,还扭转头来,很大方地再看了她一眼。

她忍不住把罗歪嘴的袖子一扯道:"你看,这小姐长得真好呀!"

田长子把鼻子一耸道:"岂但长相好,你们闻,多香!"

罗歪嘴道:"官宦人家的小姐,本底子就养得不错,细皮嫩肉,眉清目秀的,再加以打扮得俏,放在这些地方,自然就出众了!"

张占魁拿手肘把他一撑道:"哥子,你瞧,已经有三条尾巴了!"

罗歪嘴、田长子都笑了笑,蔡大嫂却有点怂然。

九

蔡大嫂他们所碰见的那个年轻体面的小姐,就是郝家大小姐香芸。他们全家恰也在今天来赶青羊宫。

为赶青羊宫这件事,在郝公馆里,直可以说,自招弟来后不久,就提说起了。假使今年不是大少爷又三暗地把大小姐怂恿起来,天天说,并把姨太太说动,帮着催促,一定又像往年一样,直混到三月十五,还鼓不起劲来。

郝达三被大家鼓荡到不能再推延的一晚,才拿出皇历,选了个宜出行的日子。又叫三老爷查一查,有无冲犯。三老爷经大小姐嘱咐过,只好把子丑寅卯随便推算了一下了事。

日子决定之后,在前三天,就叫高贵拿片子向马家的管事打招呼,在双孝祠借一个座头;又向正兴园包了一桌便席。然后斟酌去的人,太太、姨太太、大小姐自不必说了,郝达三的意思,又三不去,带二小姐去,三老爷尊三不去,春兰可以去。太太却说春兰成了人,春秀才来,正要她照管,不能去,只带吴嫂去伺候;三老爷难得走热闹处,为啥不去呢?高贵留下看家,叫高升跟轿子。太太的支配颇当,大家自无异议,又三则由大小姐打圆场,也准去,但须先补一天的功课。

赶青羊宫真不比平常事,早饭须得提早一点,头夜就传话给厨房去了。大小姐高兴得很,也在头一晚就同妈妈、姨奶奶商量起穿什么,戴什么。二小姐更喜欢了,找着春秀,说明天一定给她带一个大莫奈何回来①,春秀并不起劲,她只想打盹;又找着春兰,问她要什么,春兰却是随随便便的。说到赶青羊宫,好难逢的机会!她本可以请大小姐打个圆场,一同去耍耍的,但她想了一想,就不说了。李嫂说她趁明天空,要到东门外九眼桥去看看她的儿子,先就向太太、姨太太请了一天假。全家人先就欢喜了大半夜,还是老爷提说须早点睡,以便明天早点起身。

其实,次日当一溜串的轿子走出大门时,机器局的放工哨依然要快放了。

从南门到青羊宫的大路上,又是轿子,又是叽咕车,而走路的也不少。天气晴了两天,虽然这一天是阴阴的,没有太阳,但路上的尘土,仍是很高。春水虽在发了,还未开堰,河里的水仍是很清浅。城里人太喜欢水,也太好奇,一般船夫利用这机会,

---

① 木制的小儿顽具,很像一个捣花椒胡椒的木臼。只是那只木杵却永远陷在臼里,可以旋转,莫奈何把它拔出来。

竟弄了几条小船,在柳阴街口,王爷庙前,招揽生意。许多人也居然愿意花两个小钱,跑上船去,由三个船夫,踩在水里,将船从细小的鹅卵石滩上又推又磨的,送二里多路,直泊在百花潭跟前。乘客们踏上岸去时,心里很满足了,若有诗人,还要做几首春江泛舟的诗哩!

在双孝祠借座的有好几家,中间就有一位华阳县刑名师爷姓许的,把顶好的地方荷舫占住了,包的也是正兴园的席。

郝达三一家人到了幽篁里旁边的楼上。洗脸,吃茶,吃烟完毕,将吴嫂留下,才一家人带着高升,走出双孝祠,循着大路,先到二仙庵来。

二仙庵的山门三道,全是卖木制的小顽意,小木鱼,小磨子,小莫奈何等。都是小孩子最喜欢的东西。二小姐当下便站住了,大小姐与姨太太也各买了一具红漆有锁的木匣,交与高升拿着。

又进去看了几个摊子上的玉器,都不好。只在吕祖殿露台下面张公道摊子跟前,买了两把竹篦,和几根牛骨挑头簪。走上吕祖大殿,女的烧了香,老爷作了个揖,三老爷则恭恭敬敬行了个三跪九叩首的大礼,因为他是有意学道的未来弟子。

看过了吕纯阳、韩湘子跨鹤并飞的亭子,逛到顶里,便在方丈内坐了一会。当家道士进城去了,由支客道士陪着,奉出油炸锅巴来,谈了些要去请一部《道藏辑要》放在藏经楼的话。年轻人对于这些,都没好大兴会,连连催着出来,到花园里走了一遭。然后才随着游人,走过青羊宫来。

这一面,毕竟热闹些。太太与年轻人本不要看农具的,因为不懂用处,也不晓得名字。但郝达三必要带着大家去看,说是要使众人知道一点儿稼穑之艰难,不要以为饭是容易吃的。

走到八卦亭卖竹器的地方,就流连了好久。细工竹器买了些,又买了两张竹椅,是二小姐要的。东西买得不少,便叫高升先拿到双孝祠去。

　　女的同年轻人正在摸铜羊时,郝达三忽瞥见有三个少年,头上都打的围辫,梳的松三把,穿得花花绿绿的一身,满脸流痞气。有一个还将搭发辫的丝绦,从背后拉来,在手指上甩着圈子。都一步不离,就在他女儿身边挤。大小姐伸手摸铜羊时,有一个穿枣红领架的,也挨着她的肩头伸过手来。留心看大小姐等,仍然有说有笑,毫不觉得。郝达三已经不高兴了,催着大家快走,一面横着眼睛把那三个瞪了一眼。

　　走到降生台下,大少爷已牵着二小姐上去了。大小姐也要上去,太太说是太高,怕她头晕,姨太太也不上去。大家正在议论时,那三个人好像是有意的,便从太太与大小姐之间,横着身子挤了过去。那个穿枣红领架的,还拿肩头把大小姐一撞,大小姐本能地向后一退,听见那人口头低低念道:"好一朵鲜花,真香呀!"大小姐登时满脸通红,太太生了大气,便开口骂道:"你这些婊子养的!走路不带眼睛吗?"

　　那三个已走上了石阶,有一个便转身说道:"出门游逛,是要受点挤的哩!你怕挤,就莫出来!"

　　郝达三本想不多事的,但不能不开口了,只好瞪着眼睛,摆出派头来吼道:"混账东西!你要怎么样?"

　　三个都站住了,一个把眉毛撑起,冲着郝达三道:"咦!开口就骂人,谁怕你打官腔? 告诉你,怕你的不来惹你了!"

　　第二个道:"去问他,他是个啥子东西? 老子们摸了他啥子? 他敢动辄骂人!"

　　大少爷站在土台上面,不敢下来;二小姐已骇哭了,死死地撩着哥哥,叫走;三老爷是只会慢条细理谈论,只会教训下人,不会吵架。只靠太太、姨太太两张嘴抵住空吵。大老爷气得只是大喊:"反了,反了! 没有王法了!……高升!……高升!……"大小姐骇得面无人色,抓住三叔,只是打战。看热闹的便围了一大堆。

三个人并且都扑上前来。一个指着太太道:"你这婆娘,少要在人跟前绷架子! 你的底细,怕老子们不晓得吗? 柿子园①的滥货,老子们要够了的!"

那穿枣红领架的吼道:"同那婆娘说啥子? 把这嫩货带了烧烟去!"公然向大小姐身上动起手来。大小姐连连向三叔背后躲,大老爷挺身向前,被第三个一把将领口封住,简直没法解开。看热闹的人好生高兴,全笑了起来。

穿枣红领架的更是得意,挽起衣袖,正待扑向三老爷的身后。大小姐也预备着要哭喊了。局势忽然出人意外地转变过来。

因为那穿枣红领架的少年的肩头上,忽着人重重一拍,同时一片很粗鲁的声音,沉着地喊道:"朋友,这地方不是找开心的罢?"

三个人都车过身去,只见齐扑扑站了三条汉子,与他们正对着。两个是高头阔膀,一脸粗相,腰带中间凸起一条,似乎带有家伙的样子。

"咦! 弟兄,莫要抓屎糊脸,我们河水不犯井水!"这就是指着郝太太喊滥货的那个人说的话,声调已经很和蔼了。

---

① 柿子园即今成都北校场地方。在一八九〇年以前,是土娼麕集之处。十数年后,只管地名已易,人事全非,但一提到土娼和卖淫事情,柿子园一词犹在人口。

一个矮身材的汉子道:"不行,莫放黄腔!大路不平旁人铲,识相的各自收刀检卦①,走你的清秋大路,不然,拿话来说!"

那个抓郝达三领口的少年插嘴说道:"这样说吗,有让手没有?"

两个高汉子便猛地向后一退,一齐把腰躬着,瞪起两眼道:"没让手!……把家伙亮出来!"两个的手都抄在腰间去了。

穿枣红领架的忙陪笑道:"动不得手!他是黄的!"

三个汉子都大笑起来道:"我看你们都是黄的!不要装蟒吃象②,陪老子们烧烟去,有好东西你们吃!"

三个都变了色道:"我们不是吃相饭③ 的,哥子,……"

穿枣红领架的左边脸上早着了一耳光,忙把打烧的脸捧在手上。

那一个高身材的汉子还扬着手掌吼道:"哪个同你称哥道弟,连干爹爹都不会喊了!"

这出戏似乎比刚才一出还演得有劲,看热闹的竟不断地在哈哈大笑。一直演到三个少年全跪下讨饶,三个汉子还口口声声要叫三个把裤子脱了,当场露相。

末后,一个妇人从人丛中挤出,向一个高汉子说道:"算了罢!张哥,给他们一个知道就是了!"她又一直走在三个少年身边,逐一地呸了一口道:"你们这般痞子,也真该死!只要是女

---

① 识向是认清方向,即看风色懂规矩的意思。收刀检卦是约束自己,不准胡行乱为的意思。这都是四川哥老会的术语而后来普通化了。

② "黄的"是"黄不酥酥的"省文,是门外汉的意思。"装蟒吃象"是假装糊涂的意思。两者都是当时成都市井语,是不是从四川哥老会的术语而来,未曾查考。

③ 吃相饭即吃相公饭,已见第二部分第三节"嬲"字注。不过相公有人又写作象姑二字,兹仍从俗,还是写作相公。

的,稍为长得顺眼点,一出来,就吃死了你们的亏!难道你们家里都没有姐儿妹子吗?今天不是碰见老娘,你几个还了得!"

张占魁向罗歪嘴道:"也罢,听嫂子一句话!"接着把脚一踢道:"滚回窝里去藏着好了!还有屁股见人?"

这场戏才算完全演完,大家散开,都在批评末后出头的这妇人真了得!而蔡大嫂确也得意,第一,是任你官家小姐,平日架子再大,一旦被痞子膙起皮来,依然没办法,只好受欺负;第二,罗歪嘴等人,原本事不干己,不肯出头的,然而经自己一提调,竟自连命都不要了。

人散了,罗歪嘴他们要找那伙被窘的人时,一个都不见。他们都诧异道:"这家人真有趣哩!别人替他们解了围,谢都不道一个便溜了!"

蔡大嫂抿嘴笑道:"是我趁你们出头时,就把他们喊走了的,免得那小姐给你们道谢时,你看了难过。"

罗歪嘴大笑道:"这无味的寡醋,真吃得莫名其妙啊!"

他们才逍逍遥遥游逛出来。蔡大嫂在卖简州木版画的地方,买了一张打洋伞的时妆翘脚美人画,又买了一张挖苦大脚乡姑娘修脚的讽刺画,然后转到二仙庵。向百花潭去时,本打算顺路往双孝祠一游的,因见门口人夫轿马一大堆,知道所有座落都借出了,不便进去。

郝达三一家人都坐在楼上呕气懊悔,独二小姐一个人在栏杆边看路上行人,忽然跑进来道:"爹爹!那个喊我们快走的女人,正同着那三个男的从墙外走过去!"

大小姐猛地站起来道:"请他们上来!"

太太也说:"对的,对的,就喊又三去请!"

老爷沉吟一下,忙伸手拦住道:"不!"

太太很诧异道:"咋个不呢?难道连个谢都不给人家道一个吗?"

老爷把头两摇道:"给那种人道谢,把我们的面子放在哪里?你难道还没有看清楚那是些啥子人?"

大小姐红着脸争道:"管人家是啥子人,总是我们的恩人呀!"

她爹爹冷笑一声道:"说你聪明,这又糊涂了。把那般人喊进来,一个双孝祠的人,岂不都晓得了?传将开去,那才笑话哩!说起来,郝大小姐在青羊宫遭人如何如何的调戏,你们不打紧,我有脸见人吗?我再三嘱咐你们回来之后,绝口不要提说一字,就是怕传开了。如今反而把那般人喊进来,你们想想看。"

太太才恍然大悟,同三老爷一齐点了点头道:"那倒是哟!那般人并不晓得我们姓甚名谁,是做啥的,任凭他们去说,哪能晓得就是我们。一喊进来,就不能不说清楚了,那种人的口,封得住的吗?"

郝达三掌着烟枪,大点其头道:"不是吗?你们也想到这一层了。但你们还未想到,他们尚可借此题目,大肆敲磕,那才是终身大患哩!所以古人说得好,大德不报,即是此理。"

这道理对极了。恰恰厨子托高升来请示,几时开席。大家不高兴再在这里,便吩咐立刻开。

本打算一醉而归的,但仅仅烫了一银壶花雕,还未吃完。

他们走时,荷舫里许师爷处才开点心。当他们刚刚走过,上下男女人等全都翘着头,盯住大小姐的背影,悄悄地互问道:"就是她吗?……就是她吗?……"

十

当郝达三一家人到青羊宫去后,李嫂也走了,春兰把上房各间房门全关好了,便同春秀一道,走到轿厅上。恰恰高贵从门房进来,便怪笑着飞奔到春兰身边,将她的手一把抓住道:"我的人,今天又是我们的好日子了!"

春兰忙把手挣脱,拿嘴向春秀一努:"你没上街吗?……胡老师走了没有?……"

高贵大不高兴地把春秀睨着道:"这鬼女子,真讨厌!叫她到厨房里去!"

春秀居然开了口了,她噘起小嘴道:"大高二爷,你为啥见了人家,总是开口就骂,人家又没有惹你?"

春兰睐着眼睛笑道:"你莫看她小,小人还是有小心眼哩!"

高贵更是秋风黑脸地把春秀睨着,口里却向春兰在说:"今天,你安心就这样同着这鬼女子混下去么?"

她偏着脸笑道:"难逢难遇,得一天空,不这样混下去,还叫我做事吗?"

"你安心装疯?"

"不啦!"她仍是萧萧闲闲地笑着:"我为啥装疯?"

高贵才像疯了哩!把春兰膀子紧紧握住,连朝耳门里推道:"好人,不要作难我了!我们去看看三老爷的房间收拾好了没有?"

她只管坚拒着不肯走,但仍是那样偏着头,抿着嘴,瞟着眼地笑道:"莫乱说!三老爷的房间,我刚才看了来。……哎呀!你疯了吗?人家今天……"

她似乎没有高贵的气力大,竟被拉进了耳门。春秀跟了去,被高贵吐了一脸口水,还骂了几句:"滚你妈的!别处不好去碰鬼吗?安心来听你妈的水响!"不等春兰转身,砰一声,就把一道双扇门关上了。

春秀也生了气道:"哪个爱跟你们走!"于是转身走到二门,从门缝中向外面一看,大门上并没有人,远远地看见街上有几个人过往,又一乘三个人抬的拱竿大轿,后随两个跟班,飞跑过去。

她忽然想着:这不好逃跑吗?但一下又想到吴大娘她们说的话。只是乡坝里的旧影,和父亲的慈爱,太勾引她了。她遂轻轻地将侧门拉开,侧着身挤将出去,半跑半走地冲出大门。好长的街!家家铺面上都有人!街上来往的人并不多,她不晓得该走哪一头,先向左手望了望,又向右手望了望,忽见有三个人的背影,渐走渐远,一个男的,活像她的爹爹。她眼睛都花了,正要作势飞跑去时,忽觉脑顶上着人一拍,五寸来长的发辫,已经在人手上抓住。回头一看,原来是看门的张大爷。

张大爷翘起胡子,发出带痰的声音吆喝道:"你要做啥?你这小东西,你安心整我的冤枉吗?幸亏我心血来潮,没有睡着!"

她骇着了,还想把发辫拉开,赶快跑走的,试了试,不但没成功,还着了几个爆栗子,发根拉得生疼的,着拉进轿厅,到大院坝中。

张大爷一路呛咳,一路痰呵呵地喊道:"春兰大姐!春兰大姐!……"

好半会,春兰才从老爷书房里跑出来。也像是骇着了,满脸通红,慌慌张张的,一面理衣裳,一面摸头发。

张大爷喘道:"你们真不当心,只图好耍!这小东西差一点没跑掉,幸亏我从板壁缝中看见。……"

春兰好像放了心了,呸了张大爷一口道:"惊惊张张的,把我骇得!……我心头这阵还在跳哩!……老鬼,真是老昏了!"

高贵也从轿厅侧门外转了进来道:"张大爷,你只把她抓住,等我出来了,交给我不好吗?"

张大爷把手放开,呛咳了几声,才鼓起眼睛道:"我不该打岔你们!那吗,等她跑!……看主人家回来,你们咋个交代!"

高贵忙笑着,给他捶着背道:"莫生气,莫生气,你老人家越老越不化气!"

春兰便气吽吽地将春秀抓过去,劈脸就是几耳光道:"害人精!打不死的!你还敢做这些害人的事哩!"一直把她抓到她们的睡房里,又是一顿打骂,才坐在一张椅子上道:"鬼女子,我就坐着守你,你该不害人了?"

高贵走了进来,在她耳朵边喊喊喳喳说了一会,她脸色才转了过来,向春秀道:"我若果告诉了太太,看你活得成不?要命哩,好好生生的,不准动,太太回来,我就不说!"跟着又给她把眼泪揩干,把发辫给她梳过,叫她就坐在房里,不要出去。然后才同高贵走了,把房门拉来倒扣着。

春秀现在才想到,看见的背影,不晓得是不是她爹爹,但是像得很。若果喊几声呢?

招弟真错了!她所看见的背影,确是她爹爹顾天成。他今天是同钟幺嫂进城,往曾家去道劳致谢,并商量奉教的事。同路还有阿三,担了一挑礼物。

顾天成由曾家出来时,很是高兴,大原因就是曾师母已答应引他入教,并说待他入教之后,稍微做点事情,就好请洋人到衙门去为他报仇了。一个人并不牺牲什么,而居然可以报仇,这是何等可喜的事!

他叫阿三送钟幺嫂回去,自己便到大墙后街幺伯家来。一进门,就令他大吃一惊,只见二兄弟天相穿了一身孝服,哭丧着脸走出来,一见他,就爬在地上,磕了个头;起来时,眼泪汪汪的一句话说不出。

他忙问:"是哪个的丧事?"

幺伯同幺伯娘都走了出来,更令他诧异了。又见堂屋正中,张起一幅素幔,桌上供着一具红绫灵位,香炉烛台而外,还摆了一桌子的香花五供,点心五供,又一只大磁瓶,插了一瓶花。

他张着两眼,把幺伯等人相着。幺伯只是叹气,幺伯娘把眼睛揉了两揉道:"三哥,我们真是六亲同运呀!你看,去年你的三嫂死,今年我们的二媳妇死。……"

"是二弟妇吗?"他起初以为必是哪一位老丧哩!又一转想:"这或者是官场礼节,才是小丧摆在堂屋正中,丈夫穿着重孝,见人就磕头,同死了父母一样。"他虽没有许多世故,但也略略知道乡党规矩,临丧时应该如何感叹,如何殷勤询问死前死后的情节,以及殓衣几件,是什么料子,什么颜色,棺木是什么材料,四整吗,三整吗?并且在相当时间,还应该说几句不由衷的安慰话。他是死过老婆的,这礼节相当熟悉。

一会之后,他才知道二弟妇果是难产死的,就是阿三进城的第二天。使幺伯家顶伤心的是产妇死了,将死胎取下,乃是一个男胎。

幺伯叙说至此,又不由长长叹息一声道:"老三!是我们五房的不幸,也是你三房的不幸!好好一个男娃子,原是许了过继给你承主的,你看,……"

　　幺伯娘接着说钱家是如何地好,媳妇死了,亲家母走来,只怪她女儿命不好,没有说半句婆家的错;亲家翁走来,还劝说是小丧,不要过于铺排,礼节上下去得就够了。她把手一拍说:"三哥,你看,人家这么说,我们咋个不加倍办好些哩!三哥,你该记得呀,大三房的五嫂,不也是难产死的吗?娘家人硬要说是婆家虐待死的,打丧火,打官司,直闹了几年,把大三房闹到卖田卖房。虽不说家家都像大五嫂的娘家,可是像钱家这样知书识礼的,也真少呀。到底是做官的不同。所以二媳妇一死,我就说,以后给老二续娶时,一定要选官场。"

　　老二站在旁边,把他妈看了一眼道:"妈又这么说,我赌了咒不再娶的了!"并且一车身就冲了出去。

　　幺伯看着他点点头道:"这无怪他,年轻夫妇,恩恩爱爱的,又是这样死去,一时怎么想得过?"

　　还继续把死了的钱大小姐讲了许久,讲到她的出葬,这毫无问题是葬在沟头祖坟上的了。于是顾天成又提说起他老婆的葬地。

　　幺伯首先反问他的,倒是承继一事,"二媳妇既难产死了,老二续弦一时还说不上。你女人的神主,总是要立的,这怎么办呢?我看,还是先把名字承继过去,以后不管是老大先生,老二先生,总拿这个名字的娃儿过继给你好了。"

　　顾天成许久不开腔,幺伯又向他讲了一番道理。

　　末后,顾天成方嗫嗫嚅嚅地说出他要奉洋教的话,奉了洋教,就不再要神主了。

　　他幺伯同幺伯娘都跳了起来,反对他奉洋教。第一个理由,他不是吃不起饭的,俗话说的,饿不得了才奉洋教,他是饿不得的人吗?第二个理由,奉了洋教,就没有祖宗,连祖宗的神主牌都要倒了当柴烧,他是祖宗传下来的子孙,有根有柢的,并且哥哥是恩贡生,算是科名中人,他能忍心当一个没祖宗的人吗?第三个理由,奉了洋教,只能供洋人的神,连观音菩萨、土地菩萨都不许供,"我们都是靠菩萨吃饭的,天干水涝,哪一样不要菩萨保佑?连菩萨都不要了,还活得成吗?不要因你一个人胡闹,把我们顾家同邻里都带累了。"

顾天成仍不开腔。幺伯娘还旁征博引,举出许多奉教不好的例来。如像人要临死时,不准自己的亲人去送终,要等洋人来挖眼睛。又如奉了教的人,害了病不准请中国医生,吃官药,要请洋医生,吃洋药,"人原本不会死的,吃了洋药,包管你死!"

顾天成不由一个哈哈道:"幺伯娘,你还不晓得,二弟妇死时,我正病得人事不省,若不得亏吃了洋药,我还不是变了鬼了!"

他遂把他病中的经过,详细说了一遍。他幺伯娘仍摇着头道:"我不信那是洋药吃好的。我记得阿三来说,请端公打过保符,又请观花婆子禳解过,这不明明把邪退了,才好的吗?"

他幺伯复一步不放松地追问他,为什么要奉洋教,难道只为的吃洋药一件事吗?他偏不肯说,弄到末了,幺伯竟生了气,把方桌一拍道:"老三,我老实告诉你,我大小总是你一个亲房老辈子,还是有本事处置你的!你若果不听话,硬不要祖宗,硬不顾你三房血食,去奉了洋教,我立刻出名,投凭亲族,把你撵出祠堂,把你的田产房屋充公给祠堂,看你怎么过活!"

幺伯娘却解劝道:"你也是啦!说得好好地,就发起气来!我想,他一定因为妇人死了,女儿掉了,自己又大病一场,脑壳有点糊涂,所以想到邪道上去了。三哥也是读过书的人,难道他当真连我们妇道人家的见识都赶不上吗?你待他歇几天,再找钱亲翁劝劝,他自然会明白的。"

正于此际,老二进来说尧光寺和尚来商量设坛起经的日子。幺伯出去了,幺伯娘又劝了他一番,并问他,做过法事后,又曾给他老婆念过经没有?"经是一定要念的!一个人哪里没有点罪过,念了经,才好超度他去投生,免得在阴间受罪。你二弟妇是血光死的,三天上就念了一场经,是她妈妈送的。我想,她娘家人都念了,我们咋好不念呢?所以同你幺伯商量,请尧光寺和尚来念二十一天。二天出去时,办热闹一点,也算风光了,也算对得住死的了。你也一定要念的,乡坝里头也有和尚,喊来念几天,不说自己问得过心,别人看见,也好看些。洋教是奉不得的,奉了洋教,你还念得成经不?"

十一

天气在热了,顾三奶奶下了葬,顾天成竟不恤人言奉了洋教。他的初衷,只说一奉了教,就可以报仇的了,或者是运气欠佳罢,在他奉教后不到半个月,忽然飞来了一桩不好的事件,这不但阻碍了他的大计,并影响到他那失掉的女儿招弟,使她在夜里要好生打一个饱盹,也很难很难。

这件事传到成都,本来很早。几个大衙门中的官员,是早晓得的。其次,是一般票号中的掌柜管事,也知道了。再次,才传到官场,传到商号,传到半官半绅的人家,更模模糊糊地传遍了全城。

暑袜街郝公馆的主人,本是客籍游宦入川的,入川仅仅三代。因为四川省在明朝末年,经张献忠与起义农民的一番兵燹,再加以土著官军的几番内乱,但凡从东晋、明初一般比较久远的客籍而变为土著的人家,早已所余无几,而且大都散在边疆地方。至于成都府属十六州县的人民,顶早都是清朝康熙、雍正时代,从湖北、湖南、江西、广东、福建等处,招募而来。其后凡到四川来做官的,行商的,日子一久,有了钱,陆行有褒、斜之险,水行有三峡之阻,既打断了衣锦还乡之念,而又因成都平原,寒燠适中,风物清华,彼此都是外籍,又无聚族而居的排外恶习,自然不会发生嫉视异乡人的心理;加之,锦城荣乐,且住为佳,只要你买有田地,建有居宅,坟墓再一封树于此,自然就算你是某一县的本籍。还有好处,就是不问你的家世出身,只须你房子造得大,便称公馆,能读几句书,在面子上走动,自然而然就名列缙绅。这种人,又大都是只能做官,而又只以做官为职志,既可以拿钱捐官,不必一定从寒窗苦读而来,那吗,又何乐而不做官呢?于是捐一个倒大不小之官,在官场中走动走动,倒不一定想得差事,想拿印把子,只是能够不失官味,可以夸耀于乡党,也就心满意足地世代相传下去,直至于式微,直至于讨口叫化。

郝达三就是这类半官半绅的一个典型人物,本身捐的是个候补同知,初一十五,也去站站香班;各衙门的号房里,也偶尔拿手本去挂个号,辕门抄上偶尔露一露他的官衔名字;官场中也有几个同寅往来;他原籍是扬州,江南馆团拜做会时,也偶尔去认认同乡,吃吃会酒。在本城有三世之久,自然也有几家通内眷的亲戚世交。成都、温江、郫县境内,各有若干亩良田;城内除了暑袜街本宅,与本宅两边共有八个双间铺面全佃与陕帮开皮货铺外,总府街还有十二间铺面出佃;此外四门当商处,还放有四千两银子,月收一分二厘的官利;山西帮的票号上,也间有来往。所以他在半官半绅类中,算是顶富裕,顶有福气的了。

他虽是以监生出身报的捐,虽是考过几次而未入学,据说书是读过许多,书房里,至今还有一部亲笔点过的《了凡纲鉴》,以及点而未完的《汉四史》、《百子金丹》,至于朱注《五经》,不必说,是读过了。旧学是有根柢的了,新学则只看过一部《盛世危言》,是他至友葛寰中送他的,却不甚懂得。

不懂新学,这并无妨碍于郝达三的穿衣吃饭,何况是同知前程,更无须附和新学,自居于逆党了。因此,他仍能平平静静,安安闲闲,照着自祖父传下来的老规矩,有条不紊地,很舒服地过将下去。

生活方式虽然率由旧章,而到底在物质上,却掺进了不少的新奇东西。三年前买了一盏精铜架子,五色玻璃坠的大保险洋灯,挂在客厅里,到夜点燃,——记得初点时,很费了些事,还是写张字条将章洪源号上的内行伙计请来,教了几点钟,才懂得了用法,——光芒四射,连地上的针都捡得起来,当初,是何等的稀奇珍贵!全家人看得不想睡觉。而现在,太太、姨太太房里的柜桌上,已各有了一对雪白磁罩的保险座灯了,有时高兴,就不是年节,就没有客来,也常常点将起来。洋灯确乎比菜油灯亮得多,只是洋油太不便宜,在洋货庄去分零的,一两银子四斤,要合三百文一斤,比菜油贵至十二三倍,郝达三因常感叹:要是洋油便宜点也好呀!在十几年前,不是只在广东地方,才有照相、画像的人吗?堂屋里现挂的祖老太爷、祖老太太、老太爷、老太太四张二尺多高,奕奕如生的着色画像,都是将传真的草稿,慎重托交走广的珠宝客,带到广东去画的。来回费了一年十个月之久,还托了多少人情,花了多少银子,多难呀!现在,成都居然也有照相的了,太太房里正正挂了一张很庄重的合家欢大照片,便是去年冬月,花了八两银子新照的。不过细究起来,凭着一具镜匣子,何以能把各个不同的影子,连一缕头发之细,都在半顿饭时,逼真地照下来,这道理,便任何人都不明白,只渺渺茫茫,晓得那是洋人把药涂在镜子上的原故。所以才有人说,照相是把人的元神摄到纸上去的,照了之后,不死,也要害场大病。因此,当郝达三把照相匠人,如礼接进门来,看好了地方,将茶几、坐椅摆好,花插、小座钟——新买来就不大肯走,只是摆在房里,做陈设之一的座钟、下路水烟袋、碎磁茶碗,什么都摆好了,老爷的补褂朝珠,大帽官靴,全穿戴齐整,姨太太、大小姐等也打扮好了,太太已经在系拖飘带的大八褶裙了,偏遇着孙二表嫂——才由湖北回来的——把她所听闻的这样一说,太太便生死不肯照相,说她不愿意死。合家欢而无太太,这成什么话?老爷等费了无数唇舌,都枉然。后来得亏三老爷带说带笑把太太挽了出来,按在右边椅上,向她保证说:若果摄了元神会死,他愿求菩萨,减寿替她!三老爷是要去求道的,不会打诳,太太才端端正正地坐着照了,虽没有害病,到底耽了好久的心。

至于鸦片烟签的头上,有粟米大一粒球,把眼光对准一看,可以看见一个精赤条条的洋婆子,还是着了色的,可以看到两寸来高,毛发毕现,这倒容易懂得,经人一讲解,就晓得是显微镜放大的道理。橡皮垫子,把气一吹胀,放在屁股底下,比坐什么垫子还舒适,这也容易懂,因为橡皮是不会走气的。八音琴也好懂,与钟表一样,是发条的作用。但新近才传来的一件东西,又不懂得了,就是叫做留声机器的。何以把蜡筒套在机器上,用指头一拨,一根针刺着蜡筒,从这一头走到那一头,把机器上两条圆皮绳分塞在耳朵孔里,就听得见锣鼓弦索同唱戏的声音?是京戏,虽不大懂,而调子的铿锵,却很清楚。全家顽了几天,莫名其妙,只有佩服洋人巧夺天工。

郝公馆里这些西洋东西,实在不少。至于客厅里五色磨花的玻璃窗片,紫檀螺钿座子的大穿衣镜,这都是老太爷手上置备的了。近来最得用而又为全家离不得的,就是一般人尚少用的牙刷、牙膏、洋葛巾、洋胰子、花露水等日常小东西。洋人看起来那样又粗又笨,何以造的这些家常用品,都好,只要你一经了手,就离它不开?

郝达三同他那位世交好友葛寰中,对于这些事物,常在鸦片烟盘子两边,发些热烈的议论。辞气之间,只管不满意这些奇技淫巧,以为非大道所关,徒以使人心习于小巧,安于怠惰,却又觉得洋人到底也有令人佩服之处。

洋人之可佩服,除了枪炮兵舰,也不过这些小地方,至于人伦大道,治国大经,他们便说不上了。康有为、梁启超辈,何以要提倡新学,主张变法,想把中国文物一扫而空,完全学西洋人?可见康、梁虽是号称圣人之徒,其实也与曾纪泽、李鸿章一样,都是图谋不轨的东西。他们只管没有看过康、梁的文章,也不曾抓住曾、李的凭证,不过心里总觉得这些人不对。要是对,何以大家提说起来,总是在骂他们呢?

幸而佳消息频频传来,北方兴起了一种教,叫义和拳,专门是扶清灭洋的。势力很大,本事很高,已经杀了不少洋人。洋人的枪炮虽利,但一碰着义和拳,就束手无策了。现在已打起旗号,杀到北京城,连西太后都相信了。洋人背时的时候已到,我们看就在这几个月!

郝公馆之晓得这消息，自然要早些，因为郝达三常在票号来往，而又肯留心。不过也只他一个人肯挂在口上说，夜里在鸦片烟盘子上，这就是越说越长，越说越活灵活现的龙门阵。

　　就因为他的消息多，又说得好，妇女们本不大留心这些事的，也因太好听了，就像听说《西游记》样，每到夜里，老爷一开场，都要来听。下人们在窗子外面，春兰、春秀在房间里，好给大家打扇驱蚊虫。说到义和拳召见那一天，郝达三不禁眉飞色舞地道："张老西今天才接的号信，写得很详细，大概是义和拳的本事，就在吞符，不吞符就是平常人，一吞了符，立刻就有神道降身。端王爷信服得很，才奏明太后，说这般人都是天爷可怜大清朝太被洋人欺负狠了，才特地遣下来为清朝报仇，要将洋人杀尽的。太后虽然龙心大喜，但是还有点疑心：血肉之躯，怎能敌得住洋枪？端王爷遂问大师兄：你的法术，敢在御前一试么？大师兄一拍胸膛说：敢，敢，敢！端王爷跟着就将大师兄领进宫去，到便殿前，冲着上头山呼已毕，太后便口诏大师兄只管施展，不要怯畏。你们看，真同演戏一样，大师兄叩首起来，把上下衣裳脱得精光，吞了一道符，口中念念有词，霎时间，脸也青了，眼也白了，周身四体，硬邦邦的，一跳丈把高，口中吐着白泡，大喊说：我是张飞！奉了二哥之命，特来护驾！太后那时只是念佛，不晓得咋个盼咐，倒是端王爷是见过来的，遂叫过虎神营的兵丁来，……啊！尊三，你可晓得啥子叫虎神营？"

　　三老爷的杂拌烟袋虽是取离了口，但也只张口一笑，表示他不知道。

　　他哥把一个大烟泡一嘘到底，复喝了一口热茶，然后才解释道："这是特为练的御林军，专门打洋人的。洋人通称洋鬼子，洋者羊也，故用虎去克他，神是制鬼的。单从这名字上着想，你们就晓得朝廷是怎样地恨洋人。只怪康、梁诸人,偏偏要勾引皇上去学洋人,李傅相——就是李鸿章——以他的儿子在日本招了驸马,竟事事回护外国,这些人都该杀!拿圣人的话说来,就是叛臣贼子,人人得而诛之!……"

姨太太不耐烦地插嘴道:"又要抛文了!晓得你是读过书的,何苦向我们夸呢?你只摆义和拳好了!"

老爷哈哈一笑,又谈了几句俏皮话,才接着说道:"果然走过一个兵丁,手捧一柄三十来斤重的大刀,劈头就向大师兄砍去。不料訇的一声,钢刀反震过来,把砍人的人脑壳上砍了一个大包,看大师兄哩,一点不觉得。这已令太后惊奇了。又叫过洋枪队来,当着御前,装上弹药,指向大师兄尽放,却放不响。换过一队来,倒放响了,洋枪却炸成了几段。大师兄依旧一跳丈把高,还连声叫唤:凭你洋鬼子再凶,若伤着了咱老子一根毫毛,咱老子不姓张了!这下,太后才心悦诚服了,便御口亲封大师兄一个啥子禅师,叫端王爷统带着去灭洋。……张老西的号信,千真万确的。"

又一天,正在讲义和拳的新闻,说到红灯照,郝达三有点弄不大清楚,恰好他的好友葛寰中来了,两个人便在客厅炕床上的鸦片烟盘两侧,研讨起来。郝达三道:"我们这里称为红灯教,咋个北京信来又称之为红灯照呢?"

葛寰中烧着烟泡道:"我晓得嘛,红灯照是义和拳的姊妹们,道行比义和拳还高,是黄莲圣母的徒弟。她们行起法来,半空中便有一盏红灯悬着。称之为红灯教者,一定因为她们以红灯传教的原故。"

郝达三大为点头道:"着!不错!你老弟的话真对!他们都说红灯照好不厉害,能够降天火烧洋人的房子!"

葛寰中放下烟枪道："确乎是真的！当她祭起红灯来时，只要跪下去，启请了黎山老母、观音菩萨，把手一指，登时一个霹雳，火就起来，凭他洋人的教堂修得如何坚固，一霎时就化为平地！"他又向坐在旁边摇着芭蕉扇的三老爷询问："尊三，你是留心道法的，你看红灯照的道法，是哪一派？"

三老爷不假思索道："这一定是五雷正宗法，在道教中，算是龙虎山的嫡派。洋人遇着这一派，那就背时了！"

他哥道："洋人也该背时了！自从中、东战后，不晓得咋个的，洋人一天比一天歪，越到近来，越歪得不成话。洋人歪，教堂也歪，教民也歪。老葛，你还记得宋道平做了内江下来说的话不？他说，无论啥子案件，要是有了教民，你就不能执法以绳了。教民上堂，是不下跪的，有理没理，非打赢官司不可。所以他那天才慨乎其言地说，现在的亲民之官，何尝是朝廷臣子，只算是教民的干儿！"

葛寰中也慨叹说："不是吗？所以现在，只有你我这种州县班子的官顶难做！一般人恭维刘太尊硬气，不怕教民，其实他是隔了一层，乐得说硬话，叫他来做一任县官看看，敢硬不敢硬？你硬，就参你的官！"

三老爷道："现在好了，只要义和拳、红灯教把洋人一灭，我们也就翻身了！"

葛寰中又道："却是也有点怪。还有些人偏要说这班人是邪教。我在老戚那里，看见一种东西，叫做啥子《申报》，是上海印的，说是每天两张，它上面就说过袁中堂在山东时，义和拳早就有了，他说是邪教，风行雷厉地禁止。一直到皇太后都信了，他还同很多人今天一个奏折，说不宜信邪教，明天一个奏折，说不宜信邪教。……"

"《申报》是啥子东西？"他两兄弟都觉有点稀奇，一齐在问。

"好像《京报》同辕门抄一样，又有文章，又有各地方的小事，倒是可以用资谈助的，老戚的话，多半是从那上面来的。所以老戚一说起义和拳，也总是邪教邪教地不离口。他并且说，若果义和拳、红灯教真有法术，为啥子袁中堂禁止时，他们还是把他没奈何？……"

三老爷插口道："他便不明白了，义和拳的法术，是只可以施之于洋人的邪教，袁中堂是朝廷的正印官啦！"

郝达三说的又不同："老戚这个人就不对，他还是文巡捕呀！咋个会说出一些与人不同的话来！他不怕传到上头耳朵里去，遭撤差吗？"

"你还说上头，我正要告诉你哩！是前天罢？上头奉了一道皇太后的电谕，叫把这里的洋人通通杀完，教堂通通毁掉，……"

郝达三猛地坐了起来，用力把大腿一拍道："太后圣明！……"

葛寰中把手一摆道："你莫忙打岔！……上头奉了这谕，简直没办法，赶快把将军和两司两道邀去商量。商量到点灯时候，将军才出了个主意：电谕不能不遵，洋人也不能乱杀，中道而行，取一个巧，便是派出一队兵去，驻扎在教堂周围，并将洋人接到衙门里，优礼相待；对洋人就说是怕百姓们不知利害，有所侵犯，对朝廷就说洋人已逮住了，教堂已围住了。一面再看各省情形，要是各省都把电谕奉行了，这很容易办，刽子手同兵丁都是现成的；要是各省另有好办法哩，就照着人家的办。老戚说，上头很高兴，昨天已照着办了。……你想，上头这样办法对不对？"

郝达三正在沉吟，高升端了一大盘点心进来，他便站起来向葛寰中邀道："新来一个白案厨子,试手做的鲜花饼,尝尝看,还要得不？"

又隔了几天,全城都晓得端王爷统着义和拳,攻打北京使馆,义和拳已更名义和团,杀了不少的洋人和二毛子——教民就叫二毛子,天天都在打胜仗。

郝达三同葛寰中还更得了一个快消息,一个是从票号上得的,一个是由制台衙门得的,都说北京城里乱得很,有汉奸带起洋人和二毛子到处杀人放火,连皇宫里头都窜进去了。皇太后天颜震怒,下旨捉了好些汉奸来杀,并杀了几十个大员,大概都是私通洋人的。现在钦命董福祥提兵十万,帮助义和团攻打使馆,这简直是泰山压卵之势,洋人就要逃走,也不行了！

郝达三不晓得洋人有几国,共有多少人,问葛寰中,他曾当过余道台的随员,到上海住了几天,算是晓得一点新学的。

葛寰中屈着指头算道："有日本,有俄罗斯,有英吉利,有荷兰。英吉利顶大,这国的人分黑夷白夷两种,据说上海打红包头守街的便是黑夷,又叫印度鬼子。此外还有德意志,法兰西,比利时。余观察上次办机器,就是同德意志人讲的生意。大概世界上就是这些国了罢。"

郝达三忽然想起道："还有啥子美国呢？我们点的洋油,不就说是美国造的吗？"

"呃！是的,是的,美利坚！耶稣教就出于美利坚。我想起了,还有墨西哥。我们在上海使的墨洋,又叫鹰洋,就是从墨西哥来的。……"

三老爷尊三不会旁的客,而葛世兄因为是世交通家,又自幼认识,彼此还说得拢,所以他一来,他总要出来奉陪。当下便插嘴道:"我恍惚记得还有啥子牙齿国?"

他哥大笑道:"老三的小说书又出来了!有牙齿国,那必有脚爪国了!……"

三老爷自己也笑道:"我的话不作数,不过我记得啥子国是有一牙字?"

葛寰中道:"着!我想起了!你说的是西班牙国罢?"

三老爷也不敢决定道:"我记不清楚,或者是这个国名。"

葛寰中向郝达三笑道:"不只西班牙,还有葡萄牙哩。你说脚爪国,个不就有个爪哇国吗?……世界上的国真多,哪个数得清楚,据说只有中国顶大了,有些国还敌不住我们一县大,人也不多。"

郝达三道:"国小,人自然不多。若果把北京使馆打破以后,不晓得洋人还来不来?不来,那才糟哩!我们用的这些洋货,却向哪里去买?"

葛寰中道:"我想,洋货必不会绝种。洋人都是很穷的,他不做生意,咋个过活呢?我在上海,看见的洋人,全是做生意的,大马路上,对门对户全是冲天的大洋行。"

郝达三满意地一笑道:"这才对啦!洋人可杀,但也不必杀完,只须给他们一个杀着,叫他们知道我们中国还是不好惹的,以后不准那样横豪!不准传教!不准包庇教民!不准欺压官府!生意哩,只管做,只要有好东西,我们还是公平交易。"

葛寰中拊掌笑道:"着!不错!这是我们郝大哥的经纶!刻下制军正在求贤,你很可以把你的意思,写个条陈递上去。"

十二

  天气很热的一天,新泰厚票号请客,并且是音尊候教。有名的小旦如杨素兰、蒋春玉、永春、嫩豆花等,都在场,客人中有郝大老爷。

  像这样的应酬,郝达三向来是在家吃了点心,把烟瘾过足,才带起高贵乘轿而去,总在二更以后好一阵,方回来的。这一天,太太因为叶家姑太太带着她三小姐回来,于吃了午饭,邀在堂屋外窗根下明一柱的檐阶上打斗十四。入夜,制台衙门放了起更头炮,牌桌上点上两盏洋灯。叶姑太太嫌热,宁可点牛油烛,姨太太便掉换了两只有玻璃风罩的鱼油烛手照。院坝中几盆茉莉花同旁边条几上一大瓶晚香玉,真香！李大娘、吴大娘、春秀交换着在背后打扇,春兰专管绞洗脸巾,斟茶。

  刚打了几牌,忽听见外面二门吱咯一响,三老爷在侧边说:"这时候还有客吗？高升也不挡驾！"

  跟着轿厅上一声:"提倒！"侧门一响,一个官衔灯笼照了进来。

  再一看,乃是高贵照着老爷回来了。大家都诧异起来,"他何以这么早就回来了？"却听他向高贵吩咐:"把东西交给春兰,赶快到北纱帽街去请葛大老爷来！"

  姨太太跟进房间给老爷穿衣裳时,太太便隔窗问道:"今天有啥子事吗？"

  老爷皱着眉头道:"还是大事哩！消息一传来,新泰厚的客全走了！等老葛来，看他在南院上听的消息如何？"

"到底是啥子事呀？"连叶家姑太太都提起嗓子在问。

"春兰，先叫高升把烟盘子端到客厅去，把洋灯点一盏，葛大老爷的春茶先弄好！……"

姨太太攮了他一下道："你也是喽！这些事还要你一件一件地吩咐？姑太太在问你呀！"

郝达三趁没人，把她的脸蛋和下颏摸了摸，才向着窗子说道："姑太太，等一等，等老葛来了一说，你们自然晓得的。"

"哎呀！真是张巴！你先说说看，不好吗？"姑太太与太太一齐开了腔。

叶三小姐也说："大舅舅老是这脾气，一句话总要分成三半截说。你才真真像个土老广哩！"

郝达三笑着走了出来。身上只穿了一件江西白麻布对襟汗衣，下路雪青纺绸散脚裤，漂白洋布琢袜，也没有扎，脚上是马尾凉鞋。一手捧着水烟袋，一手挥着柄大朝扇，走到牌桌边将朝扇挟在胁下，伸手把叶三小姐的新扑了粉的嫩脸一揪道："你这个贤外甥女，真会斗嘴！大舅是做官的人，说话哪能像老陕一样，敞口漂呢？"

她笑着把他的手抓住道："大舅舅的官派真够！这里又不是官厅，你说嘛，说错了，不会遭参官的！"

"说出来，骇死你们！八国联军打进了北京城！……"

姑太太却大笑起来，把纸牌向桌上一扑道："才笑人哩！我默道天气太热，麻脚瘟又发了哩！又是北京城的事！听厌了，听厌了，也值得这样张张巴巴的！大嫂，刘姨太太，还是来打我们的牌！"

姑太太的话真对！北京城离我们多远啦！况且天天都听见

在讲的事。于是众人把耸起的耳朵,都放了下来。

郝达三道:"我还没有说完,……皇太后同皇帝都向山西逃跑了!"

姑太太还是一个哈哈道:"更奇了,这与我们啥相干呀!"

"这是多大的事哟!你们简直不关心!"

"国家大事,要我们女人家都关心起来,那才糟哩!"姑太太旋说旋洗牌,态度声口仍是那么样地随便。

高贵已拿灯笼引着葛寰中由轿厅上的耳门跨进客厅。客厅檐口与上房檐口全挂着油绿水波纹竹帘,所以檐阶上的内眷,是可以不用回避的,何况葛大哥又是通家。

郝达三刚一走进花厅,葛寰中就叫了起来道:"我正来找你,在街口就碰见你的尊纪,你晓得不?大事坏了!……"

末后一句传到上房檐阶上,又将一般打牌的女客的含有一点讽刺的微笑,引了起来。

十三

当义和团、红灯教、董福祥攻打使馆的消息,潮到成都来时,这安定得有如死水般的古城,虽然也如清风拂过水面,微微起了一点涟漪。但是官场里首先不惊慌,做生意的仍是做生意,居家、行乐、吃鸦片烟的,仍是居他的家,行他的乐,吃他的鸦片烟。而消息传布,又不很快,所以各处人心依然是微澜以下的死水,没有一点动象。

没有动象,不过说没有激荡到水底的大动象,而水面微澜的动,到底是有的,到底推动出一个人来,是谁呢？陆茂林！

陆茂林虽说是见女人就爱,但他对于刘三金,到底爱得要狠些。刘三金回到石桥,他追到石桥,刘三金回到内江,他追到内江,刘三金越讨厌他,他越是缠绵,越是不丢手。直到今年三月初,刘三金瞒着他向泸州一溜,他带的钱也差不多要使完了,才大骂一场婊子无情,怂怂然数着大路上的石板,奔回故乡。

回来后,发现蔡大嫂与罗歪嘴的勾扯,他不禁也生了一点野心,把迷恋刘三金的心肠,逐渐冷淡下来。对于蔡大嫂,就不似从前那样拘泥,并且加倍亲热起来。每天来喝一杯烧酒,自是常课,有时还要涎皮赖脸,跑到内货间,躺在罗歪嘴的烟铺上,眯着一双近视眼,找许多话同蔡大嫂说。而她也居然同他有说有笑,毫没有讨厌他的样子,并极高兴同他谈说刘三金。

他在不久之间,察觉蔡大嫂对于他,竟比刘三金对他还好。比如有一次,他赶场时特为她在小市摊上买了一根玉关刀插针,不过花三钱银子,趁罗歪嘴诸人未在侧时,送与她,她很为高兴,登时就插在发纂侧边,拿手摸了摸,笑嘻嘻向他道了几声谢。他当下心就痒了,便张开两臂,将她抱着,要亲嘴。她虽是推让着不肯,到底拿脸颊轻轻挨了他一下,这已经比刘三金温柔多了。还有一次,是金娃子的周岁,罗歪嘴叫了一个乡厨子来,热热闹闹地办了一桌席,邓大爷夫妇也来了,他趁此送了金娃子一堂银子打的罗汉帽饰,又送了她一对玉帽鬓花。她收了,吃酒时,竟特为提说出来,说他的礼重,亲自给他斟了三次酒,给罗歪嘴他们才斟了两次。他更相信蔡大嫂心里,是有了他了,便想得便就同她叙一叙的。

光是蔡兴顺与罗歪嘴两个,他自信或者还可掩过他们的耳目。而最讨厌的还有张占魁等人,总是常常守在旁边,他对蔡大嫂稍为亲密一点,张占魁就递话给他,意思叫他稳重点!蔡大嫂是罗哥的人,不比别的卖货,可以让他捡魁头①!倘若犯了规矩,定要叫他碰刀尖!

他哪能死得下心去?虽然更在一天无人时候,蔡大嫂靠着柜台告诉他:"你的情,我是晓得的。只现在我的身,我的心,已叫罗哥全占去了。他嫉妒得很,要是晓得你起了我的歹意,你会遭他的毒手的。说老实话,他那样地爱我,我也不忍心欺负他,你我的情,只好等到来世再叙的了!"

及至又遭了她的一次比较严重的拒绝,并且说:"你再敢这样对我没规矩,我一定告诉罗哥,叫你不得好死!我已说过,你的情我是晓得的,只是要我这辈子酬答你,那却不行!"他哭着道:"你不是要我害单相思吗?""我不拉这个命债,你走开好了!"加以张占魁又向他递了一番话,他才怀抱着自以为是伤透了的心,到四处闲荡去了。

他离开天回镇时,仿佛听见罗歪嘴他们说北京城义和团打洋人的话,并听说他们曾在茶铺里高谈阔论说:"北京城都打起来了,我们这里为啥子不动手呢?到这个时候,难道我们还害怕洋人吗?吃教的东西,更可恶,若是动了手,我先整吃教的!"他也晓得罗歪嘴吃过教民的亏,借此报复,是理所当然。不过他那时心里别有所注,于他们的言语行动,不很留意。

有一天,他在省城一家茶铺里吃茶,忽觉隔桌有一个人在端

---

① 魁音欺。捡魁头,即捡便宜的意思。古人出丧时,除用一具纸扎大鬼叫方相的导于前外,还要用米麦粉做成一些鬼头模样的东西,撒于道上,与方相作用一样,谓能避邪。这就叫魁头,使人捡食之。后世虽无此举,但此名词却流传下来了。

详他。他也留了心,眯着眼睛,仔细一瞧。那人竟走过来,站在桌子跟前问道:"借问一声,尊驾是姓陆吗?"

他这才认清楚了,忙站起来让坐道:"咦!得罪,得罪!我的眼睛太不行!顾三贡爷吗?幸会啦!请坐!……拿一碗茶来!"

顾天成在一月以前曾经受过很深的痛苦,比起死老婆,掉女儿,自己害病,还甚。因为在以往的歹运里,他到底还有田,有房,无论如何,有个家可以隐庇他的身子,还有阿三、阿龙两个可以相依的长年。只怪自己想报仇,受了钟幺嫂的吹嘘,跑去奉了洋教。算将起来,四月初奉教,四月底就看幺伯通知亲族,在祠堂里告祖,将他撵出祠堂。五月中,北京义和团的风声传来,生怕也像北京一样,着人当二毛子杀掉,连忙跑进城来,无处安身,暂时挤在一个教友家里。而两路口的田地农庄,连一条水牛,全被幺伯占了去,说是既撵出了祠堂,则祖宗所遗留的,便该充公,阿三、阿龙也着撵了。葬在祖坟埂子外的老婆的棺材,也着幺伯叫人破土取出,抛在水沟旁边,说是有碍风水。并且四处向人说,天成是不肖子孙,辱没了祖宗的子孙,撵出祠堂,把田屋充公,还办得轻了,应该告到官府,处以活埋之罪,才能消得祖宗的气。钟幺哥一家也搬走了,不知去迹。算来,不过一百天,顾天成竟从一个粮户,变成一条光棍,何因而至此?则为奉洋教!

如此看来,洋教真不该奉!真是邪教!奉了就霉人!不奉了罢,可以的,但是谁相信?去向幺伯悔过,请他准其重进祠堂,把田产房屋还他,能够吗?谁可以担保?找人商量,最能商量的,只有钟幺嫂,她往哪里去了呢?他丧气已极,便向所挤住的那位教友诉苦。教友不能替他解愁,叫他去求教于姜牧师。

姜牧师很严肃地告诉他,这全不要紧,他只须真心真意地信上帝,爱耶稣,耶稣自会使他的幺伯醒悟,将占去了的田产房屋,加倍奉还他;而他的仇人,自会受严厉的惩罚。"我们都是耶稣的儿女,我们只须信赖他,他不会辜负他的儿女的。"

他心里虽稍为安宁了一点,但他问:"耶稣几时才能显灵呢?"姜牧师则不能答,叫他去请教曾师母。

曾师母的佃客虽走得没有踪迹,但她仍是那样没有事的样子,蓬蓬松松地梳了一个头,厚厚地涂了一脸粉,穿了件很薄的单衫,挺起肥肥的一段身躯,摇着一柄雕翎扇子,斯斯文文向他说:"你愁什么?只要等外国人打了胜仗,把那些邪教土匪灭了,把西太后与光绪逮住,哪个还敢强占你的产业,是不是呢?"

他诧异道:"洋人还能打胜仗,把光绪皇帝逮住?外面不是人人都在说大师兄杀了多少洋人,如今又加上了董福祥董军门,洋人天天都在打败仗?"

曾师母咧起鲜红的嘴皮一笑道:"这些都是谣言,都是邪教人造出来骇人的,是不是呢?告诉你一句真话,昨天史先生亲自向我说过,清朝是该灭了,惹下了这种滔天大祸,是不是呢?外国大兵已经在路上了,只要一到北京,中国全是外国人的了!"

他懵懵懂懂地问道:"我们成都省呢?"

她用一只肥而粗的手,举起一只茶杯,把半杯浓黑的东西,一仰喝完,又用雪白的手帕子,将嘴皮轻轻地触了触,点着头,很自然地道:"自然也是外国人的了,是不是呢?只不晓得分在哪国人手里?如其分在大美国、大英国手里,史先生就是四川制台了,很大的官,是不是呢?如其史先生做了制台,我们全是他的人,不再是清朝的百姓,是不是呢?我们教会里的人,全是官,做了官,要什么有什么,要怎么样便怎么样了,是不是呢?……"

这下,却使顾天成大为安慰。胸怀也开展了,眉头也放宽了,从早起来,就计划到做了官后,做些什么事情。报复幺伯,报复罗歪嘴,还要下两通海捕文书,一通捉拿刘三金,一通查访招弟,并派人打探正月十一夜与罗歪嘴他们一道走的那女人是什么人。差不多每天早起,都要把这计划在心里头暗暗复诵一遍,差不多计划都背熟了,而洋兵还未打到北京。他真有点等不得,又跑去问曾师母。曾师母依然萧萧闲闲地叫他等着。

他在等待期中,胆子也大了些,敢于出街走动了。又因所挤住的教友家太窄,天气热起来了,不能一天到晚蛰在那小屋里。有人告诉他,满城里最清静,最凉爽,在那里又不怕碰见什么人,又好乘凉睡觉,于是他每日吃了饭后,便从西御街走进满城的大东门。果然一道矮矮的城墙之隔,顿成两个世界:大城这面,全是房屋,全是铺店,全是石板街,街上全是人,眼睛中看不见一点绿意。一进满城,只见到处是树木,有参天的大树,有一丛一丛密得看不透的灌木,左右前后,全是一片绿。绿荫当中,长伸着一条很宽的土道,两畔全是矮矮的黄土墙,墙内全是花树,掩映着矮矮几间屋;并且陂塘很多,而塘里多种有荷花。人真少!比如在大城里,任凭你走往哪条街,没有不碰见行人的,如在几条热闹街中,那更是肩臂相摩了。而满城里,则你走完一条胡同,未见得就能遇见一个人。而遇见的人,也并不像大城里那般行人,除了老酸斯文人外,谁不是急急忙忙地在走?而这里的人,男的哩,多半提着鸟笼,挖着钓竿,女的哩,则竖着腰肢,梳着把子头,穿着长袍,靸着没后跟的鞋,叼着长叶子烟杆,慢慢地走着,一句话说完,满城是另一个世界,是一个极萧闲而无一点尘俗气息,又到处是画境,到处富有诗情的地方。

顾天成不是什么诗人,可是他生长田间,对于绿色是从先天中就能欣赏的。他一进满城,心里就震跳起来了。大家先曾告诉过他:满吧儿是皇帝一家的人,只管穷,但是势力绝大,男女都歪得很，惹不得的。他遂不敢多向胡同里钻，每天只好到金河边关帝庙侧荷花池周遭走一转，向草地上一躺，似乎身心都有了交代，又似乎感觉到乡坝里也无此好境界，第一是静，没一个人影，没一丝人声。也只是没有人声，而鸟声、蝉声，风一吹来树叶相撞的声音，却是嘈杂得很，还有流水声，草虫声，都闹成了一片。不过这些声音传到耳里，都不讨厌。

满城诚然可以乘凉，可以得点野趣，只是独自一人，也有感觉孤独寡味的时候。于是，有时也去坐坐茶铺，茶铺就是与人接触的最好的地方。而居然碰着了陆茂林。

十 四

顾天成、陆茂林之在茶铺碰头，而打招呼，而坐在一处吃茶，其初并没有什么意味，只不过两个都是在人海中的乡下人，两个都带一点流荡的感觉，两个都需要找一个相熟的人谈谈往事而已。而尤其好的，就在于两个人的经过彼此都不知道。

陆茂林同人讲谈，不到十句，就要谈到刘三金。这已引起了顾天成对他的同情。他们两个都是爱过她，又都吃过她的亏，现刻心里又都在恨这个人。于是两个人的谈风，很是投合，而所谈的又彼此都能了解。先谈到刘三金的好处，长的好，活动，妖娆，会迷人，会说话等等。谈到会心之处，两个人不禁相视而笑。继谈到她的无情无义，只认得钱，以及她那阴狠的行为，顾天成不由桌上一拍道："陆哥，你可晓得，我那几天，光是花在她身上的钱,是多少？只因为她亲口答应了我,不管我家务咋个,都愿跟着我回去,所以我再输钱,心里老不在乎。哪晓得后来她才那样的丢了我！"他的声音虽然很高,但是一般吃茶谈天的声音都高,并且在茶铺中谈话的人们,大抵都有点旁若无人,仿佛茶铺便是自己家里的密室一样的态度,任凭你说得如何地慷慨激昂,却很少有人注意到你,这是一种习惯。

陆茂林把他手膀一拍,意思叫他注意来听,这也是在茶铺中谈话应有的举动。顾天成果然注了意,他才眯着眼睛说道:"至今你恐怕还在鼓里呢？我是旁观者清,告诉了你,你可不能向别人说呀！……你还不晓得,刘三金之来笼络你,全是罗歪嘴、张占魁他们支使的。他们大概晓得你喜欢女人,才故意叫刘三金把你缠着,他们才好做你的手脚。你那千数的银子,哪里当真是在宝上赌输的！"顾天成真就激动了道:"这一点,我老实还没有想到。吵架时虽这样吵出来过,但我还只恨他们不但不帮我的忙,并且把我轰走,打我！……陆哥,这倒要请你详细告诉我！"

陆茂林好像失悔不应该揭破别人秘密似的,又好像与顾天成的交情格外不同,不能不把秘密告诉他似的,于是,半吞半吐把他知道的,以及从刘三金口里听来的,照一般人谈话习惯,加入许多烘染之词,活灵活现地告诉了他。

顾天成真压抑不住了,面红筋胀地咬着牙巴说道:"哦！还这样的整我吗？对对对！罗歪嘴,你是对的！等着罢！老子不要你的狗命,老子不姓顾了！……"

陆茂林忙向他摇摇手道:"三贡爷,留心点,他们这些人是心狠手辣的,说得出做得出,不要遭他们听见了不好！"

他鼓着两眼道:"你怕他们吗？你怕,我是不怕的！你晓得我现在是啥子人不？告诉你,我已奉了教了！"

"哞！你奉了洋教？"他忙眯着眼向四面一溜，才道："三贡爷，我是为你的好，现在不是正在闹啥子义和团吗？我亲耳听见罗歪嘴他们正商量要趁这时候，打教堂，杀奉教的。你又是他的仇人，他若晓得你也奉了教，……"

顾天成果然也有点胆怯起来，便低下头去，不像刚才这样武勇了。不过，仍不肯示弱，便说道："陆哥，你放心，打教堂的话，只怕是乱说的。洋人说过，洋兵快要打进北京城了，只要把光绪皇帝一逮住，十八省都是他们的了。四川制台一定是史洋人做，我们奉教的都是官，只要我做了官，你看，还怕罗歪嘴他们吗？"

陆茂林也欣然道："洋人的话，晓得靠得住不？"

"咋个靠不住？他还当着菩萨赌过咒的！"

陆茂林又拍拍他手膀道："那吗，三贡爷，你的仇一定可以报了！我们相好一场，只求你一桩事！"说着，站了起来道："话还长哩，我们找个饭铺吃饭去，吃了饭再到烟馆里细说罢！"

顾天成也站了起来道："你不回天回镇去了吗？现刻已下午一会了！"

"回天回镇？……我还没告诉你，我眼前正在打流，等你做了官，我才能回去。我求你的，就是这一桩。"

街上不好谈话，饭铺里也不好谈话，直到烟馆里，虽然每铺床上都有人，但是靠着枕头，只要把声音放低一点，却是顶好倾露肺腑，商量大事的地方。

陆茂林先说到他为什么打流，不禁慨然叹道："也只怪我的命运不好！遇着一个刘三金，无情无义的婊子！遇着一个蔡大嫂，倒是有情有义哩，偏偏又遭罗歪嘴霸住了！……"

"蔡大嫂是啥子样的人？"

"哈哈！你连蔡大嫂都不认得！她是我们天回镇的盖面菜，

209

认真说来,岂止是天回镇的盖面菜?恐怕拿在成都省来,也要赛过一些人哩!……哦!也无怪你不认得她,你那几天,成日同刘三金混在一起,半步都没有出过云集栈。"

"比起刘三金来呢?"

"那怎么能比!……当初嫁给蔡兴顺时,已经令人迷窍了,两年后,生了个娃儿,比以前更好看了!……哪个不想她?却因是罗歪嘴的表弟媳妇,他那时假绷正经,拿出话来把众人马住。……但那婆娘却也还规矩。……不晓得今年啥时候,大概刘三金走了之后罢?罗歪嘴竟同她有了勾扯,全场上哪个不知!……那婆娘也大变了,再不像从前那样死板板的,见了人,多亲热!……就比如我,……"

顾天成恍然大悟道:"你说起来,我看见过这个人,不错,是长得好!两个眼睛同流星样,身材也比刘三金高,又有颈脖子。"

"你在哪里看见的?"

顾天成遂把正月十一夜的故事,说了一遍,说到招弟之掉,说到自己之病,然后说到为什么奉教。陆茂林深为赞许他的奉教,一方面又允许各方托人,为他寻找招弟,他说:"你放心,她总在成都省内的。只要每条街托一个人,挨家去问,总问得着的。"然后才说出求他的事:"我也不想做官,我也做不来官,你要是当真做了官,只求你把罗歪嘴等人整治了后,放我去当天回镇的乡约。"

顾天成拈着烟签笑道:"是不是好让你去把蔡大嫂弄上手?你就不想到她的男人哩,肯让你霸占他的老婆吗?"

陆茂林也笑道:"现在,他的老婆不是已经遭人霸占了?那是个老实人,容易打点的。好吗,像罗歪嘴的办法,名目上还让他做个丈夫。不好,一脚踢开,连铺子,连娃儿,全吞了,他敢咋个?"

烟馆门前的温江麻布门帘,猛然撩起,进来了三个人。都搁着黑纸折扇,都是年轻人,穿着与神情,很像是半边街、东大街绸缎铺上的伙计徒弟样。一进来,就有一个高声大气说道:"我屁都不肯信洋鬼子会打胜仗!……"

全烟馆的人都翘起头来。

别一个年轻人将手臂上搭的蓝麻布长衫,向烟铺上一放,自己也坐了下去,望着那说话的人道:"你不信?洪二老爷不是说得清清楚楚,几万洋兵把董军门围在北京啥子地方,围得水泄不通的吗?"

一个先来的烟客,便撑坐起来道:"老哥,这话怕靠不住罢?董军门是啥样的人,跟我们四川的鲍爵爷一样,是打拚命仗火的,洋兵行吗?"

"这个我倒不晓得,只是我们号上的老主顾洪二老爷,他是藩台衙门的师爷,刚才在我们号上说,洋兵打进了北京城,董军门打了败仗。"

先前说话的那个年轻人,又打着小宫调子叫道:"我偏不相信他的话就对!你晓得不?他是专说义和团、红灯教、董军门坏话的。他前次不是来说过,洋兵打了胜仗,义和团——他叫做拳匪的——死了多少多少,又说义和团乱杀人,乱烧房子,董军门的甘肃兵咋样的不行?后来,听别人说来,才全然不是那样。"

不等说完,又有两个烟客开了口,都是主张洋兵绝不会打胜的。"首先,洋鬼子的腿是直的,蹲不下去,站起来那么一大堆,就是顶好的枪靶子!董军门的藤牌兵多行!就地一滚,便是十几丈远,不等你枪膛里的弹药装好,他已滚到跟前了。洋鬼子又不会使刀,碰着这样的队伍,只好倒!从前打越南时,黑旗兵就是靠这武艺杀了多少法国鬼子!"

全烟馆都议论起来,连烟堂倌与帮人烧烟的打手都加入了。但没一个相信洋兵当真攻进了北京城。只有顾天成、陆茂林两个人,不但相信洪二老爷所说的是千真万确的消息,并且希望是真的。陆茂林遂怂恿顾天成到曾家去打听,光绪皇帝到底着逮住了没有?

十 五

四川总督才奉到保护教堂,优遇外人的诏旨,不到五天,郫县三道堰便出了一件打毁教堂,殴毙教民数人的大案子。上自三司,下至把总,都为之骇然。他们所畏的,并不是由山西又逃遁到陕西的太后与皇帝,而正是布满京城,深居禁内的洋元帅与洋兵。他们已听见以前主张灭洋的,自端王以下,无一个不受处分,有砍头的,有赐死的,有充军的,这是何等可怕的举动!只要洋人动一动口,谁保得定自己能活几天?以前那样的大波大浪,且平安过去了,看看局面已定,正好大舒一口气时,而不懂事的百姓,偏作了这个小祟,这真是令人思之生恨的事!于是几营大兵,漏夜赶往三道堰,仅仅把被打死的死尸抬回,把地方首人捉回,把可疑的百多名乡下人锁回,倾了一百余家,兵丁们各发了一点小财,哨官、总爷们各吃了几顿烧猪、炖鸡,而正凶帮凶则鸿飞冥冥,连一点踪影都没有探得。

总督是如何地着急!全城文武官员是如何地着急!乃至身

居闲职,毫不相干的郝同知达三,也着急起来。他同好友葛寰中谈起这事,好像天大祸事,就要临头一样,比起前数月,萧然而论北京事情的态度,真不同!他叹道:"愚民之愚,令人恨杀!他们难道没有耳朵,一点都不晓得现在是啥子世道吗?拳匪已经把一座锦绣的北京城弄丢了,这般愚民还想把成都城也送给外国人去吗?"

葛寰中黯然地拈起一块山楂糕向嘴里一送,一面嚼,一面从而推论道:"这确是可虑的。比如外国人说,你如不将正凶交出,你就算不尽职,你让开,待我自己来办!现在是有电报的,一封电报打去,从北京开一队外国兵来,谁敢拦他?又谁阻拦得住他!那时,成都还是我们的世界?我们就插起顺民旗子,到底有一官半职之故,未见得就能如寻常百姓一样!大哥,你想想看,我们须得打一个啥子主意?"

郝达三只是叹息,三老爷仍只吧着他的杂拌烟,很想替他哥打一个主意,只是想不出。太太与姨太太诸人在窗根外听见洋兵要来,便悄悄商量,如何逃难。大小姐说她是不逃的,她等洋兵到来,便吊死。春兰想逃,但不同太太们一道逃,她是别有打算的。春秀哩,则甚望她们逃,都逃了,她好找路回去。

这恶劣的气氛,还一直布满到天回镇,罗歪嘴等人真个连做梦都没有料到。

云集栈的赌博场合,依然是那样兴旺。蔡兴顺的杂货铺生意,依然靠着掌柜的老实和掌柜娘的标致,别的杂货铺总做不赢它。蔡大嫂与罗歪嘴的勾扯,依然如场上人所说,那样的酽。

也无怪乎其酽!蔡大嫂自懂事以来,凡所欣羡的,在半年之中,可以说差不多都尝味了一些。比如说,她在赶青羊宫时,闻见郝大小姐身上的香气,实在好闻,后来问人,说是西洋国的花露水。她只向罗歪嘴说了一句："花露水的香,真比麝香还好!"不到三天,罗歪嘴就从省里给她买了一瓶来,还格外带了一只怀表回来送她。其余如穿的,戴的,用的,只要她看见了,觉得好,不管再贵,总在不多几天,就如愿以偿了。至于吃的,因为她会做几样菜,差不多想着什么好吃,就弄什么来吃,有时不爱动手,就在红锅饭店去买,或叫一个会做菜的来做。而尤其使她欣悦的,就是在刘三金当面凑和她生得体面以前,虽然觉得自己确有与人不同的地方,一般男女看见自己,总不免要多盯几眼,但是不敢自信自己当真就是美人。平时人家摆龙门阵,讲起美人,总觉得要天上才会有,不然,要皇帝宫中与官宦人家才有。一直与罗歪嘴有了勾扯,才时时听见他说自己硬是个城市中也难寻找的美人,罗歪嘴是打过广的,所见的女人,岂少也哉,既这样说,足见自己真不错。加以罗歪嘴之能体贴,之能缠绵,更是她有生以来没有梦想过。在前看见妈妈等人,从早做到晚,还不免随时受点男子的气,以为当女人的命该如此,若要享福,除非当太太,至少当姨太太。及至受了罗歪嘴的供奉,以及张占魁等一般粗人之恭顺听命,然后才知道自己原本可以高高乎在上,而把一般男子踏到脚底的。刘三金说的许多话,都验了,然而不遇罗歪嘴,她能如此吗?虽然她还有些不足之感,比如还未住过省城里的高房大屋,还未使用过丫头老妈子,但到底知道罗歪嘴的好处,因而才从心底下对他发生了一种感激,因而也就拿出一派从未挚生过的又温婉,又热烈,又真挚,又猛勇的爱情来报答他,烘炙他。确也把罗歪嘴搬弄得好像放在爱的火炉之上一样,使他热烘烘地感到一种从心眼上直到鞹毛尖的愉快。他活了三十八岁,与女人接触了快二十年,算是到此,才咬着了女人的心,咀嚼到了女人的情味,摸着了什么叫爱,把他对女人的看法完全变了过来,而对于她的态度,更其来得甜蜜专挚,以至于一刻不能离她,而感觉了自己的嫉妒。

他们如此的酽！酽到彼此都着了迷！罗歪嘴在蔡大嫂眼里,完全美化了,似乎所有的男子,再没一个比罗歪嘴对人更武勇豪侠,对自己更殷勤体贴,而本领之大,更不是别的什么人所能企及。似乎天地之大,男子之多,只有罗歪嘴一个是完人,只有罗歪嘴一个对自己的爱才是真的,也才是最可靠的！她在罗歪嘴眼里哩,那更不必说了。不仅觉得她是自己有生以来,所未看见过,遇合过,乃至想象过的如此可爱,如此看了就会令人心紧,如此与之在一处时竟会把自己忘掉,而心情意态整个都会变为她的附属品,不能由自己作主,而只听她喜怒支配的一个画上也找不出的美人！她这个人,从顶至踵,从外至内,从鞒毛之细之有形至眼光一闪之无形,无一不是至高无上的,无一不是刚刚合式的！纵然要使自己冷一点,想故意在她身上搜索出一星星瑕疵,也简直不可得。不是她竟生得毫无瑕疵,实在这些瑕疵,好像都是天生来烘托她的美的。岂但她这个人如此？乃至与她有关的,觉得都有一种说不出的可爱,只要是她不讨厌,或是她稍稍垂青的。比如金娃子也比从前乖得更为出奇,蔡傻子也比历来忠厚老实,土盘子似乎也伶俐得多,甚至很难见面的邓大爷、邓大娘何以竟那样的蔼然可亲？岂但与她有关的人如此？就是她用过的东西,乃至眼光所流连,口头所称许的种种,似乎都格外不同一点,似乎都有留心的必要。但蔡大嫂绝不自己承认着了罗歪嘴的迷,而罗歪嘴则每一闭上眼睛着想时,却能深省"我是迷了窍了！我是迷了这女人的窍了！"

他们如此的酽！酽到彼此都发了狂！本不是什么正经夫妇,而竟能毫无顾忌地在人跟前亲热。有时高兴起来,公然不管蔡兴顺是否在房间里,也不管他看见了作何寻思,难不难过,而相搂到没一点缝隙;还要风魔了,好像洪醉以后,全然没有理智地相扑,相打,狂咬,狂笑,狂喊!有时还把傻子估拉去作配角,把傻子也教坏了,竟自自动无耻地要求参加。端阳节以后,这情形愈加厉害。蔡大嫂说:"人生一辈子,这样狂荡欢喜下子,死了也值得!"罗歪嘴说:"人生能有几个三十几岁?以前已是恍恍惚惚地把好时光辜负了,如今既然懂得消受,彼此又有同样的想头,为啥子还要作假?为啥子不老实吃一个饱?晓得这种情味能过多久?"

大家于他们的爱,又是眼红,又是怀恨,又是鄙薄。总批评是:无耻!总希望是:报应总要来的!能够平平静静,拿好话劝他们不要过于浪费,比如说:"惜衣有衣穿,惜饭有饭吃,你们把你们的情省俭点用,多用些日子,不好吗?"作如是言的,也只是张占魁等几个当护脚毛的人,然而得到的回答,则是"人为情死,鸟为食亡!"

大概是物极必反罢!罗歪嘴的语谶,大家的希望,果于这一天实现了。

蔡大嫂毕生难忘的这一天,也就是恶气氛笼罩天回镇的这一天,早晨,她起床得很晏。虽说是闲场可以晏点,但是也比平时晏多了,右邻石姆姆已经吃过早饭,已经到沟边把一抱衣服洗了回来,蔡兴顺抱着金娃子来喊了她三次,喊得她发气,才披衣起来,擦了牙,漱了口。土盘子已把早饭做过吃了,问她吃饭不?她感觉胃口上是饱满的,不想吃。便当着后窗,在方桌上将镜匣打开来梳头。从镜子中,看见自己两颊瘦了些,鼻翅两边显出弯弯的两道浅痕,眼神好像沉醉未醒的一样,上眼皮微微有点陷,本是双眼皮的,现在睁起来,更多了一层,下眼泡有点浮起,露出拇指大的青痕,脸上颜色在脂粉洗净以后,也有点惨白。她不禁对着镜子出起神来,疑惑是镜子不可靠,欺骗了自己,但是平日又不呢?于是,把眼眶睁开,将那黑白分明最为罗歪嘴恭维的眼珠,向左右一转动,觉得仍与平常一样的呼灵。复偏过头去,斜窥着镜中,把翘起的上唇,微微一启,露出也是罗歪嘴常常恭维的细白齿尖,做弄出一种媚笑,自己觉得还是那么迷人。再看镜中人时,委实是自然地在笑,而且眼角上自然而然像微微染了些胭脂似的,眼波更像清水一般,眉头也活动起来。如此的妩媚!如此的妖娆!镜子又何尝不可靠呢?心想:"难怪罗哥那样地颠狂!难怪男人家都喜欢盯着我不转眼!"但是镜子中人又立刻回复到眼泡浮起微青,脸颊惨白微瘦的样子。她好像警觉了,口里微微叹道:"还是不能太任性,太胡闹了!这样下去,不到一个月,不死,也不成人样了。死了倒好,不成人样,他们还能像目前这样热我吗?不见得罢?那才苦哩!……"

手是未曾停的,刚把乌云似的长长的头发用挑头针从脑顶挑开,分梳向后,又用粉红洋头绳扎了纂心,水绿头绳扎了腰线,挽了一个时兴的牡丹大纂,正用抿子蘸起鉋花水,才待修整光净时,忽然一阵很急遽的脚步声响,只见罗歪嘴脸无人色地奔了进来,从后面抓住她的两个肩头,嘶声说道:"我的心肝!外面水涨了①!"

她的抿子,掉在地下,扭过身紧紧抓住他两手,眼睛大大睁起,茫茫然将他瞪着。

他将她搂起来,挤在怀里,向她说道:"意外的祸事!薛大爷半夜专人送信来,刚才到,制台派了一队巡防粮子来逮我同张占

---

① 四川哥老会术语,风声紧急或是什么危险临头,都叫水涨了。

魁九个人！"

她抖战起来,简直不能自主了,眼睛更分外张大起来。

他心痛已极,眼泪已夺眶而出:"说是犯了啥子滔天大罪,逮去就要短五寸的。叫我们赶快逃跑,迟一点,都不行,信写得太潦草！"

她还是茫茫然地瞪着他,一眼不眨。两只手只不住摸他的脸,摸他的耳朵,颈项。两腿还是在打战。牙齿却咬得死紧,显出两块牙腮骨来。

他亲了她一下,"死,我不怕！"又亲一下,"跑,我更是惯了！"又结实亲一下,"就只舍不得你。我的心……"

张占魁同田长子两个慌慌张张跑了进来道:"还抱着么！朱大爷他们都走远了！"

他才最后亲了她一下道:"案子松了,我一定回来！好生保养自己。话是说不完的。"

他刚丢了手要走,她却将他撩住,很吃力地说了一句:"我跟你一道走。"声音已经嗄了。

"那咋行！……放手！你是有儿子的！"

田长子鼓起气,走上来将她的手劈开,张占魁拖着罗歪嘴就走。她掀开田长子,直扑了过去。罗歪嘴跟跟跄跄地趔出了内货间,临不见时,还回头过来,嘶声叫道:"我若死了,……就给我报仇！"

她扑到内货间的门口,蔡兴顺忙走来挽住她道:"没害他！……过山号已吹着来了！"

她觉得像是失了魂魄的一样,头晕得很,心翻得很,腿软得很,不自主地由她的丈夫扶到为罗歪嘴而设其实是她丈夫独自一人在睡的床上,仰卧着。没一顿饭的工夫,门外大为嘈杂起来,忽然涌进许多打大包头,提着枪,提着刀的兵丁,乱吵道:"人在哪里?人在哪里?"

两个兵将蔡兴顺捉住。不知怎的,吵吵闹闹间,一个兵忽倒举起枪柄,劈头就给蔡兴顺一下。

她大叫一声,觉得她丈夫的头全是红的。她眼也昏了,也不知道怕,也不知是哪来的气力,只觉得从床上跳起来,便向那打人的兵扑去。

耳朵里全是声音,眼睛里全是人影。一条粗的,有毛的,青筋楞得多高的膀膊,横在脸前,她的两手好像着生铁绳绞紧了似的,一点不能动,便本能地张开她那又会说话,又会笑,又会调情,又会吵闹,又会骂人,又会吞吐的口,狠命地把那膀膊咬住。头上脸上着人打得只觉眼睛里出火,头发着人拉得飞疼,好像丢开了口,又在狂叫狂骂。叫骂些什么?自己也听不清楚。猛地,脑壳上大震一下,顿时耳也聋了,眼也看不见了,什么都不知道了。

直到耳里又是哄哄地一阵响,接着一片哭声钻进来,是金娃子的哭声,好像利剑一样,从耳里直刺到心里,心里好痛呀!不觉得眼泪直涌,自己也哭出声来。睁开眼,果见金娃子一张肥脸,哭得那么可怜,向着自己。想伸手去抱他,却痛得举不起来。

她这才拿眼睛四下一看,自己睡在一间不很亮,不很熟悉的房间里,床也不是自己的。床跟前站了几个女人,最先入眼的,是石姆姆。这位老年妇人,正皱着庞大的花白眉头,很惨淡的神情,看着她在,忙伸手将金娃子抱起来道:"好了!不要哭了!妈妈醒过来了!……土盘子,快抱他去诓着!"

跟着,是场尾打铁老张的老婆张三婶,便端了一个土碗,喂在她口边道:"快吃!这是要吃的!你挨了这一顿,真可怜!……周身上下,哪处不是伤?"

她凑着嘴,喝了两口,怪咸的,想不再喝,张三婶却逼着她非叫喝完不可。

她也才觉得从头上起,全是痛的。痛得火烧火辣,想不呻唤,却实在忍不住,及至一呻唤,眼泪便流了出来,声音也就变成哭泣了。很想思索一下,何以至此?只是头痛,头昏,眼睛时时痛得发黑,实在不能想。

糊糊涂涂地,觉得有人把自己衣裤脱了,拿手在揉。揉在痛处,更其痛,更其火烧火辣,由不得大叫起来。仿佛有个男子的声音说:"不要紧,还未伤着筋骨,只是些皮伤肉伤,就只脑壳上这一打伤,重些。幸而喝了那一碗尿,算是镇住了心。……九分散就好,和些在烧酒里,给她喝。"

她喝了烫滚的烧酒,更迷糊了。

不知过了好久,又被一阵哭声哭醒,这是她的妈妈邓大娘的哭声。站在旁边抹眼泪的,是她的后父邓大爷。

邓大娘看见她醒了,便住了哭,一面颤着手抚摸她的头面,一面哽咽着道:"造孽呀!我的心都痛了!打得这个样子,该死的,那些杂种!"

她也伤心地哭了起来道:"妈!……你等我死了算了!……"

大家一阵劝,邓大爷也说了一番话,她方觉得心气舒畅了些,身上也痛得好了点。便听着石姆姆向她妈妈叙说:"邓大娘,那真骇人呀!我正在房子后头喂鸡,只听见隔壁就像火烧房子一样闹起来,跟着就听见蔡大嫂大叫大闹的声音,多尖哟!我赶快跑去,铺子门前尽是兵、差人,围得水泄不通,街上的人全不准进去。只听见大家喊打,又在喊:'这婆娘疯了,咬人!整死她!

整死她！'跟着蔡大哥遭几个人拖了出来，脑壳打破了，血流下来糊了半边脸。蔡大哥到底是男人家，还硬铮，一声不响，遭大家把他背剪起走了，又几个人将蔡大嫂扯着脚倒拖了出来。……唉！邓大娘，那真造孽呀！她哩，死人一样，衣裳裤子，扯得稀烂，裹脚布也脱了，头发乱散着，脸上简直不像人样。拖到街上，几个兵还凶神恶煞地又打又踢，看见她硬像死了一样，才骂说：'好凶的母老虎！老子们倒没有见过，护男人护到这样，怕打不死你！'大家只是抢东西，也没人管她。我才约着张三姆，趁乱里把她抬了进来。造孽呀！全身是伤，脑壳差点打破，口里只有一丝游气。幸亏张三姆有主意，拿些尿来给她抹了一身，直等兵走完了，土盘子抱着金娃子找来，她才算醒了。……造孽呀！也真骇死人了！我活了五十几岁，没有见过把一个女人打成这样子！……我们没法，所以才赶人给你们报信。"

邓大娘连忙站起来，拜了几拜道："多亏石姆姆救命！要不是你太婆，我女儿怕不早死了！……将来总要报答你的！"说着，又垂下泪来。

邓大爷从外面进来道："抢空了！啥子都抢空了！只剩了几件旧家具，都打了个稀烂！说是因为幺姑娘咬伤了他们一个人，所以才把东西抢空的。还要烧房子哩，总爷说，怕连累别的人家，闹大了不好。"

邓大娘道："到底为的啥子整得这样凶？"

"说是来逮罗大老表的，他们是窝户，故意不把要犯交出，才将女婿逮走了。朱大爷的家也毁了，不过不凶，男的先躲了，女的没拉走，只他那小老婆受了点糟踏，也不像我们幺姑娘吃这么大的亏！"

"到底为的啥子事呀？"

"在这里咋晓得？只好等把幺姑娘抬回去后，我进城去打听。"

十六

蔡大嫂被抬回父母家的第三天，天回镇还在人心惶惶之际，顾天成特特从他农庄上，打着曾师母酬谢他的一柄崭新的黑绸洋伞，跑到镇上，落脚在云集栈的上官房内。

顾天成在鸦片烟馆与陆茂林分手之后，刚走到西御街的东口，便碰着顾辉堂的老二天相，一把拉住，生死不放，说是父亲打发来请他去的。他当下只佩服他幺伯的消息灵通，以及脸皮来得真老！

虽然恨极了他幺伯，但禁不住当面赔礼，认错，以及素所心仪的钱亲翁帮着在旁边，拿出伺候堂翁的派头，极其恭而有礼的，打着调子说好话："姻兄大人是最明白道理的人，何待我愚弟说呢？令叔何敢冒天下大不韪，来霸占姻兄之产？这不过，……不过是世道荒荒，怕外人有所生心，方甘蒙不洁之名，为我姻兄大人权为保护一下！"

幺伯娘又格外捧出一张红契，良田五十亩，又是与他连界的，说是送给他老婆做祭田。他老婆的棺材哩，已端端正正葬在祖坟埂子内，垒得很大，只是没有竖碑。说不敢自专，要等他自己拿主意。

阿三也在那里，来磕了一个头，说是前六天才被幺太公着人叫回农庄，仍然同阿龙一处。房子被幺太公的佃客住坏了些，竹子也砍了些，一株黄檀树着佃客砍去做了犁把。只是牛栏里，多了一条水牛，猪圈里，新喂了两头架子猪，鸡还有三只，花豹子与黑宝仍在农庄上。阿三还未说完，幺伯已拿出一封老白锭，很谦逊地说是作为培修农庄之用。

平日动辄受教训的一个侄儿，平步登天地当了一家人的尊客，讲究的正兴园的翅席，请他坐在首位上作平生第一遭的享受，酒哩，是钱亲翁家藏的陈年花雕，烫酒的也是钱亲翁亲自一手教出来的洪喜大姐。

酒本是合欢之物，加以主人与陪客的殷勤卑下，任你多大的气，也自消了。况乎产业仅仅被占了一百多天，而竟带回了这么多子息，帐是算得过的，又安得而不令他欣喜呢？于是，大家胸中的隔阂全消，开怀畅饮畅谈起来。今天的顾天成，似乎是个绝聪明，绝能干，绝有口才的人了。他随便一句话，似乎都含有一种颠扑不破的道理，能够博得听者点头赞赏，并似乎都富有一种滑稽突梯的机趣，刚一出口，就看见听者的笑已等着在脸上了。他吃了很多的酒，钱亲翁不胜钦佩说："天成哥的雅量，真了得！大概只有刘太尊才陪得过！"

他从幺伯家大醉而归的次日，本就想回农庄去看看的。恰逢三道堰的案件发生，又不敢走了。并连许多教友都骇着了，已经出了头大摇大摆在街上挺着肚皮走的，也都一齐自行收藏起来。就是洋人们也骇了一大跳，找着教友们问，四川人是不是惯放马后炮的？

幸而四川的官员很得力，立刻发兵，立刻就把这马后炮压熄，立刻就使洋人们得了安慰，教友们回复了原神。

他留了十来天,把应做的事,依照陆茂林所教,做了之后,便回到农庄。举眼一看,无一处不在欣欣向荣,独惜钟幺嫂没有回来,不免使他略感一点寂寥。

过了两天,叫阿龙到天回镇去打听有什么新闻。回来说的,正是他所期待的。于是,待到次晨,便打着洋伞走来,落脚在云集栈的上官房内。

他大气盆旋地叫幺师打水来洗脸。洗脸时,便向幺师查问一切:赌博场合呢?前天星散了。罗歪嘴等人呢?前天有兵来捉拿,逃跑了,连舵把子朱大爷都跑了。为什么呢?不知道,总不外犯了什么大案。

罗歪嘴等人逃跑了,真是意外啦!但也算遂了心愿,"虽没有砍下他们的驴头,到底不敢回来横行了。"他想着,不由笑了笑。

他不是专为打听罗歪嘴等人的消息而来的,他仍将蓝大绸衫抖来披上,扣着钮绊时,复问:"蔡兴顺杂货铺在哪一头?"

"你大爷要去看打得半死的女人吗?看不着了!已抬回她娘家去了!"

顾天成张眼把幺师看着,摸不着他说的什么。幺师也不再说,各自收了洗脸盆出去。

顾天成从从容容走出客栈,心想,他从北场口进的场,一路都未看见什么兴顺号杂货铺,那吗,必然在南头了,他遂向南头走去。

果然看见一间双间铺面,挂着金字已旧了的招牌。只是铺板全是关上的,门也上了锁,他狐疑起来:"难道闲场日子不做生意吗?"

忽见陆茂林从隔壁一间铺子里走出,低着头,意兴很是沮丧,连跟在后面送出的一个老太婆,也不给她打个招呼。

顾天成赶快走到他背后,把他肩头一拍道:"喂!陆哥,看见了心上人没有?"

"啊!是你,你来做啥?"

他笑道:"我是来给你道喜的!只是为啥子把铺面关锁着?"

"你还不晓得蔡大嫂为了卫护她的男人,遭巡防粮子打得半死,铺子也遭抢光了?"陆茂林也不等再问,便把他从石姆姆处所听来的,完全告诉了他。说完,只是顿脚道:"我害了她了!我简直没想到当窝户的也要受拖累!打成这样子,我还好去看她吗?"他只是叹气。

走到云集栈门前,他又道:"早晓得这样,我第一不该出主意,她晓得了,一定要报复我,我晓得她是个记死仇的人。第二我该同着巡防粮子一道来,别的不说,她就挨打,或者也不至于挨得这样凶法,或者说穿了也能宽待我些。说千说万,我只是枉自当了恶人,从今以后还有啥子想头!"

顾天成邀他进去坐一坐,他不肯。问蔡大嫂的娘家在哪里?他说了一句,依旧低着头走了。

第六部分

余　　波

一

　　成都平原的冬天,是顶不好的时候,天哩,常是被一派灰白色的厚云蒙住,从早至晚,从今天至明天,老是一个样;有点冷风,不算很大,万没有将这黯淡的云幕略为揭开的力量。田野间,小春既未长出,是冬水田哩,便蓄着水,从远望去,除了干干净净的空地外,便是一方块一方块,反映着天光,好像陂塘似的水田。不过常绿树是很多的,每个农庄,都是被常绿树与各种竹子蓊翳着,隔不多远便是一大丛。假使你从天空看下去,真像小孩们游戏时所摆的似有秩序似无秩序的子儿,若在春夏,那便成为万顷绿波中的苍螺小岛,或是花园中间和花坛中间的盆景。
　　气候并不十分冷,十几二十年难得看见一次雪,纵然有雪,也可怜得好像一层厚霜。不过城里有钱人到底要怕冷些,如像郝公馆里,上上下下的人除了棉套裤、棉紧身早已穿起之外,上人们还要穿羊皮袄、狐皮袍、猞猁狲卧龙袋,未曾起床,已将铜火盆烧好。只是也有点与别处不同的地方,就是只管烧火向暖,而窗户却是要打开的,哪怕是北向屋子,也一样。
　　乡坝里的人毕竟不同,只管说是乡坝里头风要大些,但怕冷反而不如城内人之甚。即如此刻正在大路上斗着北风向祠堂偏院走回去的邓大爷,还不只是一条毛蓝布单裤,高高扎起?下面还不是同暑日一样,光脚穿了双草鞋?但上身穿得却要多点:布面棉袄之上,还加了一件老羊皮大马褂,照规矩是敞着胸襟不扣严的。发辫是盘在头上,连发辫一并罩着的是一顶旧了的鼠皮色燕毡大帽。这一天有点雨意,他手上拿了柄黄油纸大伞。只管由于岁月与辛苦把他的颈项压弓下去,显得背也驼了,肩也耸了,但他那赤褐老皱的健康脸上,何尝有点怯寒的意思呢?

他脸上虽无怯寒之意,但是也和天色一样,带了种灰色的愁相。这愁,并非新近涂上的,算来,自女婿被捉拿,女儿被打伤的一天,就带上了。

他今天又是进城到成都县卡房去看了女婿回来。去时是那样的忧郁,回时还是那样的忧郁。不过近来稍微好点,一则是女儿的伤全好了,看来打得那么凶,好像是寸骨寸伤,幸而好起来,竟复了原,没一点疤痕残疾;二则焦心的日子久了,心情上已感到一种麻木,似乎人事已尽,只好耐磨下去,听天爷来安排好了。

他进了院子,看见女儿正缩着一双手,烤着烘笼,怯生生地坐在房门外一张竹片矮凳上。金娃子各自坐在土地上,拿着新近才得来的一件顽具在耍。

她仰着头,毫不动情地将他呆望着。脸上虽已不像病中那样憔悴惨淡,虽已搽了点脂粉,可是与从前比起来,颜色神气不知怎地就呆板多了,冷落多了,眼睛也是呆滞的,舌头也懒得使用。

他站在她跟前道:"外头风大,怎么不在堂屋里去坐呢?"

她摇摇头,直等她父亲进房去把雨伞放下,出来,拿了一根带回的鸡骨糖递与金娃子,拖了一根高板凳坐着,把生牛皮叶子烟盒取出,卷着烟叶时,她才冷冷地、有阳无气地说了一句:"还是那样吗?"似乎是在问他,而眼睛却又瞅着她的儿子在。

邓大娘刚做完事,由灶房里走出,一面在放衣袖,一面在抱怨牛肉太老了。看见邓大爷已回来了,便大声叫道:"晓得你在场上割了些啥子老牛肉?煨他妈的这一天,掺了几道水,还是邦硬的!"

邓大爷抬起头来道:"人家说的是好黄牛肉,我问得清清楚楚,才买的。还是出够了价钱的哩,三十二个钱一斤!"

老两口子一个责备,一个辩论,说得几乎吵了起来。他们的幺姑娘方皱起眉头,把两个人一齐排揎道:"哪个叫你们多事?又炖不来牛肉,又买不来牛肉,你们本是不吃这东西的,偏要听人家乱说:牛肉补人,牛肉补人!枉自花钱劳神,何苦哩!我先说,你们就再花钱,我还是不吃的。"

邓大娘连忙说道:"为啥子不吃呢?你还是那样虚啦!"

"不吃!不吃!"她噘着嘴不再说,老两口子互相看了一眼,男的吧着烟,摇摇头;女的叹了口气,便去将金娃子抱到怀里。

沉寂了一会,邓大娘忽问她丈夫道:"蔡大哥的板疮好完了吗?"

邓大爷叹了一声道:"好是好完了,听说还要打,若是不供出来,还要上夹棍,跪抬盒,站吊笼哩!"

蔡大嫂身上忽来了一阵寒战,眼睛也润湿了,向着她父亲道:"你没有问大哥哥,想个啥法子,把这案子弄松一点?"

她父亲仰着头道:"有啥法子?洋人的案件,官府认真得很,除非洋人不催问就松了。"

她恨恨地道:"不晓得哪个万恶东西,整了我们这一下!"

她母亲道:"也是怪事!朱大爷的死信都听见了,罗老表的踪迹,简直打听不出,要是晓得一点点也好了!"

蔡大嫂看着她道:"你是啥意思?莫非要叫傻子把罗大老表供出来吗?"

"为啥子不呢?供出来了,就一时不得脱手,也免得受那些刑罚呀!幺姑,你没看见哟!我那天去看他,光是板子,已经打得那样凶,两条大腿上,品碗大的烂肉,就像烂柿子一样!还说抬盒,夹棍?……唉!也不晓得你们两口子是啥运气!天冤地枉地弄到家也倾了,你挨毒打,他受官刑!"

蔡大嫂也长叹了一声,低着头不开口。

她妈又道:"说来,怎么不怪你那罗老表呢?为啥要去做出那些祸事来累人,害人!他倒干干净净地跑了,把人害成这个样子!"

"妈,你又这么说,我是明明白白的,他并没有做过那件事。三道堰出事那天,他在害病,在我床上睡了一整天,连房门都没有出。"

"幺姑,你还要偏向他呀!你们的勾扯,我也晓得。要说他当真爱你,他就不该跑!管他真的假的,既掉在头上来了,就砍脑壳也该自己乘住!难道他跑过滩的人,还不晓得自己跑了要拖累别人吗?就跑了,像他们那样的人,难道没有耳朵?你挨了毒打,蔡大哥逮去受官刑,他会一点不晓得吗?是真心爱你的,后来这么久,也该出来自首了!就不自首,也该偷偷掩掩地来看一下你呀!这样没良心的人!你还要偏向他!"

蔡大嫂初听时,还有点要生气的样子,听到后来,不做声了,头也垂了下去。

"……倒是旁边人,没干系的,还有心。你看,顾三贡爷,又不是你们亲戚,又不是你们朋友,平日又没有来往过,说起来,不过是你罗老表赌博场上一个淡淡的朋友。人家就这样有心,光这半个多月,就来看了你几次,还送东送西的,还说要给你帮忙,把案子弄松。……"

邓大爷插口道:"说到顾三贡爷,我想起了。你大哥哥晓得他。今天说起,他问我是不是叫顾天成。二天等他来了,问问他看。"

蔡大嫂抬起头来,将她父亲瞪着道:"大哥哥晓得他吗?他是叫顾天成。"

"那吗,一定是他了。你大哥哥认识他的一个兄弟,叫顾天相。说起来,他现在很了得,又是大粮户,又是奉了洋教的。"

他老婆站了起来道:"你怎么不早向大娃子说呢?早晓得他是奉洋教的,也好早点托他了!"

"托他有啥好处?他又不是洋人。"

"你真蠢!奉洋教的也算是半个洋人了,只要他肯去求洋人,啥子话说不通呢?难怪他说要帮忙,把案子弄松?……"

蔡大嫂好像想着了什么似的,忽然睁起两眼,大声说道:"一定是他!一定是他!"

二

顾天成到邓大爷的偏院,连这次算来是第七次。

他第一次之来,挟有两个目的:第一个目的,也与他特特从家里到天回镇的时候一样:要仔细看看这个婆娘,到底比刘三金如何？到底有没有在正月十一灯火光中所看见的那样好看？到底像不像陆茂林所说的那样又规规矩矩，又知情识趣？并要看看她挨了一顿毒打之后，变成了一个什么样子？第二个目的，顶重要了。他晓得罗歪嘴既与她有勾扯，而又是在巡防粮子到前不久，从她铺子中逃跑的，她丈夫说起来是那样的老实人，并且居于与他们不方便的地位，或许硬不知道他那对手的下落，如其知道，为什么不乐得借此报仇呢？但她必然是知道的，史先生既不肯连她一齐逮去拷问，那吗，好好生生从她口头去探听，总可知道 点影了的。

他第一次去时，蔡大嫂才下得床。身上的伤好了，只左膀一伤，还包裹着在。脑壳上着刀背打肿的地方，虽是好了，还梳不得头发，用白布连头发包了起来。她的衣裳，是一件都没有了，幸而还有做姑娘时留下的一件夹袄，一双夹套裤，将就穿着。听说有罗歪嘴的朋友来看她的伤，只好拿脸帕随便揩了揩，把衣裤拉了拉，就出来了。

顾天成说明他是在赌博场上认识罗歪嘴的，既是朋友，对他的事，如何不关心？只因到外县去有点勾当，直到最近回来，才听见的。却不想还连累到他的亲戚，并且连累得如此凶。他说起来，尚如何在感叹。仔细问了那一天的情形，又问她养伤的经过，又问她现在如何，连带问问她丈夫吃官司的情形，以及她令亲罗德生兄现在的下落。一直说了好一阵，邓大娘要去煮荷包蛋了，他才告辞走了，说缓天他还要来。

第一次探问不出罗歪嘴的下落，隔了不多久又去。这一次，带了些东西去送她，又送了邓大爷夫妇两把挂面，正碰着她在堂屋门前梳头。

一次是生客，二次就是熟客，他也在堂屋外面坐下吃烟，一面问她更好了些不？她遂告诉他,是第一次梳头,左膀已抬得起来了。每一梳子,总要梳落好些断发,积在旁边,已是一大团。她不禁伤心起来,说她以前的头发多好,天回镇的姑姑嫂嫂们,没一个能及得到她,而今竟打落了这么多,要变成尼姑了。他安慰她说,仍然长得起来的。她慨然道:"哪行么！你看连发根都扯落了！我那时也昏了,只觉得头发遭他们扯得飞疼,后来石姆姆说,把我倒拖出去时,头发散了一地,到处挂着。……说起那般强盗,真叫人伤心！"

他又连忙安慰她,还走过去看她脑壳上的伤,膀子上的伤。一面帮着她大骂那些强盗,咒他们都不得好死！一直流连到她把头发梳好,听她抱怨说着强盗们抢得连镜子脂粉都没有了;吃了邓大娘煮的四个荷包蛋而后去。

第二天上午,就来了,走得气喘吁吁的,手上提了个包袱,打开来,一具时兴的卤漆镜匣,另一把椭圆玻砖手镜,还是西洋货哩,格外一些桂林轩的脂粉、肥皂、头绳,一齐拿来放在蔡大嫂的面前,说是送她的。她大为惊喜,略推了推:"才见几面,怎好受这重礼！"经不住他太至诚了,只好收下。并立刻打开,一样一样地看了许久,又试了试,都好。并在言谈中,知他昨天赶进城时是刚挨着关城门,连夜到科甲巷、总府街、暑袜街把东西买好,今天又挨着刚开城门出城的,一路喊不着轿子,只好跑。她不禁启颜一笑道:"太把你累了！"邓大娘在旁边说,自抬她回来,这是头一次看见她笑。

到第四次去,就给金娃子买了件顽具,还抱了他一会。第五次是自己割了肉,买了菜去,凭邓大娘做出来,吃了一顿倒早不晏的午饭。

第六次去了之后,顾天成在路上走着,忽然心里一动,询问自己一句道:"你常常去看蔡大嫂,到底为的啥子?"他竟木然地站着,要找一句面子上说得过,而又不自欺的答案,想了一会,只好皱着眉头道:"没别的!只是想探问仇人的下落!"自己又问:"已是好几次了,依然探问不出,可见人家并不知情,在第三次上,就不应该再去的了;并且你为啥子要送她东西呢?"这是容易答的:"送人情啦!"又问:"人情要回回送吗?并且为啥子要体贴别个喜欢的,才送?并且为啥子不辞劳苦,不怕花钱,比孝敬妈还虔诚呢?"这已不能答了,再问:"你为啥子守在人家跟前,老是贼眉贼眼地尽盯?别人的一喜一怒,干你屁事呀,你为啥子要心跳?别人挨了打,自己想起伤心,你为啥子也会流眼泪?别人的丈夫别人爱,你为啥子要替她焦心,答应替她把案子说松?尤其是,你为啥子一去了,就舍不得走,走了,又想转去?为啥子前半年和钟幺嫂还那么亲热,现在忽然就生分了,甚至吵骂到两不见面?还有,你口头说是去打听仇人的下落,为啥子说起仇人,你心里并不十分恨,同她谈起来,你还在恭维他,你还想同他打朋友?你说!你说!这是啥子原由?说不出来,从此不准去!"

他只好伸伸舌头,寻思:问得真轧实!自己到底是个不中用的人,看见蔡大嫂长得好,第一次看见,不讨厌;第二次看见,高兴;第三次看见,欢喜;第四次看见,快乐;第五次看见,爱好;第六次看见,离不得。第七次,……第八次,……呢?

他把脚一顿道:"讨她做老婆!不管她再爱她丈夫,再爱她老表,只要她肯嫁给我!……"

他第七次之来,是下了这个决心的。

蔡大嫂又何尝不起他的疑心呢?

罗歪嘴哪里会有这样一个朋友?就说赌博场上认识的,也算不得朋友,也不止他这一个朋友呀!朋友而看到朋友的亲戚,这交情要多厚!但是蔡掌柜现正关在成都县的卡房里。既从城里来,不到卡房去看候掌柜,而特特跑几十里来看朋友的亲戚的老婆,来看掌柜娘,这交情不但厚,并且也太古怪了一点!

光是来看看,已经不合人情如此。还要送东西:听见没有镜匣脂粉,立刻跑去,连更晓夜地买,就自己的兄弟,自己的丈夫,自己的儿子,还不如此。这只有情人才做得到,他是情人吗?此更可疑了!连来六回,越来越殷勤,说的话也越说越巴适,态度做得也很像,自己说到伤心处,他会哭,说到丈夫受苦,并没托他,他会拍胸膛告奋勇,说到罗歪嘴跑滩,他也会愁眉苦眼。

这人,到底是什么人?问他在哪里住,只含含胡胡地说个两路口。问他做过什么,也说不出。问他为何常在城里跑,只说有事情。幸而问他的名字,还老老实实地说了。到底是什么人呢?看样子,又还老老实实,虽然听他说来,这样也像晓得,那样也像晓得,官场啦,商场啦,嫖啦,赌啦。天天在城里混,却一脸的土相,穿得只管阔,并不苏气。并且迟眉钝眼地,看着人憨痴痴的,比蔡兴顺精灵不到多少。猜他是个坏人,确是冤枉了他,倒像个土粮户,脸才那样地黑,皮肤才那样地粗糙,说话才那样地不懂高低轻重,举动才那样地直率粗鲁,气象才那样地土苕,用钱也才那样地泼撒!

这样一个人,他到底为着什么而来呢?他总是先晓得自己的,在哪里看见过吗?于是把天回镇来来往往的人想遍了,想不出一点影子,一定是先晓得了自己,才借着这题目粘了拢来!那吗,又为什么呢?为爱自己想来调情吗?她已是有经验的人,仔细想了想,后来倒有一点像,但在头一次,却不像得很,并且那时说话也好像想着在说。难道自己现在还值得人来怜爱吗?没有镜子,还可以欺骗自己一下,那天照镜子时,差点儿没把自己骇倒。哪里还是以前样儿,简直成了鬼相了!两颊瘦得凹了下去,鼻梁瘦得同尖刀背差不多,两个眼眶多大,眼睛也没有以前的神光了,并且眼角上已起了鱼尾,额头上也有了皱纹,光是头发,罗歪嘴他们那样夸奖的,落得要亮头皮了。光是头面,已像个活鬼,自己都看不得,一个未见过面的生人能一见就爱吗?若果说是为的是情爱,陆茂林为什么不来呢?他半年前,为爱自己,好像要发狂的样子,也向自己说了几次的爱,自己也没有十分拒绝他;现在什么难关都没有,正好来。他不来,一定是听见自己挨了毒打,料想不像从前了,怕来了惹着丢不开,所以才不来。陆茂林尚且不想来,这个姓顾的,会说在这时候爱上了自己,天地间哪有这种道理?那吗,到底为什么而来呢?

她如此翻来复去的想,一直想不出个理由。听见父亲说,此人是个奉教的,忽然灵光一闪,恍然大悟:顾天成必是来套自己口供,探听罗歪嘴等人的下落,好去逮他们罢了。并且洋人指名说罗歪嘴是主凶,说不定就是他的支使,为什么他件件都说了,独不说他是奉教的?越想越像,于是遂叫了起来:"一定是他!一定是他!"

她向爹爹妈妈说了,老两口子真是闻所未闻,连连摇头说:"未必罢?阳世上哪有这样烂心肺的坏人!你是遭了蛇咬了连绳子都害怕,所以把人家的好意,才弯弯曲曲想成了恶意。"

但她却相信自己想对了。本要把他送的东西一齐拿来毁了的,却被父母拦住说:"顾三贡爷一定还要来的,你仔细盘问他一番,自然晓得你想的对不对,不要先冒冒失失地得罪人!"

于是在他们第七次会面以前,她是这样决定的。

三

他们第七次会面,依然在堂屋门前檐阶上,那天有点太阳影子,比平日暖和。

蔡大嫂的烘笼放在脚下,把金娃子抱在怀里偎着,奇怪的是搽了个把月的脂粉,今天忽然不搽了,并且态度也很严峻,眼睛凶神恶煞的,嘴角上不挂半丝笑意。

顾天成本不是怯色儿,不晓得在今天这个紧要关头上,何以会震战起来?说了几句淡话之后,看见蔡大嫂眉楞目动的神情,更其不知所措了。

蔡大嫂等不得了,便先放一炮:"顾三贡爷,你是不是奉洋教的?"她说了这话,便把金娃子紧紧搂着,定睛看着他,心想,他一定会跳起来。

他却坦然地承认:"是的,今年四月才奉的教,是耶稣教。蔡大嫂,你怎么会晓得呢?"

第一炮不灵,再来一炮:"有人说,洋人指名告罗德生,是你打的主意!"

他老老实实地道:"不是我,是陆茂林!"

第二炮不但不灵,并且反震了过来,座力很强,她脸上颜色全变,嘴唇也打起战来,心里很是缭乱。

金娃子一只小手摸着她的脸道:"妈妈,你眼睛多骇人呀!"

她仿佛没有听见,仍把顾天成死死盯着,嘎声说道:"你说诳!"也算得一炮,不过是个空炮。

"一点不诳!陆茂林亲口告诉我,他想你,却因罗五爷把你霸占住了,他才使下这条毒辣计策。大嫂,我再告诉你,我与罗五爷是有仇的。怎么结下的仇?说来话长,一句话归总,罗五爷、张占魁把我勾引到赌博场上,耍了我的手脚,烫了我的毛子,弄了我千数银子。我先前不晓得,只恨他们帮着刘三金轰我,打我,我恨死了他们,时时要报仇。你还记得正月十一夜东大街耍刀的事不?……"

蔡大嫂好像着黄蜂螫了似的,一下就跳了起来。把金娃子跌滚在地上,跌得大哭。邓大娘赶快过来将他抱起,一面埋怨她的女儿太大意了。

她女儿并不觉得,只是指着顾天成道:"是你呀!……哦!……哦!……哦!……"浑身都打起战来,样子简直要疯了。

邓大爷骇住了,连忙磕着铜烟斗喊道:"幺姑娘!……幺姑娘!……"

顾天成蒙着脸哭了起来道:"大嫂,……我才背时哩!……本想借着你,臊罗五爷、张占魁们一个大皮的,……我把你当成了罗奶奶了,……哪晓得反把我的招弟挤掉了!……我的招弟,……十二岁的女娃儿,……我去年冬月死的那女人,就只生了这一个女娃儿,……多乖哟!……就因为耍刀,……掉了!……我为她还害了一场大病,……不是洋医生的药,……骨头早打得鼓响了!……呜呜呜!……大嫂……我才背时哩!……呜呜呜,……我的招弟哇!……"

蔡大嫂似乎皮人泄了气样,颓然坐了下来,半闭着眼睛瞅着他。她后父眼力好些,瞥见她大眼角上也包了两颗亮晶晶的泪珠,只是没坠下来。

邓大娘拿话劝顾天成,但他哭得更凶。

蔡大嫂大概厌烦了,才把自己眼角揩净,大声吼道:"男子汉哪来的这么多的眼泪水!你女儿掉了两年,难道哭得回来吗?……尽哭了!真讨厌!……耍刀时候,倒还像个汉子!……你说,后来又咋个呢?"

他虽被她喝住了哭,但咽喉还哽住在,做不得声。

她脸色大为和缓了,声音也不像放炮时那样严厉,向他说:"是不是你掉了女儿,就更恨罗五爷了?"

他点点头。

"是不是你想报仇,才去奉了洋教?"

他点点头。

"是不是因为三道堰的案子,你便支使洋人出来指名告他,好借刀杀人?"

他摇摇头道:"不是我!……我原来只打算求洋人向官府说一声,把罗五爷等撵走了事的。……是一天在省里碰见陆茂林,他教我说:'这是多好的机缘啦!要整罗歪嘴他们,这就是顶好的时候。你要晓得,他们这般人都是狠毒的,整不死,掉头来咬你一口,你怎么乘得住。要整哩,就非整死不可!'我还迟疑了几天,他催着我,我才去向曾师母说:有人打听出来,三道堰的案子是哪些哪些人做的。……"

"你因为罗五爷他们逃跑了,没有把仇报成,才特为来看我,想在我口头打听一点他们的下落,是不是呢?"

他点点头道:"先前是这么想,自从看了你几次后,就不了。"

"为啥子又不呢?"

他是第一次被女人窘着了。举眼把她看了看,只见她透明的一双眼睛射着自己,就像两柄锋快的刀。又看了看邓大爷两夫妻,也是很留心地看着他,时而又瞥一瞥他们的女儿,金娃子一双小眼睛,也仿佛晓得什么似的将他定定的看着。

她又毫不放松地追问下去。他窘极了,心想拚着闹翻了,好一心一肠另打续弦的主意。便奔去,从邓大娘手中,将金娃子一把抱了过来,在他那不很干净的肥而嫩的小脸上结实亲了一下,才红着脸低低地说道:"金娃儿,你莫呕气呀!说枴了,只当放屁!你妈妈多好看!我浑了,我存心想当你的后爹爹!……"

邓大爷两夫妇不约而同地喊道:"那怎么使得?我们的女婿还在呀。"

蔡大嫂猛地站起来,把手向他们一拦,脸上露出一种又惊、又疑、又欣喜、又焦急的样子,尖着声音叫道:"怎么使不得?只要把话说好了,可以商量的!"

四

话是容易说好的。

他什么都答应了:立时立刻就去找曾师母转求史洋人赶快向官府说,把蔡兴顺放了,没有他的事;并求史洋人严行向官府清查、惩处掳抢兴顺号以及出手殴打蔡大嫂的凶横兵丁;由他出三百两银子给蔡兴顺,作为帮助他重整门面的本钱;蔡兴顺本人与她认为干兄妹,要时时来往,他不许对他不好;还要他出二百两银子给她父母,作为明年讨媳妇的使用;金娃子不改姓,大了要送他读书,如其以后不再生男育女,金娃子要兼祧蔡、顾两姓,要承继他的产业；他现刻的产业要一齐交给她执管；她要随时回来看父母；随时进城走人户,要他一路才一路,不要时,不许一路；他的亲戚本家,她喜欢认才认,喜欢往来才往来；设若案子松了,罗德生回来,第一、不许他再记仇,第二、也和蔡兴顺一样要时时来往；他以前有勾扯的女人,要丢干净,以后不许嫖,不许赌,更不许胡闹；更重要的是她不奉洋教！这些条款全要黑字写在白纸上,除了他顾天成加盖脚模手印外,还要曾师母和其他几个人担硬保！

她仅仅答应了一件：在蔡兴顺放出来后就嫁给他。附带的是,仍然要三媒六证,花红酒果,像娶黄花闺女一样:坐花轿,拜堂,撒帐,吃交杯,一句话说完,要办得体体面面,热热闹闹,并且一定要邓、蔡、顾三家的亲朋、好友、家族、乡里们到场吃喜酒,会亲拜客,以便把事情打响,免得后来拿耳朵去装闲话。

蔡兴顺那方的退婚话,她自己去说,包答应。

顾天成欢天喜地,吃了午饭,抱着金娃子狂了一会,被她催了好几遍,才恋恋不舍地走了。

她父母才有了时候,问她为什么答应嫁给顾天成？

她笑道:"你两位老人家真老糊涂了！难道你们愿意眼睁睁地看着蔡傻子遭官刑拷打死吗？难道愿意你们的女儿受穷受困,拖衣落薄吗？难道愿意你们的外孙儿一辈子当放牛娃儿,当长年吗？放着一个大粮户,又是吃洋教的,有钱有势的人,为啥子不嫁？"

"你拿得稳他讨了你这个活人妻以后不翻悔吗？"

"能够叫罗歪嘴提了毛子,能够叫刘三金迷了窍,能够听陆茂林的教唆,能够因为报仇去吃洋教,……能够在这时节看上我,只要我肯嫁给他,连什么都答应,连什么都甘愿写纸画押的人,谅他也不敢翻悔!……我也不怕他翻悔!……就翻悔了,我也并不吃亏!"

"蔡大哥是老实人,自然会听你提调的。设若你大哥哥不愿意呢?"

"大哥哥有本事把我的男人取出来,有本事养活我没有?叫他少说话!"

"就不怕旁的人背后议论吗?"

"哈哈!只要我顾三奶奶有钱,一肥遮白丑!……怕哪个?"

金娃子不知为什么笑了起来。

邓大娘默默无言。

邓大爷只是摇头道:"世道不同了!……世道不同了!……"